D0861764

Título original: *Method 15/33*
Traducción: María José Díez
1.ª edición: julio, 2017

© Shannon Kirk, 2015
© Ediciones B, S. A., 2017
    para el sello B de Bolsillo
    Consell de Cent, 425-427 – 08009 Barcelona (España)
    www.edicionesb.com

Printed in Spain
ISBN: 978-84-9070-390-8
DL B 13645-2017

Impreso por RODESA
            Pol. Ind. San Miguel, parcelas E7-E8
            31132 - Villatuerta-Estella, Navarra

MAXI

El método 15/33

Shannon Kirk

MAXI

Para Michael y Max, mis dos amores

El desarrollo del cerebro se puede definir como la evolución gradual de una poderosa red autoorganizada de procesos con complejas interacciones entre los genes y el entorno.

KARNS, *et. al.*, 11 de julio de 2012, *Journal of Neuroscience*, «Procesamiento de modalidad cruzada alterado...» [título truncado]

Agradecimientos

Muchas gracias a mi familia por su apoyo y por concederme el tiempo y el aliento necesarios para escribir. A mi marido, Michael, que siempre me trae café al despacho, no podría haber terminado gran cosa de nada sin ti. Eres mi fuente de inspiración para no rendirme nunca. A mi hijo, Max, que, aunque es tan pequeño, sabe dar con maneras de respaldarme y que, sin ser consciente, proporcionó la emoción del amor allí donde aparece en esta historia. A mis padres, Rich y Kathy, que leen el borrador de todo cuanto escribo y me dan no solo ánimo, sino también unos consejos excelentes. A mis hermanos, Adam, Brandt y Mike, me siento con fuerzas en este mundo porque sé que siempre veláis por mí. A Beth Hoang, una prima que es una hermana para mí, sin tus correcciones y tu gran amor no habría podido tener un producto final. A todos mis amigos y familiares, gracias por no dejarme nunca sola en esto. Me gustaría expresar especial agradecimiento a mi hermano Michael C. Capone, un consumado músico de rap/blues. La frase

«Céntrate, por favor. Céntrate, respira», que aparece en esta novela, pertenece a su canción *Hate What's New Get Screwed By Change*. La música de Mike es mi musa cuando escribo, y le doy las gracias por sus letras.

Siendo como soy lega en la materia, he consultado numerosas fuentes para explicar temas tan complejos como la neuroplasticidad de modalidad cruzada, el procesamiento de modalidad cruzada alterado y otros puntos científicos que escapan a mi comprensión. Las siguientes publicaciones me han facilitado una información inestimable: Mary Bates, «Super Powers for the Blind and Deaf», *Scientific American*, 18 de septiembre de 2012; Christina M. Karns, Mark W. Dow y Helen J. Neville, «Altered Cross-Modal Processing in the Primary Auditory Cortex of Congenitally Deaf Adults: A Visual-Somatosensory MRI Study with a Double-Flash Illusion», *The Journal of Neuroscience*, 11 de julio de 2012.

A mi agente, Kimberley Cameron, gracias por darme una oportunidad. Gracias por tomarte el tiempo para leerte el manuscrito, llamarme y cambiarme la vida. Es un placer trabajar contigo, eres la definición de la elegancia. A Oceanview Publishing, a Bob y Pat Gussin, gracias por darle una oportunidad a *15/33* y por vuestro entusiasmo, valiosos consejos y apoyo. Al equipo de Oceanview, Frank, David, Emily, gracias por vuestro respaldo, gracias por acogerme en la familia Oceanview.

~Carpe diem cada día~

1

4-5 días de cautiverio

El cuarto día maquinaba su muerte tumbada allí. Mientras elaboraba mentalmente un listado de recursos, la planificación me proporcionaba consuelo ... *una madera del suelo suelta, una manta de lana roja, una ventana alta, vigas vistas, el ojo de una cerradura, el estado en que me hallo...*

Recuerdo lo que pensaba entonces como si lo estuviese reviviendo ahora, como si fuese lo que pienso ahora. *Ahí está otra vez, a la puerta*, pienso, aunque de eso hace ya diecisiete años. Quizás esos días sean mi presente para siempre, por haber logrado sobrevivir plenamente en la minucia de cada hora y cada segundo de meticulosa estrategia. Durante ese periodo de tortura indeleble estuve completamente sola. Y debo decir ahora, no sin orgullo, que el resultado que obtuve, mi incuestionable victoria, no fue sino una obra maestra.

El Día 4 ya tenía una buena lista de recursos y una

grandes rasgos de cómo sería mi venganza, todo ello sin la ayuda de un boli o un lápiz, tan solo utilizando el cerebro para concebir posibles soluciones. Un puzle, lo sabía, pero un puzle que estaba resuelta a resolver ... *una madera del suelo suelta, una manta de lana roja, una ventana alta, vigas vistas, el ojo de una cerradura, el estado en que me hallo... ¿Cómo encajan todas estas piezas?*

Recompuse este enigma una y otra vez y seguí buscando recursos. *Ah, sí, claro, el cubo. Y sí, sí, sí, el somier es nuevo, no le quitó el plástico. Vale, una vez más, repásalo otra vez, resuelve el acertijo. Vigas vistas, un cubo, el somier, el plástico, una ventana alta, una madera del suelo suelta, una manta de lana roja, el...*

Numeré los recursos para aportar cierta dosis de ciencia. *Una madera del suelo suelta (Recurso n.º 4), una manta de lana roja (Recurso n.º 5), un plástico...* Cuando empezó el Día 4 la colección parecía lo más completa posible. Necesitaría más cosas, supuse.

El crujido del suelo de madera de pino al otro lado de la celda de mi prisión, un dormitorio, me interrumpió a eso de mediodía. *Está ahí fuera, no cabe duda. La hora de la comida.* El cerrojo se movió de izquierda a derecha, el ojo de la cerradura giró y él irrumpió sin tan siquiera molestarse en detenerse en el umbral.

Como ya había hecho en las demás comidas, me dejó en la cama una bandeja con unos elementos que a esas alturas ya me eran familiares: una taza blanca de leche y un vaso pequeño de agua. Sin cubiertos. La porción de quiche de huevo y beicon tocaba el pan, horneado en casa, en el plato, un recipiente redondo de porcelana pintado con una escena *toile* en color rosa de una mujer con un cacharro y un hombre con un sombrero con una pluma y un perro. Odiaba de tal modo ese plato que me estremezco solo de recordarlo. Por detrás ponía: «Wedgwood» y «Salvator». *Esta será mi quinta comida en este salvador. Odio este plato. También me cargaré este plato.* El plato, la taza y el vaso parecían los mismos que había utilizado para desayunar, comer y cenar el Día 3 de cautiverio. Los dos primeros días los pasé en una furgoneta.

—¿Más agua? —preguntó con su monótono tono cortante, aburrido y grave.

—Sí, por favor.

Inició este patrón el Día 3, lo cual, creo, fue lo que hizo que me pusiera a maquinar en serio. La pregunta formaba parte de la rutina, el hecho de que me trajese la comida y me preguntara si quería más agua. Decidí decir que sí cuando me lo preguntara y resolví decir que sí siempre, aunque la secuencia no tenía ningún sentido. *¿Por qué no me traía un vaso de agua más grande, para empezar? ¿Por qué esa incompetencia? Sale, echa la llave, las tuberías resuenan en las paredes del pasillo, un borboteo y a continuación un chorro de agua del lavabo, fuera del alcance de mi vista por el ojo de la cerradura. Vuelve con un vaso de plástico con agua tibia. ¿Por qué?* Lo que sí puedo decir es que hay muchas cosas en este mundo que son un misterio, como la lógica subyacente a muchos de los inexplicables actos de mi carcelero.

—Gracias —dije cuando volvió.

Decidí a partir de la Hora 2 del Día 1 que intentaría

fingir unos modales de colegiala, ser agradecida, ya que no tardé en descubrir que mi inteligencia era superior a la de mi captor, un hombre de más de cuarenta años. *Debe de tener cuarenta y tantos, como mi padre*. Sabía que era lo bastante sesuda para superar esta situación terrible, asquerosa, y eso que solo tenía dieciséis años.

La comida del Día 4 sabía igual que la del Día 3, pero quizá los alimentos me dieran lo que necesitaba, porque caí en la cuenta de que tenía muchos más recursos: tiempo, paciencia, un odio imperecedero y, mientras me tomaba la leche de la gruesa taza de restaurante, me percaté de que el cubo tenía un asa de metal y los extremos del asa eran puntiagudos. *Solo tengo que quitar el asa. Puede ser un recurso independiente del cubo*. Además estaba a cierta altura en el edificio, no bajo tierra, como pensé en un principio, los Días 1 y 2. A juzgar por la copa del árbol que crecía frente a mi ventana y de los tres tramos de escalera que había que subir para llegar a mi habitación, sin duda estaba en un tercero. Consideré la altura otro recurso.

Curioso, ¿no? El Día 4 todavía no me había aburrido. Hay quien podría pensar que estar sola en una habitación cerrada podría llevar a alguien a la demencia o al delirio, pero tuve suerte. Mis dos primeros días los pasé viajando, y por alguna equivocación colosal o un grave error de juicio, mi captor se sirvió de una furgoneta para cometer su delito, y la furgoneta tenía las lunas de las ventanillas laterales tintadas. Claro que nadie podía ver el interior, pero yo sí podía ver el exterior. Estudié el recorrido y lo anoté en el diario de mi cabeza, detalles que a decir verdad no llegué a utilizar, pero la labor de transcribir y grabar los datos en la memoria eterna mantuvo ocupados mis pensamientos durante días.

Si me preguntarais hoy, diecisiete años después, qué flores crecían en la rampa de la salida 33, os diría que margaritas silvestres entremezcladas con una considerable cantidad de vellosilla anaranjada. Os podría pintar el cielo, de un gris azulado impreciso tirando a un pardo emborronado. También sería capaz de revivir la repentina actividad, como la tormenta que estalló 2,4 minutos después de que pasáramos la extensión de flores, cuando la masa negra que se cernía en el firmamento descargó una granizada primaveral. Veríais las bolas de hielo del tamaño de un guisante, que obligaron a mi secuestrador a aparcar debajo de un paso elevado, decir «me cago en la puta» tres veces, fumarse un cigarro, lanzar la colilla e iniciar de nuevo la marcha, 3,1 minutos después de que la primera bola de hielo se estrellara contra el capó de la furgoneta que se había utilizado para cometer el delito. Transformé cuarenta y ocho horas de estos detalles relativos al transporte en una película que puse todos y cada uno de los días que duró mi cautiverio, estudiando cada minuto, cada segundo, todos y cada uno de los fotogramas, en busca de pistas y recursos y análisis.

La ventanilla de la furgoneta y la posición en la que me dejó mi captor, sentada y con posibilidad de ver por dónde íbamos, hicieron que sacara una rápida conclusión: el responsable de mi encarcelamiento era un idiota que iba con el piloto automático, un soldado robot. Sin embargo yo estaba cómoda en un sillón que había afianzado al piso de la furgoneta. Baste con decir que, pese a lo mucho que rezongó cuando me tapó los ojos y vio que la venda quedaba floja, o era demasiado vago o estaba demasiado distraído para atarme el antifaz en condiciones y, por tanto, supe hacia dónde nos dirigíamos por las señales que íbamos pasando: al oeste.

Durmió 4,3 horas la primera noche. Yo dormí 2,1. Tomamos la salida 74 al cabo de dos días y una noche al volante. Y no preguntéis por el tremendo bochorno de las paradas para ir al servicio en áreas de descanso desiertas.

Cuando llegamos a nuestro destino, la furgoneta bajó despacio por la rampa de salida, y yo decidí contar tandas de sesenta. *Un segundo, dos segundos, tres segundos...* 10,2 tandas de segundos más tarde, aparcamos y el motor renqueó y paró dando sacudidas. *A 10,2 minutos de la carretera*. Por la esquina superior de mi caída venda distinguí un sembrado sumido en un gris crepuscular y bañado en una franja de luna llena blanca. Las ramas finas y elásticas de un árbol cubrieron la furgoneta. *Un sauce. Como el de Nana, la abuela. Pero esta no es la casa de la abuela.*

Está en un lateral de la furgoneta. Viene por mí. Tendré que salir de la furgoneta. No quiero salir de la furgoneta.

Pegué un bote al oír el ruidoso chirriar de metal contra metal y el golpe de la puerta al deslizarse. *Hemos llegado. Supongo que hemos llegado. Hemos llegado.* El corazón me latía al ritmo de las alas de un colibrí. *Hemos llegado.* El sudor se me acumulaba en el nacimiento del pelo. *Hemos llegado.* Mis brazos se tensaron, y mis hombros se pusieron rectos, formando una T mayúscula con mi columna. *Hemos llegado.* Y mi corazón, de nuevo, podría haber hecho temblar la tierra, podría haber causado un tsunami con ese ritmo.

Con mi captor se coló un aire a campo como para consolarme. Durante un breve segundo me envolvió en una caricia refrescante, pero la presencia de mi secuestrador rompió el encantamiento casi tan deprisa como llegó. No lo veía por completo, naturalmente, con el amago de vendaje que llevaba, y sin embargo presentí que estaba allí plantado, mirándome fijamente. *¿Qué soy a tus ojos? ¿Simplemente una chica afianzada con cinta americana a un sillón en la parte de atrás de tu furgoneta de mierda? ¿A ti esto te parece normal? Puto imbécil.*

—No chillas ni lloras ni me suplicas como hicieron las otras —comentó, y fue como si hubiese tenido una epifanía con la que llevara días a vueltas.

Giré la cabeza deprisa hacia su voz, como poseída, con la intención de que ese movimiento lo desconcertara. No estoy segura de si fue así, pero creo que reculó una pizca.

—¿Te haría sentir mejor si lo hiciera? —pregunté.

—Cierra la puta boca, pedazo de zorra pirada. Me importa una puta mierda lo que hagáis las furcias como tú —dijo, en voz alta y rápida, como para recordarse que él tenía el control. A juzgar por los decibelios con los que manifestó su agitación, supuse que estábamos solos, estuviéramos donde estuviésemos. *Esto no es bueno. Se pone a gritar aquí tan tranquilo. Estamos solos. Los dos.*

Por la inclinación de la furgoneta supe que se había agarrado a la puerta y se había subido. Gruñó debido al esfuerzo, y me percaté de que respiraba pesadamente, como un fumador. *El típico saco de grasa inútil.* Sombras y fragmentos de sus movimientos se acercaron a mí, y un objeto afilado, plateado, que sostenía en la mano lanzó un destello con la luz de arriba. En cuanto invadió mi espacio me llegó su olor, a sudor rancio, la peste de un cuerpo que no se ha aseado en tres días. Su aliento era como sopa fétida en el aire. Hice una mueca de asco, me volví hacia la ventanilla tintada y contuve la respiración para no oler.

Mi captor cortó la cinta americana que me sujetaba los brazos al sillón y me puso una bolsa de papel en la cabeza. *Vaya, mofeta humana, conque te has dado cuenta de que la venda no sirve.*

Cómoda dentro de lo malo, llegué a aceptar ese sillón ambulante, pero no tenía la más remota idea de lo que me esperaba. Así y todo no puse ningún reparo a que entrásemos en lo que debía de ser una granja. Del olor a vacas que pastaban el día entero y la hierba y los tallos altos que me daban en las piernas, deduje que habíamos entrado en un henar o un trigal.

El aire nocturno del Día 2 me refrescó los brazos y el pecho incluso a través del chubasquero negro forrado que llevaba puesto. A pesar de la bolsa y del trapo que me medio tapaba los ojos, la luz de la luna iluminaba nuestro camino. Con el arma pegada a mi espalda y yo abriendo la marcha a ciegas, con la luna como única guía, atravesamos el grano de América, que nos llegaba por la rodilla, a lo largo de una tanda de sesenta segundos. Levantaba mucho los pies para acentuar la cuenta; él detrás de mí, arrastrando los pies como un pistolero. Ese era nuestro desfile de dos: *uno, shsss, dos, shsss, tres, shsss, cuatro*.

Comparé mi triste marcha con la muerte en el mar que sufrían los marineros condenados a caminar por la pasarela y tomé en consideración mi primer recurso: *tierra firma*. Después el terreno cambió, y dejé de sentir la presencia de la luna. El suelo cedió un tanto con mis innecesariamente forzados y pesados pasos, y el polvo seco que notaba en los expuestos tobillos me dijo que me encontraba en un camino de tierra suelta. Ramas de árboles me arañaban los brazos por ambos lados.

No hay luz + no hay hierba + pista de tierra + árboles = bosque. Esto no pinta bien.

Mi pulso y mi corazón parecían tener ritmos distintos cuando recordé el programa *Nightly News* y la noticia de otra adolescente a la que habían encontrado en el bosque de otro estado, lejos de mí. Qué lejana se me antojó su tragedia entonces, tan al margen de la realidad. Le habían cortado las manos y arrebatado su inocencia, el cuerpo arrojado a una fosa poco profunda. Lo peor eran los indicios de que por allí habían pasado coyotes y pumas, que se llevaron su parte bajo los maléficos guiños de murciélagos con ojos demoniacos y la lúgubre, feroz mirada de lechuzas. *Basta... cuenta... no te olvides de contar... sigue contando... céntrate...*

Los espantosos pensamientos hicieron que me perdiera. *He perdido la cuenta.* Haciendo a un lado el horror, cobré ánimos, respiré hondo y frené al colibrí del pecho, como me había enseñado a hacer mi padre en nuestras clases padre e hija de jiu-jitsu y tai chi y como las lecciones que había aprendido en los libros de la facultad de Medicina, que guardaba en mi laboratorio del sótano.

Dado el miedo pasajero que me invadió al entrar en el bosque, reajusté el cálculo. Tras una serie de sesenta segundos en el denso bosque, pasamos a una hierba corta y volvimos a vernos bajo la luz sin trabas de la luna. *Esto debe de ser un claro. Esto no es un claro. ¿O sí? Está pavimentado. ¿Por qué no hemos aparcado aquí? Terra firma, terra firma, terra firma.*

Tras otra extensión de hierba corta nos detuvimos. Un tintineo de llaves; una puerta que se abría. Antes de que se me olvidara, calculé y anoté el tiempo que había transcurrido desde que dejamos la furgoneta hasta que llegamos a la puerta: *1,1 minutos, a pie.*

No tuve la oportunidad de inspeccionar el exterior del edificio en el que entramos, pero me imaginé una granja blanca. Mi captor me obligó a subir de inmediato una escalera. *Un tramo, dos tramos...* Al llegar al tercero, giramos 45 grados a la izquierda, dimos tres pasos y nos detuvimos de nuevo. Sonido de llaves. Un cerrojo al descorrerse. Una cerradura al abrirse. El crujido de una puerta. Me quitó la bolsa y la venda y me metió de un empujón a mi cárcel, un cuarto de 3,5 × 7 metros del que no había escapatoria.

El espacio estaba iluminado por la luna, que se colaba por una ventana alta triangular situada a la derecha de la puerta. Enfrente había un colchón de 1,50 sobre un somier, directamente en el suelo, pero extrañamente rodeado de un armazón de madera con laterales y listones y tablillas y demás. Era como si alguien se hubiese quedado sin energía o quizá se hubiese olvidado de la estructura que debía soportar el somier y el colchón. Así pues la cama era como un lienzo que aún no había sido montado, tan solo descansaba torcida dentro del marco. Una colcha de algodón blanca, una almohada y una manta de lana roja vestían la improvisada cama. En el techo, tres vigas vistas, paralelas a la puerta: una sobre el umbral, la segunda dividiendo la habitación rectangular en dos y la tercera sobre mi cama. Los techos eran altos, cosa que, sumada a las vigas vistas, hacía posible que uno pudiera ahorcarse, si decidía hacerlo. No había nada más. Sobrecogedoramente limpia, sobrecogedoramente sobria, por toda decoración un tenue silbido. Hasta un monje se habría sentido desnudo en semejante vacío.

Fui directa al colchón del suelo mientras él señalaba un cubo a modo de retrete, por si tenía que «mear o cagar» por la noche. La luna vibró cuando se fue, como si también ella soltara el aire que había estado reteniendo en sus galácticos pulmones. En una habitación más luminosa, me dejé caer hacia atrás, agotada, y me regañé por mis emociones, que eran como una montaña rusa. *Desde la furgoneta pasaste del nerviosismo al odio, al alivio, al miedo, a nada. Tranquilízate o no saldrás victoriosa en esto.* Al igual que con cualquiera de mis experimentos, necesitaba una constante, y la única constante que podía tener era una impasibilidad regular, algo que me esforzaba por mantener, además de grandes dosis de desdén y odio insondable, si esos ingredientes eran necesarios para mantener la constante. Y con las cosas que oí y vi en mi prisión, ciertamente esos añadidos eran necesarios. Y fáciles de conseguir.

Si hay un talento que perfeccioné durante mi cautiverio, ya fuese por designio divino, por ósmosis al vivir en el mundo acerado de mi madre, por las clases de defensa personal de mi padre o por el instinto natural del estado en que me hallaba, ese talento era similar al de un general en una gran guerra: una actitud firme, fría, calculadora, vengativa y serena.

Esta calma serena no era nueva para mí. De hecho en primaria un tutor insistió en que me sometiese a un reconocimiento médico debido a la preocupación que había expresado la dirección al ver mis reacciones lineales y mi aparente incapacidad de sentir miedo. A mi maestra de primero le inquietaba que no berrease o saltara, chillara o gritara —como hicieron los demás— cuando un hombre armado irrumpió en nuestra clase y abrió fuego. Tal y como se podía ver en el vídeo de seguridad, yo estudié su histerismo espasmódico, sus manchas de sudor, las marcas de viruela de su cara, las pupilas dilatadas, los frenéticos movimientos de los ojos, las señales de pinchazos de sus brazos y, por suerte, su mala puntería. A día de hoy recuerdo que la respuesta era evidente: estaba drogado, nervioso, puesto de ácido o heroína o las dos cosas; sí, sabía cuáles eran los síntomas. Detrás de la mesa de la maestra se encontraba el megáfono de emergencia, en un estante bajo la alarma contra incendios, así que fui directo a ambos. Antes de hacer sonar la alarma grité: «¡ATAQUE AÉREO!» por el megáfono, con la voz más grave que podía poner una niña de seis años. El yonqui de meta se cayó al suelo y se encogió en un charco de su propio pis cuando se lo hizo en los pantalones.

En el vídeo, que señaló la importancia de que fuese sometida a evaluación, se veía a mis compañeros de clase acurrucados, berreando, a mi maestra de rodillas, suplicando a Dios, y a mí subida a un taburete, accionando el megáfono a la altura de la cadera y plantada allí como si estuviese dirigiendo el alboroto. Tenía la cabeza ladeada, el pelo recogido en una trenza, el brazo que sostenía el megáfono atravesado en la barriguilla, el otro subido hasta el mentón, en la boca una leve sonrisa que hacía juego con el amago de guiño en el ojo, dando mi aprobación a los agentes de policía que se abalanzaron sobre el culpable.

Así y todo, tras someterme a una batería de pruebas, el psiquiatra infantil les dijo a mis padres que era muy capaz de sentir emociones, pero también tenía una capacidad excepcional para suprimir distracciones y pensamientos no productivos. «El escáner cerebral permite ver que su lóbulo frontal, el responsable del razonamiento y la planificación, es más grande de lo normal. Percentil 99. Francamente, yo diría que en realidad es de un 101% —informó—. No es una sociópata. Entiende y puede decidir sentir emociones, pero también podría decidir no hacerlo. Su hija me dice que tiene un interruptor interno que puede apagar o encender en cualquier momento para experimentar cosas como dicha, miedo, amor. —Tosió y dijo "ejem" antes de continuar—: Miren, nunca me había topado con un paciente así, pero basta con mirar a Einstein para comprender la cantidad de cosas que no entendemos sobre los límites del cerebro humano. Hay quien asegura que utilizamos tan solo una parte muy pequeña de nuestro potencial. Su hija, en fin, su hija utiliza algo más. Lo que no sé es si eso es una bendición o una maldición.» No sabían que yo estaba escuchando a través de la puerta entreabierta de su despacho. Todas sus palabras fueron almacenadas en el disco duro de mi cerebro.

Lo del interruptor era, básicamente, cierto. Quizás hubiese simplificado las cosas. Es más bien una decisión, pero puesto que es difícil explicar las decisiones mentales, dije «interruptor». Como mínimo estaba encantada de tener a un médico así de bueno. Escuchaba, sin juzgar. Creía, sin mostrarse escéptico. Tenía verdadera fe en los misterios de la medicina. El día que dejé de estar a su cuidado, le di a un interruptor y lo abracé.

Me estuvieron estudiando unas semanas, redactaron algunos informes, y mis padres me devolvieron a un mundo en cierto modo normal: volví a primaria y construí un laboratorio en el sótano.

El Día 3 de cautiverio —el primero que pasaba fuera de la furgoneta— iniciamos el proceso de establecer un patrón: tres comidas al día, que me traía mi captor, en el ridículo plato de porcelana, leche en una taza blanca, un vaso pequeño de agua, seguido de uno mayor, de agua tibia. Después de cada comida se llevaba la bandeja con el plato, la taza y los vasos vacíos y me recordaba que llamara a la puerta solo cuando necesitase ir al cuarto de baño. Si no llegaba a tiempo, «usa el cubo». No usé el cubo nunca. Es decir, no usé el cubo nunca para aliviarme.

A partir de entonces ese proceso en vías de desarrollo se vio interrumpido por un par de visitas. Sí, cuando llegaron yo tenía los ojos debidamente vendados, de manera que no pude determinar su identidad, pero después de lo que sucedió el Día 17, me propuse elaborar un listado de todos los detalles para poder vengarme más adelante, no solo de mi captor, sino también de quienes acudieron a visitarme a mi celda. Sin embargo no sabía qué hacer con la gente de la cocina, situada debajo. Pero será mejor que no adelante acontecimientos.

Mi primera visita llegó el Día 3. Médico, sin duda, tenía los dedos fríos. Lo llamé «el Médico». La segunda llegó el Día 4, acompañada del Médico, que informó: «La chica se encuentra bien, teniendo en cuenta las circunstancias.» En voz baja, el segundo visitante comentó: «Conque esta es.» Lo llamé «Señor Obvio».

Cuando el Médico y el Señor Obvio estaban por irse, el Médico recomendó a mi carcelero que procurase que mantuviera la calma y estuviese tranquila. Pero no se produjo ningún cambio que me hiciese sentir calmada o tranquila hasta que el Día 4 tocó a su fin, cuando solicité los Recursos n.ᵒˢ 14, 15 y 16.

Cuando la luz empezaba a desvanecerse en mi cuarto día de cautiverio, la madera del suelo crujió de nuevo. A través del Recurso n.º 8, el ojo de la cerradura, tomé nota de la hora: *la cena*. Mi captor abrió la puerta y me dio la bandeja con el plato de motivos absurdos, la taza de leche y el vaso de agua. *Otra vez quiche y pan*.

—Toma.

—Gracias.

—¿Más agua?

—Sí, por favor.

Echa la llave, se escuchan las tuberías, corre el agua, vuelve: más agua. *¿Por qué? ¿Por qué? ¿Por qué hace esto?*

Dio media vuelta para marcharse.

Con la cabeza gacha y la voz más sumisa e insípida posible que me pude permitir, dije:

—Disculpe, pero no puedo dormir, y se me ha ocurrido que si pasaría algo si... bueno, puede que si viera la tele o escuchara la radio o leyera o dibujara, un lápiz y un papel, puede que sirviera de algo, ¿no?

Me preparé para escuchar un ataque verbal brutal e incluso violencia física por mi insolencia.

Él me miró de arriba abajo, soltó un gruñido y se marchó sin contestar mi pregunta.

Unos cuarenta y cinco minutos después escuché de nuevo el ya familiar crujido del suelo. Supuse que mi captor había vuelto, siguiendo la rutina, para recoger el plato, la taza y los vasos. Pero cuando abrió la puerta vi que llevaba contra el ancho pecho un viejo televisor de diecinueve pulgadas, una radio de mercadillo de unos treinta centímetros de largo, un cuaderno metido bajo el brazo izquierdo y un estuche de colegial de plástico alargado. El estuche, rosa y con dos caballos en un lateral, era de esos que se compran el primer día de colegio y se pierden en una semana. Me pregunté si estaría en un colegio. *De ser así, debe de estar abandonado.*

«Y no se te ocurra pedir nada más», advirtió, cogiendo de malas maneras la bandeja de la cama y haciendo que el plato y los vasos vacíos se deslizaran por la superficie ruidosamente. Dio un portazo al salir. Ruidos. Siempre hacía ruidos desagradables.

Moderando mis expectativas, abrí la cremallera del estuche rosa, pensando que me encontraría un simple lápiz sin punta.

No puede ser: no solo hay dos lapiceros nuevos, sino también una regla de treinta centímetros y un sacapuntas. El sacapuntas, negro, tenía el número «15» en un lado. Me apropié de inmediato de tan valioso objeto y lo etiqueté: Recurso n.º 15, en particular la hoja de su interior. *El Recurso n.º 15 presenta su propia etiqueta.* Sonreí cuando tuve la caprichosa ocurrencia de que el sacapuntas se unía resueltamente a mi complot, un soldado leal que acudía a cumplir con su deber, y resolví que «15» al menos formaría parte del nombre de mi plan de fuga.

Con el objeto de que mi captor tuviera la sensación de que agradecía sus desvelos, enchufé el Recurso n.º 14, el televisor, y fingí ver la tele. Era evidente que me importaba un pito su preciado ego, pero las estratagemas que diseñamos para engañar a nuestros enemigos los arrullan y los mecen para que se sientan seguros en su debilidad y sus inseguridades, hasta que llega el momento de hacer saltar la trampa, tirar de la cuerda y dejar caer la veloz mano de la muerte. Bueno, puede que no tan veloz, quizá se alargue un tanto. *Es preciso que sufra, un poquito.* Quité el asa del cubo y utilicé los puntiagudos extremos del destornillador.

Esa noche ninguna criatura en la casa o en los campos que se extendían más allá superó mi grado de conciencia. Hasta la luna empequeñeció hasta convertirse en un gajo mientras me pasé la Noche 4 entera trabajando.

Mi carcelero no se percató de la sutil diferencia que presentaba mi celda cuando me llevó el desayuno el Día 5, de nuevo en el ofensivo plato de porcelana. Cuando llegó la hora de la comida, tuve que hacer un esfuerzo para no soltar una risita cuando me preguntó si quería más agua.

«Sí, por favor.»

No sabía lo que le esperaba, ni hasta dónde estaba dispuesta a llegar para imponer mi idea de justicia.

Me da lo mismo lo que dijeron las noticias en su momento: no me escapé de casa. Evidentemente. ¿Por qué habría de hacerlo? Mis padres estaban muy enfadados, sí. Estaban furiosos, pero me apoyarían. Eran mis padres, y yo su única hija.

«Pero eres una estudiante de nota. ¿Qué piensas hacer con los estudios?», me preguntó mi padre.

Se mostraron más desconcertados incluso cuando fuimos a la clínica y se enteraron de que había ocultado mi estado siete meses.

—¿Cómo puede estar embarazada de siete meses?

—le preguntó mi madre al tocólogo, aunque su voz no casaba con lo que veían sus ojos, una verdad innegable.

Lo cierto es que no solo había «engordado un poco», sino que además me había crecido un bombo perfectamente redondo bajo mis por aquel entonces hinchados pechos. Abochornada por su autoengaño, mi madre bajó la cabeza y empezó a sollozar. Mi padre le puso una mano en la espalda con suavidad, no sabía muy bien qué hacer con esa mujer que rara vez derramaba una lágrima. El médico me miró y frunció la boca, aunque con amabilidad, y cambió de tema, centrándose en el futuro más inmediato.

—Tendremos que volver a verla la semana que viene. Quiero hacer algunas pruebas. Pidan cita en recepción.

De haber sabido entonces lo que sé ahora, me habría mostrado más perspicaz y habría pillado la pista en ese mismo instante. Pero estaba demasiado inmersa en la decepción de mis padres para darme cuenta de la doblez que había tras la mirada feroz de la recepcionista o el velo de clorofila que envolvía su presencia, fuera de lugar. Sin embargo ahora lo recuerdo; en su momento almacené esa información inconscientemente. Cuando nos acercamos a ella, la mujer, el cabello blanco recogido en un moño tirante, los ojos verdes y las mejillas con un falso rubor, se dirigió únicamente a mi madre:

—¿Cuándo ha dicho el doctor que debían volver? —preguntó.

—Ha dicho que la semana que viene —respondió mi madre.

Mi padre presenciaba la escena, metiendo la cabeza

en el espacio de mi madre, sus piernas justo detrás de las de ella: parecían un dragón de dos cabezas.

Mi madre se puso a toquetear el bolso con una mano mientras la otra se abría y cerraba en torno a una pelota antiestrés inexistente a la altura del muslo. La recepcionista consultó la agenda.

—¿Les viene bien el próximo martes a las dos? No, un momento, estará en el instituto, ¿no? ¿Prospect High?

A mi madre no le gusta nada la cháchara innecesaria. Por regla general habría pasado por alto, habría desdeñado incluso, la irrelevante pregunta sobre el instituto. Por regla general habría respondido a tan superflua pregunta con una pregunta mordaz: ¿de verdad importa a qué instituto va? Es voluble, y no tiene paciencia para la estupidez o la gente que le hace perder el tiempo. Mal genio, sumamente eficiente, exigente, metódica y desdeñosa, esas son cualidades: es abogada procesalista. Sin embargo, ese día no era más que una madre angustiada, y contestó a la pregunta deprisa mientras hojeaba su agenda.

—Sí, sí, Prospect High. ¿Qué le parece a las tres y media?

—Perfecto. Entonces a las tres y media el martes que viene.

—Gracias. —Llegados a ese punto mi madre apenas escuchaba, y nos sacó a toda prisa a mi padre y a mí de la clínica. La recepcionista, sin embargo, nos siguió con la mirada, y la pillé mirándonos. Entonces pensé que solo le interesaba el chismorreo sobre el «desafortunado» embarazo de una adolescente de una «familia bien».

Tenía nuestra dirección por mi historia, naturalmente, y se acababa de enterar de que no iba a ninguno de los institutos privados de la localidad, lo que quería decir que sabía que vivía a una manzana del instituto público, lo cual, a su vez, significaba que podía deducir sin temor a equivocarse que iba andando al instituto, por un camino vecinal rural densamente poblado de árboles. Resulté ser el objetivo perfecto para esa exploradora, envuelta en papel de regalo. Tras sus ojos entrecerrados, fríos y calculadores, y su nariz corva y ganchuda, debió de ponerse en movimiento en cuanto salimos de la clínica. Quizá la memoria me traicione y haga que me imagine esto, pero la veo levantando el teléfono y tapándose los labios pintados de rosa para hablar. En esa imagen, sus ojos verdes no pierden de vista los míos.

Es evidente que mi madre se habría dado cuenta del avance de mi estado mucho antes, de no haber pasado fuera la mayor parte de los tres meses anteriores en un juicio, en el Distrito Sur de Nueva York. Cuando vino a casa un fin de semana, yo me aseguré de estar «esquiando con una amiga en Vermont». En una ocasión mi padre fue en tren a visitarla. Yo me quedé en casa, sola, pero contando con su plena confianza, para hacer trabajos de clase y completar experimentos en el laboratorio del sótano.

Que nadie me malinterprete, mi madre nos quiere. Sin embargo, mi padre y yo sabíamos que más valía dejarla a su aire cuando estaba en «modo juicio», un estado de guerra en el que le consumía una visión que se restringía a su misión: ganar el juicio, cosa que lograba el 99,8% del tiempo. No estaba nada mal. Las empresas la adoraban; los demandantes la odiaban. Las unidades de investigación del Departamento de Justicia, la Comisión Nacional del Mercado de Valores, la Comisión Federal de Comercio y la Oficina del fiscal general de Estados Unidos la consideraban «el mismísimo diablo». La prensa liberal solía vilipendiarla, algo que únicamente servía para engrosar su cartera de clientes y afianzar su condición de maga de la abogacía. «Cruel», «despiadada», «incansable», «intrigante implacable», estas eran las palabras que utilizaban y que ella ampliaba y enmarcaba a modo de obra de arte para decorar las paredes de su despacho. ¿Es cruel? Personalmente me parece más bien blanda.

Mi padre no habría cuestionado mi aumento de peso, ya que ve detalles solo en cosas minúsculas e indetectables, como quarks y protones. Antiguo miembro de las fuerzas especiales de la Marina devenido en físico, está especializado en radiación médica. Durante aquel periodo de nuestra vida trabajaba de manera febril en un libro que le habían encargado escribir sobre el empleo de globos radiados para tratar el cáncer de mama. Que yo recuerde, también a él lo consumía su visión periférica restringida. Mi madre en modo juicio; mi padre con un plazo de entrega del libro. Con esta combinación perfecta, mis dos progenitores ausentes, mi estado pasó inadvertido a sus ajetreadas vidas. Sin embargo, no pretendo echarle la culpa nadie. Pretendo simplemente exponer la realidad. Yo fui la que se metió en ese lío. Yo fui la responsable del estado en que me encontraba, junto con otra persona, claro está. Y nunca he lamentado lo que algunos podrían denominar un «error». No lo haría nunca, aunque quizás otros sí.

De vuelta a casa desde la clínica, permanecí en silencio en la parte de atrás del coche todo lo que pude. Mis padres iban cogidos de la mano y se consolaban mutuamente, sin levantar ningún dedo acusador, en los asientos delanteros. Me figuré que mi madre estaría dolida, aquejada de un sentimiento materno de culpa, e intenté decirle que su carrera no tenía nada que ver con el apuro en que me hallaba.

—Mamá, esto no entraba dentro de mis planes, pero, créeme si te digo que habría sucedido aunque estuvieses en casa haciendo *brownies* todos los días. El condón de látex tiene un promedio de un 2% de fallos, y, bueno... —Hice una pausa, porque mi padre, abochornado, lanzó un ay, pero así y todo continué; después de todo la ciencia es objetiva—: La biología se acaba imponiendo, aunque se encuentre en clara desventaja. Sigo sacando sobresalientes, no me drogo, voy a acabar el instituto. Pero necesito que me ayudéis.

Tal y como era de esperar me endilgaron una buena sarta de predecibles sermones sobre lo decepcionados que estaban, lo poco preparada que estaba yo para asumir esa responsabilidad y cómo me había complicado la vida yo solita cuando debería estar disfrutando de la época del instituto y centrándome en elegir universidad.

—Lo que no logro entender es por qué no acudiste a mí antes... y cómo decidiste dar la noticia. No... no lo entiendo, la verdad —dijo mi madre, los ojos débiles y oscuros con un abatimiento que no le había visto nunca.

Era cierto, el modo en que le había dado a conocer mi embarazo había sido un poco, en fin, un poco brusco. Pero no adelantemos acontecimientos.

No le respondía cada vez que me preguntaba por qué no se lo había dicho antes porque, francamente, no sabía qué respuesta darle que le resultara satisfactoria. Cuando uno se niega a menudo a encender las emociones, actúa basándose únicamente en datos, en aspectos prácticos. Y la verdad al desnudo era que estaba embarazada y no consideré que fuese práctico interferir en el juicio en el que estaba trabajando mi madre. Comprendo que quizá resulte difícil de entender. Quizá mi relato ayude a explicar, incluida a mí misma, mis pensamientos. Lo que hice y no hice.

—Pero te queremos mucho, mucho. Superaremos esto. Lo superaremos juntos —aseguró. Y repitió el mantra, «superaremos esto» entre dientes mientras se preparaba para pasar a la acción durante lo que quedaba de la semana. Y cuando se hubo calmado, se refugió en su puerto seguro: formular una estrategia escrupulosa. En un momento dado llamó a su despacho para decir que no volvería hasta el lunes siguiente. Se hizo con las vitaminas prenatales de rigor y convirtió la biblioteca en una guardería. Por mi parte, hice cuanto me pidió, aliviada y agradecida por poder contar con su apoyo y, a ratos, cuando accionaba y ponía a prueba mi interruptor del miedo, aterrorizada.

El lunes siguiente a la visita a la clínica, el día previo a la revisión ginecológica, me puse el chubasquero negro forrado y cogí un paraguas para ir al instituto. En la mochila tenía libros, unas mallas, un sujetador deportivo, calcetines y una muda: todo lo necesario para ir a una clase de yoga después de las clases a la que no me había apuntado. Era un pequeñísimo detalle, un vestigio de mis meses de engaño involuntario, un detalle que no había contado a mis padres, ya que iba a ir a yoga siguiendo los consejos de un libro sobre maternidad que había robado en la biblioteca. El factor crucial, para cualquiera que no lo supiese, era que daba la impresión de que me había ido de casa con ropa en la mochila.

No obstante, me eché la mochila a la espalda y salí por la puerta principal. Una vez fuera me detuve: *Mierda, se me han olvidado las chinchetas y el tinte de pelo para la clase de arte. Y el almuerzo. Será mejor que me lleve dos almuerzos, no me vaya a desmayar del ejercicio.* Sin cerrar la puerta, volví a la cocina y allí, en la encimera de madera, cogí las chinchetas —un paquete inmenso procedente del cuarto de material de oficina del bufete de abogados de mi madre— y el tinte y me los eché a la mochila, que dejé tirada en la encimera. Después hice cuatro sándwiches de mantequilla de cacahuete con mermelada y los metí también, y como no tenía tiempo de pensar, también añadí una lata de cacahuetes, unos plátanos y una botella de dos litros de agua. A ver, probad a tener dieciséis años y estar embarazada. Estás hambrienta a todas horas, ¿vale?

Con el macuto a la espalda y la barriga delante, parecía un círculo mal trazado con unas piernas como palillos. Seguí mi camino, el equilibrio precario debido al peso en la parte superior, y salí al camino de grava de casa. En el buzón de correos, por algún motivo desconocido, me vi obligada a pararme y volver la cabeza hacia mi casa, una vivienda marrón con el tejado a la holandesa, a la sombra de un pinar. Con la puerta principal roja. Creo que quería ver si los coches de mis padres no estaban y confirmar que habían vuelto al trabajo, a su vida de siempre. Quizá me diera seguridad pensar que habían retomado sus respectivas rutinas a pesar del trastorno familiar.

Al final del camino se me ofrecía la opción equidistante de girar a la izquierda o a la derecha: la entrada trasera del instituto a la izquierda y la principal a la derecha. En una ocasión había calculado la distancia: yendo por la izquierda tardaba 3,5 minutos; y yendo por la derecha, 3,8 minutos, de puerta a puerta. En realidad la decisión de ir a la izquierda o a la derecha dependía de lo que se me antojase ese día. Y ese lunes se me antojó lo que no debía.

Giré a la derecha y continué bajo mi paraguas negro en el sentido del tráfico. Los goterones acribillaban la tela y el suelo a mi alrededor, como si se hubiese iniciado un bombardeo aéreo o hubiese vuelto el pistolero. Siempre que oigo cosas así me acuerdo de primero, así que, como era natural, me vinieron a la memoria alarmas y benditos agentes de policía echándose encima de un pistolero. Distraída con estas cosas, y ensimismada en macabros recuerdos, no supe ver que esa mañana arcillosa, húmeda, dura, gris era un preludio, un heraldo de mala suerte.

Si hubiese ido por la izquierda, no habría podido detener la furgoneta a mi lado para tomarme por sorpresa.

Habría montado demasiado número, puesto que solo disponía de unos cinco segundos de calzada para meterme en la furgoneta sin que nadie se diese cuenta. Aquello obedecía a un plan. Que habían practicado, creo. En un principio supuse que creían que valía la pena dedicarme tiempo. Una chica rubia, joven, sana, que llevaba en su vientre a un niño sano. Una chica americana que sacaba las notas más altas, de una familia adinerada, y con un futuro prometedor en la ciencia. Me habían dado premios por mis experimentos de nivel avanzado, demostraciones, maquetas y trabajos. Todos los veranos desde que tenía seis años iba a campamentos de ciencia, y a lo largo del año participaba en concursos de carácter privado. Con la ayuda de mis padres, instalé un laboratorio en el sótano con un equipo puntero. Un microscopio de serie no tenía cabida en mi mundo. Mi equipo salía de los mismos catálogos que utilizaban importantes universidades y empresas farmacéuticas internacionales. Estudiaba, medía, contaba, calculaba, lo hacía todo. Ya fuese física, química, medicina, microbiología, me encantaban todas aquellas disciplinas que requiriesen orden y comparación, cálculos y teorías demostrables. Este pasatiempo, la ciencia, era algo en lo que consentían y en lo que me complacían unos padres ocupados que no tenían problemas de dinero. El MIT, el Instituto Tecnológico de Massachusetts, era un destino inevitable. *Mi hijo y yo somos muy valiosos*, pensé cuando me secuestraron. Sin embargo, para gran consternación mía, no tardé en aprender una dura lección: no nos querían por nuestro cerebro ni para obtener un rescate.

Cuando había recorrido unos veinte pasos de mi trayecto matutino, una furgoneta granate se aproximó sin hacer ruido, acallada por un trueno. La puerta lateral se abrió y un hombre barrigudo me cogió por la izquierda y me metió en el vehículo. Así de sencillo. Así de rápido. Me tiró sobre un sillón que estaba afianzado al suelo de metal ondulado de la furgoneta y me acercó un arma a la cara, tanto que el acero me dio en los dientes, me supo como cuando se muerde sin querer el tenedor y en la boca queda ese regusto. Un coche pasó a toda velocidad, salpicando el agua de los charcos que se habían formado deprisa en la calzada, ajeno al grave aprieto en que me hallaba. Instintivamente me protegí el vientre con los brazos. El captor siguió mi gesto y me apuntó con el cañón del arma al ombligo.

—Un puto movimiento y le meto un tiro a ese crío.

Aturdida y petrificada, di un grito ahogado y me quedé sin aliento. El corazón incluso se me paró, a pesar de que latía con desenfreno. Por lo general no me afectan así las cosas, solo cuando el susto es grande me impresiono, el corazón se me dispara. Durante la mayor parte del tiempo que pasé confinada, conseguí dominar este defecto personal. En la furgoneta, sin embargo, debilitada por un arrebato de emoción, permanecí inmóvil mientras él me empujaba hacia delante y me quitaba la mochila, que tiró al suelo junto al paraguas abierto. Dejó el arma en una cocina verde oliva, sujeta en el lado opuesto de la furgoneta mediante una serie de pulpos. Después me quitó las manos del estómago y me inmovilizó los brazos pegándomelos a los del sillón con cinta americana. Por algún motivo inexplicable, que todavía no he discernido, hizo de un trapo verde oliva una venda chapucera. *Pero si ya te he visto la cara. Tu carota hinchada de ojillos negros con esa barba mal afeitada y esa mala tez.*

Me cogieron así de deprisa. Me cogieron por tirar a la derecha. Me atacaron por la izquierda.

El tipo cerró el paraguas y lo lanzó a la parte trasera de la furgoneta; luego cogió el arma y pasó al asiento del conductor. Yo no vi nada de eso, pero sí lo sentí o lo oí, en los microfilamentos del aire, en los microdecibelios suspendidos en fracciones de tiempo. Son esas partículas subatómicas las que ahora pueblan mi memoria cíclicamente.

—¿Adónde me lleva? —le grité.

No dijo nada.

—¿Cuánto dinero quiere? Mis padres se lo darán. Por favor, deje que me vaya.

—No queremos tu dinero, zorra. Cuando tengas a ese crío nos lo quedaremos, y después te tiraré a una cantera con las demás chicas, despojos como tú. Y cierra el puto pico o te juro que te mato ahora mismo. No me toques los cojones. ¡¿Me has entendido?!

No respondí.

—¡¿Que si me has entendido?!

—Sí.

Y esos fueron los hechos. Puse el pie en la mochila para que no resbalara.

2

Agente especial Roger Liu

Llevaba quince años en el FBI cuando me asignaron el caso número 332.578, correspondiente a Dorothy M. Salucci. Lo mío son los secuestros de niños, y no se puede decir que me haya alegrado la vida precisamente. En cuanto a Dorothy M. Salucci, su caso sigue siendo el que más me ha costado superar de toda mi carrera. En el fondo, dejé el FBI debido a ella. Quince años de infierno es suficiente.

Pero será mejor que empiece por el principio.

El 1 de marzo de 1993 recibí una llamada que me informaba de una adolescente embarazada a la que habían raptado cerca del instituto. Este caso seguía el patrón de una serie de casos en los que había estado trabajando a lo largo del año anterior: adolescente embarazada, padres casados, entre seis y ocho meses de gestación, caucásicas. La dificultad de estos casos radica en que en un principio se malinterpreta la situación y se cree que el niño se ha escapado de casa. Estadísticamente hablando, nada menos que 1,3 millones de adolescentes escapan de casa cada año, en un elevado porcentaje debido a un embarazo no deseado. Estas estadísticas suponen que se pierden pruebas cruciales y los recursos se ven mermados en cuestión de días, en realidad horas; peor, minutos, segundos.

En el caso de Dorothy M. Salucci, teníamos a un novio y unos padres casados y que al parecer apoyaban a su hija e insistían en que Dorothy no se había escapado de casa. Tracé el perfil de la muchacha rubia, reparé en las altas calificaciones y en el hecho de que era una alumna eminente, interrogué a la familia y al novio y determiné que el caso requería toda mi atención.

El primer día de investigación llegué alrededor de las diez de la mañana para empezar con las preguntas y el trabajo de campo. Por desgracia eso sucedió un día después de que se produjera el secuestro. El escenario: los padres llegan a casa del trabajo → la chica no está → llaman a la policía → se emprende una búsqueda que dura toda la noche → se pasan toda la noche llamando a todos los amigos → por la mañana no ha vuelto → se alerta al FBI → el caso acaba en mi mesa. Conjuntamente con la policía local y mi compañera, peiné el instituto entero en busca de alguien que pudiera haber visto algo la mañana que desapareció la chica. Sabemos que fue por la mañana porque el padre afirmó que despertó a Dorothy antes de irse a trabajar. El director confirmó que no había ido al instituto, y debido a una grave confusión, nadie llamó a los padres. Se elevaron dedos acusadores. Había pruebas de que Dorothy había desayunado, y su coche estaba en el garaje. Incidentalmente los compañeros del padre y la grabación de su lugar de trabajo corroboraron que llegó al trabajo a las 7.32, y parecía tranquilo y normal. No sospechaba del padre.

El bufete de la madre confirmó que esta también había llegado puntual a su trabajo: a las 6.59, según el guarda de seguridad que registraba todas las llegadas y salidas. Una grabación de la madre en McDonald's, donde paró a tomar café, no mostraba nada fuera de lo común, tan solo una transacción normal en el McAuto y directa al trabajo. Mi compañera y yo analizamos la cinta, donde se la veía canturreando y retocándose el lápiz de labios en el espejo retrovisor, soñando despierta y nada nerviosa. No sospechaba de la madre.

El novio de Dorothy sollozaba en comisaría mientras declaraba su amor eterno a Dorothy y su futuro hijo. La madre del chico insistió en que lo dejó en el instituto poco antes de las ocho y media de la mañana, y el profesor de su clase recordaba que llegó a la hora en punto, porque cerró la puerta justo cuando sonaba el timbre. No sospechaba del novio, como tampoco sospechaba que la madre del chaval mintiera. Sin embargo, por si acaso, los puse bajo vigilancia.

En el curso de nuestra investigación in situ, descubrimos dos pistas: la policía encontró una zapatilla Converse All Star negra, baja, que había caído por un terraplén y había ido a parar a unas matas junto a la carretera, a unos veinte metros de la casa de Dorothy. Sus padres confirmaron que la zapatilla era de su hija, echándose a llorar al ver los cordones atados. La segunda pista la proporcionó una madre que, la mañana del secuestro, fue a llevar a su hija al instituto. Nunca olvidaré cuáles fueron sus palabras exactas: «Recuerdo que vi una furgoneta granate que se detuvo, granate, sin lugar a dudas... Qué curioso. En su momento no me pareció raro, pero me fijé en que la matrícula era de Indiana. Me fijé porque en el marco ponía el apodo del estado, "Estado Hoosier", y precisamente esa noche mi marido y yo habíamos estado hablando de la película *Hoosiers: más que ídolos*. La recuerdo solo por ese motivo. Una bendita coincidencia, supongo.» Se santiguó.

Lo de «bendita coincidencia» resonaba en mi cabeza, de modo que escribí esas palabras en sinuosa letra cursiva en los márgenes del informe que redacté.

Un día después, tras recopilar docenas de imágenes, la mujer de la matrícula identificó una furgoneta Chevrolet G20 Conversion Sportvan, la TransVista, de 1989, con dos lunetas laterales tintadas. Todo este trabajo, el hecho de que finalmente me avisaran, se identificara la zapatilla, se entrevistara a los padres y al novio, se comprobaran sus coartadas, se peinara el instituto, se entrevistara a la mujer de la matrícula, se reunieran imágenes de posibles furgonetas y se volviera a ver a la mujer de la matrícula para que identificase el vehículo, nos llevó tres días, dicho de otra manera, nos retrasó tres días.

Los padres de Dorothy acudieron a todas las fuentes de noticias del área metropolitana de Nueva York e hicieron un llamamiento a los medios nacionales. Sin embargo, a los tres días la historia dejó de estar en el candelero. El quinto día el Departamento de Interior retiró los recursos destinados a vigilancia, y mi compañera, que seguía en el caso conmigo, fue presionada para que se dedicara al papeleo de casos abiertos atrasados. Todo jugaba en contra de Dorothy M. Salucci.

3

16-17 días de cautiverio

El Día 16 volvió la Gente de la Cocina. Me imaginaba la cocina como una cocina rústica, con telas con flores amarillas y verdes a modo de faldas de una encimera de madera larga para ocultar los cacharros en baldas improvisadas debajo. Me imaginaba una cocina vieja blanca y un clásico robot de cocina verde manzana. Me imaginaba a dos mujeres, de distintas generaciones, preparando mis comidas y limpiándose las manos embadurnadas de harina en un delantal rojo con un ribete rosa. Me imaginaba muchos detalles de su vida. Una era la madre; la otra, la hija adulta de esta. Me las imaginaba inmersas en su rutina, cocinando para otras personas de la zona como parte de su negocio familiar. Me imaginaba que les encantaba cocinar para mí en esa cocina de techos altos. Después de todo la mayoría de las cocinas están en la primera planta, y sin embargo nosotros subimos tres pisos para llegar a mi cárcel, y daba la impresión de que estaba justo encima de la cocina. Me imaginaba todas esas cosas, y lo que más me impresionó fue cuánta razón tenía en algunas y lo muy equivocada que estaba en otras. Ahora he decidido recordar la cocina y a esas cocineras invisibles como las imaginaba, una dulce canción infantil, un gato sobre una alfombrilla trenzada tumbado al sol, mujeres entradas en carnes con sonrisas anchas, sosteniendo una cuchara de palo en la mano y echándole sobras al gato. Una canción folk tocada con una guitarra acústica creando un alegre ambiente de trabajo. Quizás incluso un pájaro gorjeando en lo alto de una puerta abierta.

Pero, recapitulando: tal y como ya mencioné, mi captor no reparó en el cambio sutil que se había operado en mi cuarto cuando llegó a dejarme el desayuno el Día 5. Me había pasado la noche entera trabajando y no había dormido nada la noche anterior. Desde entonces había seguido perfeccionando mi plan para que diera fruto.

Al igual que hizo el Día 9, el Día 16 llegó antes que las otras mañanas, se acercó a mi cama y me zarandeó hasta que me «desperté». Naturalmente fingía estar dormida, como si no me hubiera pasado la noche entera trabajando una vez más. Me dejó el diabólico plato de porcelana junto al pecho y me informó a voces de que si tenía que «usar el cagadero» debía ir «ya». También dijo que volvería y me estrangularía si me movía un solo centímetro o hacía «el menor ruido» antes de comer. «Hay chicas como tú a montones, no pienso correr ningún riesgo contigo, zorra.»

Buenos días a ti también, capullo.

Acepté su ofrecimiento de ir al cuarto de baño porque había decidido aceptar todo lo que me ofreciese. No quería rechazar ninguna posibilidad de hacerme con recursos o información. Además, había aceptado el ofrecimiento el Día 9, y no quería que se produjese ningún cambio en la rutina que habíamos establecido. La menor alteración podía suponer una seria amenaza para mi lista de recursos ordenados y podía modificar mi incipiente Plan de Huida/Venganza, que, como bien sabéis, de momento había llamado 15. Desviarme del camino que había decidido seguir podría haber sido fatal. Y si bien la fatalidad acechaba, sin lugar a dudas, no sería yo el premio que se cobraría la muerte.

Tras llevarme a baqueta para que me aliviara y devolverme a mi celda, dejó el cubo a mi lado, igual que hizo el Día 9.

Hundiéndome el dedo en la cara, me ordenó: «Usa esto, pero úsalo en la cama si tienes que mear. No te muevas de la cama.»

Por suerte había devuelto el asa al cubo solo diez minutos antes de que llegara.

Cuando noté que hacía más calor, la Gente de la Cocina empezó a utilizar el robot eléctrico, igual que el Día 9. El sonido me provocó un estado similar a la hipnosis durante una hora entera. Me acaricié el estómago, cada vez más abultado, fascinada con un talón o un puño que salía a mi encuentro. *Hijo, hijo, te quiero, hijo*. Después el piso de mi cuarto empezó a vibrar, movimiento que se vio acompañado de un zumbido grave. Concluí que debía de ser un ventilador de techo en la cocina. Con el ventilador llegaron vaharadas de pollo asado, beicon, *brownies*, romero y, algo sumamente grato, pan recién hecho.

Señoras, ¿saben ustedes que la comida que preparan es para mí? ¿Saben que soy una chica a la que han secuestrado? No creía que lo supieran. ¿Por qué si no la farsa matutina con mi captor? Además, su respiración sibilante, repleta de flemas, acompañaba su nervioso caminar de pantera al otro lado de mi puerta; mi inquieto guardián estaba allí. Pero solo los días que venían ellas. Los días que no acudía la Gente de la Cocina, no sé dónde pasaba el tiempo que mediaba entre que me traía la comida y volvía para recoger el puñetero plato. Con todo, había algunos datos que me hacían dudar de la Gente de la Cocina.

A mi oído solo llegaban sus voces ahogadas. Captaba algunas palabras, como «mano» y «cazuela». Su tono femenino, uno áspero y viejo; el otro suave y alegre, ponía de manifiesto la existencia de una pequeña jerarquía: estaba claro que una mangoneaba a la otra.

El patrón que presentaba la Gente de la Cocina, hasta ese momento, era acudir el séptimo día, lo cual tenía sentido. Estudiando los olores y la secuencia de mis comidas, se sostenía con facilidad la hipótesis de que acudían los martes a prepararme las comidas de la semana.

La mañana del Día 16 estuve a punto de gritar para pedir ayuda, pero necesitaba más pruebas que demostraran su inocencia, de manera que hice uso del Recurso n.º 11, la paciencia, y me mantuve a la espera para determinar de qué lado estaban. Albergaba dudas sobre su grado de implicación porque no entendía cómo era que mi captor no me vendaba los ojos y me amordazaba los días que acudían ellas. *Puede que, como en la caravana, porque es estúpido o vago o las dos cosas.* Aun así. También tenía dudas porque el Día 9 las saludó diciendo: «Nos gusta mucho la comida.» *¿Nos? Entonces ¿saben ellas que hay alguien más? ¿Aquí?* Cuando oí eso, caí en la cuenta de que habían sido ellas las que me habían preparado las comidas de la primera semana de mi cautiverio. Trazando mentalmente la línea cronológica, calculé los días entre puntos de datos:

Día 2 = la Gente de la Cocina prepara la comida de la primera semana mientras yo me encontraba en la furgoneta + 7 días.
Día 9 = Gente de la Cocina + 7 días.
Día 16 = Gente de la Cocina.

A la vista de este gráfico resultó fácil enunciar el postulado de que sus intervalos de visita eran de una semana, de manera que podía desarrollar mi plan teniendo en cuenta este ciclo predecible.

Cuando las saludó el Día 16, mi captor dijo: «Muchas gracias, la comida es estupenda.» Esta vez prorrumpió en una risotada falsa, de pega. *Farsante.* Me acordé de mi madre. El desdén que le inspiraban los farsantes era mayor incluso que el que le inspiraban los vagos. Cuando coincidía con las madres de la APA en las ventas de bizcochos benéficas, de punta en blanco con su gruesa capa de maquillaje y su pelo frito, teñido, taconeando por el gimnasio con sus sobrios zapatos y sus pantalones capri y cuchicheando con las otras *cougar* sobre los líos que tenía el macizo profesor de educación física con clones de ellas mismas, mi madre se inclinaba hacia mí y me decía: «No seas nunca como esas idiotas sin seso. Usa tu cerebro de manera productiva. No malgastes el tiempo chismorreando.» Y cuando la saludaban con un «hooola» con voz cantarina, para acto seguido intercambiar desagradables miradas críticas dirigidas a su persona, mi madre no reaccionaba nunca, salvo para erguir su postura, ya de por sí tiesa como la de una cobra, y alisarse el traje de chaqueta y pantalón a medida de Prada. Era como si ella y yo tuviésemos un mundo propio, en el que no podía entrar una sola persona que no fuese digna de él. ¿No deberían vivir así todas las niñas? ¿Siendo educadas en la autoestima?

La Gente de la Cocina se reía tontamente y parecía halagada, a juzgar por sus notas agudas, de mujer, en respuesta al falso encanto y los cumplidos sobre su comida carcelaria. *Puto Príncipe Encantador, mierda mentiroso, capullo. Te voy a matar.* Aunque, para ser sincera, estaba de acuerdo: la quiche era deliciosa; y el pan, rico y esponjoso, con una mezcla perfecta de romero y sal.

Pero me estoy apartando del tema.

Decía que tenía mis dudas, y no estaba dispuesta a que las prisas me llevaran a quemar mis naves con la Gente de la Cocina. Carecía de parámetros, datos, cálculos, y sin duda de cotas, que respaldaran semejante tentativa.

A mis dudas se venía a sumar mi preocupación por la acústica: si bien a mí me llegaba su voz, es posible que la mía no les llegara a ellas, en particular cuando estaban encendidos el robot de cocina y el ventilador de techo. Si les llegaba mi voz, seguro que mi captor acudiría para hacerme callar. *Es preciso no solo que determine de qué lado están, sino además que compruebe la insonorización de este cuarto.* Ponerme a dar patadas en el suelo quizá funcionase, pero tal vez ellas pensaran que se trataba de mi captor y no tomaran medidas lo bastante deprisa. Podía dar patadas y chillar y hacer que fuese imposible que no se dieran cuenta de que estaba ahí, cautiva. Pero aunque me oyesen, yo creía que nos encontrábamos en una zona apartada. De manera que podían oírme y disponerse a ayudarme, pero me figuré que también él podía pegarles un tiro y arrojarlas «a la cantera» sin más. Me dije que debía reunir más datos. *Determina de qué lado están, comprueba la acústica y asegúrate de que no las mate/las pueda matar antes de que llegue la ayuda.*

Todas estas dudas me llevaron a diseñar el plan 15 sin contar con la Gente de la Cocina. Creo que, de verse en mi situación, casi todo el mundo lo habría intentado, se habría puesto a gritar, chillar, aporrear el suelo para pedir ayuda, y era muy posible que el rescate se hubiese producido antes. Pero en mi plan no había cabida para las contingencias. *El plan 15 será infalible y dispondrá de un seguro múltiple. No pienso depender de un «mate» complicado o de la posibilidad de que alguien me pueda ayudar, de un alguien que es muy posible que acabe muerto. Esta no será una película convencional.*

El Día 17 las visitas volvieron, el Médico, el Señor Obvio y, en esta ocasión, otra persona. Llegaron al otro lado de mi puerta exactamente a las 13.03, según mi Recurso n.º 16, mi radio-despertador, que puse en hora guiándome por el telediario de la noche del Recurso n.º 14, el televisor. Ocho minutos antes de que llegaran, mi captor me puso un almohadón en la cabeza, retorció las puntas en el cuello y me ató una bufanda larga para que la funda se mantuviera en su sitio. Las borlas me quedaban a la altura de las manos, así que me las enrollé en los dedos para tranquilizarme. A continuación hizo una raja en la tela con unas tijeras y la abrió con los sucios dedos, supongo que para que yo pudiera respirar. Y después, como si inmovilizara las pinzas de una langosta, me ató los brazos por encima de la cabeza, con fuerza, y las piernas, también con fuerza.

—Estate calladita y no te muevas. No digas nada.

Se marchó.

Cuando volvió, tan solo tres tandas de sesenta más tarde, trajo consigo al Médico y al Señor Obvio. Esta vez los acompañaba una mujer, que fue la primera en hablar:

—¿Es esta? —preguntó.

Sí, «es esta». ¿Ha sido el barrigón o las enormes tetas lo que ha delatado mi sexo, genio? La etiqueté Señora Obvia, aunque era apresurado por mi parte deducir que estaba casada con el Señor Obvio. Aunque esos sinvergüenzas no me hubiesen secuestrado y se propusieran quitarme a mi hijo, mi madre habría odiado a esa gente y sus preguntas estúpidas, sin sentido. Yo tenía mis propias razones para odiarlos.

—Vamos a verlo —pidió.

El corazón empezó a latirme deprisa, el colibrí regresó, pero me calmé practicando la respiración de tai chi. Luego oí el más aterrador de los sonidos. Al otro lado de la puerta el suelo crujió como si se partiera, y unas ruedas metálicas que se desplazaban por las anchas tablas de pino anunciaron que se aproximaba algo pesado. Nadie decía nada. El objeto golpeó el marco de la puerta, y tras hacer temblar la puerta entera y seguir avanzando, se detuvo junto a la cabecera de mi cama. Por delante de mí pasó un cable o una cuerda que arrastraba por el suelo.

La canción que sonaba en la radio perdió fuerza, y se instaló un silencio rápido. Acto seguido se escuchó un arañazo cerca del enchufe, a mis pies. *Deben de necesitar el enchufe*. Con un silbido, lo que quiera que hubiesen traído empezó a zumbar. *Debe de ser una máquina*.

—Vamos a dejarlo cinco minutos para que se caliente —dijo el Médico.

Salieron de mi cárcel/hospital al pasillo, donde se pusieron a hablar en voz baja. Era difícil oír con el almohadón en la cabeza y con el zumbido de la misteriosa máquina; solo me llegaron fragmentos de lo que decían: «... unos siete meses y medio... muy pronto... azules, sí, azules...»

Entraron de nuevo en la trena. Unos pasos se aproximaron a los lados y a los pies de la cama. Unas manos de hombre me tocaron los tobillos y me desataron las piernas, y delante de ese grupo de desconocidos a los que no podía ver, me quitaron los pantalones y la ropa interior y me abrieron las piernas. Opuse toda la resistencia que pude, dando patadas en el blando cuerpo de quienquiera que estuviese a mis pies. Ojalá le acertara en la entrepierna.

—Relaja las piernas, jovencita, o me veré obligado a sedarte. Ronald, ven aquí, sujétale las piernas —ordenó el Médico.

No puedo permitir que me sede. Necesito pruebas. Me relajé un tanto, y nada más hacerlo, sin ceremonia, advertencia o disculpas, me introdujeron un objeto alargado de plástico duro embadurnado de un gel tibio. El objeto se movía en mi interior.

El Médico mantenía en mi vientre unos dedos de araña helados, presionando en busca de movimiento y de distintas partes, como hacía yo el día entero en esa celda, pero por motivos completamente distintos. Sucia maldad frente a amor puro.

—Esto de aquí, esta pequeña curva, es el pene. Es un niño, seguro —afirmó el Médico.

Una ecografía. Quería ver como fuese a mi hijo, las lágrimas se me saltaron y humedecieron la funda que me tapaba la cara.

—Esto es el corazón. Muy fuerte. Muy, muy fuerte. El niño está sano. Ahora mismo pesa alrededor de un kilo treinta —informó el Médico.

Sin embargo, daba la impresión de que a los Obvio no les importaban esos detalles.

—Y ¿está usted seguro de que los padres también tienen los ojos azules y el pelo rubio? —quiso saber el Señor Obvio.

—Completamente, sí.

—¿Y el padre del niño también?

—No sabemos a ciencia cierta quién es el padre, pero creemos que es el novio. Si es el chico con el que la vimos paseando unos días antes de que nos la lleváramos, también es rubio y con los ojos azules.

—Solo me lo quedaré si sale rubio y con los ojos azules. No quiero en mi casa a un niño con rasgos exóticos —aseguró la Señora Obvia, y se rio, aunque estaba claro que no bromeaba.

—Como guste. Tenemos lista de espera, pero tendrá usted prioridad, sobre todo teniendo en cuenta lo que pasó con la última chica.

—Usted consígame un niño rubio con los ojos azules —siseó la Señora Obvia soltando una risita.

Dado que mi interruptor del amor estaba, sin lugar a dudas, encendido para mi hijo, el corazón se me partió. *Está sano. Es fuerte. Pesa un kilo treinta. Se lo quieren llevar. Y si ellos no lo quieren, se lo llevará otro. Tiene el corazón fuerte. Pesa un kilo treinta. Esa mujer no quiere un niño exótico. Tiene el corazón fuerte.*

Escuchar esa conversación no hizo sino que mi determinación aumentase, aunque no hacía falta que mi determinación aumentase. La furia que sentía se vio reforzada, consolidada, guarnecida y fortificada. Creo que el mismísimo Dios habría levantado las celestiales manos en señal de derrota después de ver mi cara de odio absoluto, como de otro mundo. Mi compromiso con la idea de escapar y llevar a cabo una venganza cruel pasó a ser una fuerza imparable. Me enjugué las lágrimas de los ojos con rabia, e ideé un plan de acción para esos cretinos confiados con el que solo el demonio podría tener la osadía de intentar competir, aunque perdería. Me convertí en el demonio. Si Satán fuese madre, sería como yo.

El grupo fue saliendo uno por uno. El Médico dijo: «Ronald, deja esto aquí. No tiene sentido andar metiéndolo y sacándolo. No nos volveremos a ver con esta paciente hasta que rompa aguas. Llama solo si surge algún problema.»

La habitación se quedó desierta, a excepción de mi carcelero, *Ronald*.

Se produjo un instante de quietud, un momento de calma chicha, hasta que mi captor avanzó hacia mí y me quitó el almohadón.

Ronald, al que procuraré no llamar por su nombre en mi relato como prueba de la falta de respeto que me inspiraba, me desató y me quitó la funda. Durante una décima de segundo me engañó una familiaridad tediosa, como la que me invade siempre que mi abuela viene de visita y cuando se marcha me quedo a solas con mis padres. Ese regusto. Ese hastío. Pero no había de qué preocuparse, el segundo pasó deprisa, y volvió el odio insondable, como yo quería: la emoción que necesitaba para poder planear, maquinar, escapar, buscar venganza. Cogí la ropa interior y los pantalones y me los puse.

Él recogió el cable del ecógrafo mientras yo me sentaba en la cama y lo miraba fijamente, con los brazos cruzados. Cuando nuestras miradas coincidieron, no pestañeé. *Vas a sufrir, Ronald. Sí, ahora sé cómo te llamas, hijo de puta.* Mis ojos no eran azules, sino rojos: rojo carmesí, rojo sangre, rojo ira.

—No me mires así, zorra pirada.

—Sí, señor. —Bajé el mentón, pero no cambié el color de los ojos.

Se fue.

Y yo me puse de nuevo a trabajar. *Ecógrafo (Recurso n.º 21), cable del ecógrafo (Recurso n.º 22), bufanda con borlas (Recurso n.º 23)...*

4

Agente especial Roger Liu

Formaba parte del grupo de teatro cuando iba a la Universidad de St. John, en Queens, Nueva York, y actuaba por unos centavos en representaciones a medianoche de obras del Off-Off-Off Broadway que se montaban en el Soho y en callejuelas secundarias, escritas y dirigidas por estudiantes de posgrado de la Universidad de Nueva York que se dejaban la piel en teatros mal iluminados a cambio de la oportunidad de dar a conocer su trabajo y con la esperanza de que alguien, quien fuese, cualquier crítico trasnochador tropezara con sus obras maestras.

A los productores aficionados les gustaba darme papeles, ya que soy mestizo: vietnamita por parte de padre y pura raza de Rochester, neoyorquino, por parte de madre. Físicamente soy una mezcla perfecta de asiático y americano, aunque por dentro soy 99% americano; el 1% restante dedicado a la insistencia de mi padre en que comiésemos *pho* una vez al mes.

Así es como conocí a mi mujer, Sandra. También estaba en el grupo de teatro de St. John's, y hacía comedias en Manhattan, así mismo pasada la medianoche. Después de las clases y el teatro compartíamos un sándwich de atún y cogíamos el tren de vuelta a la ciudad. Éramos felices, y estábamos enamorados. Mi asignatura principal era Ejecución Penal, que cogí únicamente para complacer a mis padres. O quizás, inconscientemente, me ablandara y decidiera seguir un camino que me había sido marcado hacía tiempo.

Por hacer el tonto, o por el desafío que me lanzó Sandra, o quizás al darme cuenta de que necesitaba un empleo para mantenerme y mantener a mi novia de la universidad devenida en prometida, solicité mi ingreso en el FBI. Sí, bueno, digamos que fue por eso. Dejemos que ese sea el motivo y dejémoslo ahí.

Ojalá no hubiera obtenido una nota tan puñeteramente alta en los exámenes de ingreso o no hubiese heredado el lastre de una «memoria excepcional» —como mucho, tal vez sufriese un leve trastorno de hipertimesia—, básicamente una memoria muy buena, que los agentes veteranos se olían desde más de un kilómetro de distancia. Ojalá mi vista no fuese mejor que la de un piloto de cazas. Ojalá hubiese descuidado mis estudios, como hicieron otros artistas y dramaturgos nocturnos, así quizá la Agencia se hubiese olvidado de mí. Quizá no fuese tan infeliz. Quizá Sandra y yo hubiéramos sido más felices viviendo en la miseria de la comedia y el teatro.

De manera que allí estaba, en el FBI, quince puñeteros años más tarde, unos años que habían pasado en un suspiro, como si el día en que fui admitido me hubiesen metido en un túnel del tiempo. Y que me había quitado por completo las ganas de reír.

Cuando el cristal por el que contemplas el mundo proporciona una visión surrealista, es posible que la vida se vea como es: indudablemente divertida. Sandra conservaba su cristal surrealista y, bendita sea, ni se compadecía ni maldecía mi falta de visión cómica. Intentaba en vano apartarme de mi pesimismo repintando lo que yo ya no era capaz de ver. «A ver, cariño, fíjate bien, es que no ves...» Así y todo, tras pasarme quince años en el fango, volvía a verme metido en un remoto despacho improvisado, investigando el secuestro de una adolescente embarazada a partir de pistas minúsculas. Y Sandra no era la única mujer en mi vida. Tenía una compañera, a la que llamaré Lola para proteger su identidad por razones que aclararé más adelante.

En algunos casos no hay ninguna pista, en otros hay muchas pistas, en algunos hay un par de pistas buenas que pueden dar lugar a más pistas, en otros casos hay una pista buena que requiere un esfuerzo tremendo para que dé lugar a otra cosa. En el caso de Dorothy M. Salucci había una pista buena, la furgoneta, que requería un esfuerzo tremendo para que diera lugar a otra cosa. La zapatilla Converse negra no constituía ninguna prueba. ¿Cómo iba a encontrar a una chica a partir de una zapatilla que había perdido? En ella no había huellas dactilares ni sangre de su asaltante. La zapatilla no tenía ningún valor para mí. Dediqué todos mis esfuerzos a encontrar la furgoneta, me volqué en ella, me obsesioné con ella, revisé cada segundo de cada cinta de vídeo de cada cámara de su ciudad y las ciudades de alrededor y cada peaje partiendo desde cero.

El octavo día por fin vi una Chevy TransVista granate de 1989 con matrícula de Indiana que pasaba por un peaje serpenteando. La mujer de la matrícula confirmó mi hallazgo: «Sí, esa es, estoy completamente segura», corroboró. Conseguí que un equipo de dos personas de la central le siguiera la pista a la furgoneta con ayuda de cualquier cámara de vigilancia en carretera que pudieran agenciarse. Entretanto, al comprobar el registro de vehículos de Indiana, mi compañera, que estaba dos grados por debajo de mí en el escalafón y, por tanto, a mis órdenes, dio con catorce matriculaciones de Chevrolet Trans-Vistas de finales de los ochenta a principios de los noventa que encajaban con nuestra pista.

Menciono mi superioridad jerárquica con respecto a mi compañera solo por añadir un toque de humor, ya que ella consideraba irrelevante mi rango; estoy convencido de que, a su juicio, ella se hallaba por encima de mí y por encima de Dios. Como ya he mencionado, la llamaremos Lola.

Ya hubiese sido cancelada la matrícula o estuviese en vigor, el permiso hubiese sido retirado o hubiera caducado, decidimos ir a cada una de las direcciones a las que estaban asociadas las matrículas. Esta empresa nos llevó por todo el estado de Indiana, partes de Illinois y Milwaukee y una pequeña porción de Ohio, donde la gente o estaba de vacaciones o había cambiado de domicilio o había vendido el vehículo. Fue preciso investigar a cada uno de esos matriculados y propietarios actuales para descartarlos como sospechosos, lo que implicó interrogarlos, elaborar un perfil, registrar su propiedad, interpretar su lenguaje corporal y comprobar sus coartadas.

Uno de los matriculados había muerto.

Otro había destrozado la furgoneta el mes anterior, cuando chocó frontalmente con un camión que transportaba unos cuantos Porsche 911. Nos enseñó recortes de periódico del suceso y todo, mientras decía entre risitas: «Puñeteros Porsches. Cómo odio esos cochecitos. Dígame usted, ¿cómo va uno a llevar la basura al vertedero o a comprar grava para el camino de acceso en un coche tan enano?»

Otro se negó a someterse voluntariamente a que registráramos su rancho, pero, después de pensárselo mejor y dejarse asesorar, accedió. Corrió a quitar de en medio un par de plantas de maría mientras recorríamos su casa. *Me importa una mierda su hierba. Estoy aquí para encontrar a una chica a la que han secuestrado, idiota.*

Ocho propietarios de una Chevy TransVista eran bastante normales, personas corrientes y molientes, y con esto quiero decir que no eran sospechosos, a decir verdad casi se trataba de clones. Me figuro que cada uno de ellos tendría algo que lo distinguiera, pero mi cerebro de investigador los metió en el mismo saco: inocentes, casados, jubilados. Y también amables, casi todas las esposas lloraron cuando les informamos de nuestro cometido, le dieron un golpe o una patada a la furgoneta como si la castigasen por ser la hermana de un secuestrador. Durante estos interrogatorios, a Lola, que se quedaba detrás de mí y al margen, la miraban de reojo, unas miradas que yo interpretaba como: ¿es necesario que nos mire tan mal?

Como suele suceder en la mayoría de los casos, no fuimos capaces de dar con uno de los matriculados. Daba la impresión de no tener un empleo formal en ninguna parte, y ni uno solo de sus vecinos sabía adónde se había ido. En una población pequeña, a las afueras de Notre Dame, ahí es donde se suponía que estaba. Vivía en una casa blanca sobria, bastante grande, que se alzaba al final de un camino de tierra de unos sesenta metros flanqueado por pinos. Tras la casa se alzaba un imponente granero rojo en medio de un campo llano, cubierto de hierba, un punto que no se veía desde la carretera. Como es natural ese tipo fue el que me despertó más interés. Los vecinos confirmaron que lo habían visto con una furgoneta granate, pero no recordaban cuándo. «Se mueve mucho. No sabemos adónde va.»

Les di a los vecinos mi tarjeta y les pedí que me llamaran si el hombre aparecía. Lola localizó a un juez de la zona y llamó a su puerta cuando se estaba comiendo unos huevos revueltos. Aunque yo no estaba con ella, me puedo imaginar perfectamente la escena: ella cerniéndose sobre Su Señoría mientras le firmaba la orden de registro y acto seguido cogiéndole una tostada untada con mantequilla a modo de recompensa por haber tenido que tomarse las molestias de pedir permiso a personas que, en su opinión, estaban por debajo de Su Ley. «Deberíamos poder entrar donde nos diera la puñetera gana para encontrar a esas niñas», aseveró, y en eso yo estaba de acuerdo. Derecho a la intimidad y el buen hacer de la justicia, ¡y una mierda! Eso nos frenaba. Pero, hombre, no le quites la tostada al pobre juez.

Y, como era de esperar, nada más hacernos con la orden judicial llamó un vecino: «Ha vuelto, pero tiene una *pickup* negra. Yo no he visto ninguna furgoneta.»

Enfilamos a toda pastilla caminos por donde solo podía pasar un coche, con cunetas profundas y campos alargados a ambos lados, para volver con nuestro sospechoso. Durante el trayecto Lola y yo dejamos las ventanillas bajadas, aspirando el olor purificador de la hierba humedecida de rocío y la borboteante agua de manantial. *Indiana, Indiana, aléjame de ella, déjame aquí, déjame con el trigo y la luna y un atisbo, aunque solo sea eso, de su cara. Indiana, Indiana.* Varios columpios desiertos entonaban entre chirridos esta canción acunadora al ritmo de una solitaria brisa campestre.

Saludamos a nuestro misterioso hombre en el camino de acceso a su casa, donde nos estaba esperando. *Lo han avisado. Es una comunidad muy unida.* Con el aspecto del legendario leñador Paul Bunyan, llevaba un mono vaquero desgastado y unas botas de faena con la puntera de acero; de su boca torcida colgaba una pipa. «Me llamo Boyd —me corrigió cuando le pregunté si era Robert McGuire—. Mi nombre de pila es Robert, pero mi madre siempre me llama Boyd.» Boyd criaba pollos en su granja.

Una vez hechas las presentaciones y enseñadas las placas, Boyd nos invitó a pasar. Al entrar en la casa, apagó la pipa y la dejó en una mesa de juego de madera de abedul del porche. «En casa solo pueden fumar las visitas, así que si tiene usted pipa, enciéndasela, señor Liu, como le he dicho, como dice siempre mi madre, en casa solo pueden fumar las visitas.»

Me di cuenta, como también mi aprendiza de mandíbula cuadrada, de que hasta el momento Boyd no se había dirigido directamente a ella ni una sola vez, ni tampoco le había sugerido que podía fumar en la casa. Sin embargo Boyd no estaba siendo machista, o al menos a mí no me lo parecía. Solo creo que estaba desconcertado por la mirada fija de Lola y por el hecho de que escupiera con regularidad tabaco de mascar al otro lado del arriate de hostas. No le dije que dejara de hacerlo ni tampoco la miré como diciendo que no daba crédito: ya había intentado muchas veces que dejara de hacerlo y no había servido de nada. Su respuesta siempre era la misma: «Con lo que me toca ver en sótanos y cuartuchos, Liu, no me des la tabarra con lo que fumo. Y ahora cierra el pico e invítame a una Guinness, jefe.» Supongo que tenía razón, pero añadamos su deseo de tener cáncer de boca y su adicción a las cervezas negras a la larga lista de razones que convirtieron en un auténtico infierno mi decimoquinto año en el FBI. Y añadamos también este chismorreo: Lola se bañaba en Old Spice, un olor al que apestaba por la mañana, a mediodía y después de medianoche, en las largas noches que tocaba vigilancia.

La casa de Boyd estaba más o menos ordenada, pero tenía mucho polvo. En el fregadero se amontonaban los cacharros, y a juzgar por el olor a leche cortada y los moscones que revoloteaban por allí, supuse que llevaban algún tiempo sucios. De un cubo de la basura de aluminio de la cocina rebosaba un montón de correo sin abrir, parte del cual había caído al suelo. Esparcidos por la encimera de linóleo había una docena o más de periódicos enrollados mojados. En una alfombrilla de trapo colocada delante de una nevera azul ganduleaba un antiguo perro pastor inglés enorme, que nos miró con ojos indolentes cuando entramos.

—No se preocupen por la buena de *Nicky*. No hace nada, pero es un gran perro —informó Boyd mientras nos ofrecía café haciendo como que bebía de una taza y señalando una cafetera de filtro. Yo rehusé, y Lola también.

Aún en la cocina, Boyd y yo nos sentamos frente a frente a una mesa de formica de color amarillo diente de león con finas patas cromadas. Lola se situó detrás de mí, como un miembro de mi guardia personal, mirando fijamente a Boyd hasta incomodarlo, los brazos cruzados sobre unos pechos que bajaba y aplastaba con a saber qué, probablemente cinta americana, nunca se lo pregunté.

Boyd enarcaba las pobladas cejas y apretaba la boca como diciendo: «Por favor, empiece de una vez, señor Liu, tiene toda mi atención.» Y así fue como empezó el interrogatorio del señor Boyd L. McGuire. Memoricé cada palabra para poder transcribir la conversación más tarde, que es lo que hacía en habitaciones de motel mientras Lola merodeaba por poblaciones rurales como si fuera un vampiro, en busca de alguien que se fuera de la lengua, de vecinos borrachos que «quizás hubiesen visto u oído algo» o puede que «sospecharan que en el pueblo había algún pervertido»; y los rumores y los susurros en callejones oscuros pasaron a ser la causa probable de su yo nocturno.

Yo admiro a Lola, la verdad sea dicha. Era, sigue siendo, una buena detective por un sinfín de motivos, y esa es la razón de que tengamos que ocultar su identidad. Más de un niño se ha librado de un destino funesto gracias a sus cuestionables tácticas. Nadie me ha oído ni una sola vez pedirle explicaciones. Como un perro hambriento, aceptaba lo que me echase en el comedero para desayunar. Yo debía llenar un agujero que se abría en mi interior, un desperfecto con el que llevaba décadas cargando.

—Boyd, ¿le importa que mi compañera eche un vistazo en el granero mientras yo le hago unas preguntas?

—En absoluto. Pero ¿qué es lo que buscan?

—No lo sé, Boyd. ¿Tiene algo que esconder?

—No tengo nada que esconder. Mire todo lo que quiera. Soy un libro abierto.

—Gracias, Boyd. Agradecemos su ayuda.

Lola ya había salido por la puerta delantera, dando un portazo. Nada más oír que podía mirar, había dado media vuelta y se había marchado.

—Tengo entendido que tenía usted una furgoneta Chevy color granate.

—La tenía, sí. La vendí hará cosa de tres meses.

—¿Ah, sí? Y ¿a quién se la vendió?

—Ni idea, señor Liu.

—¿Sí?

—Dejé la furgoneta aparcada en la calle con un papel

que ponía: SE VENDE. También puse un anuncio en el periódico. Apareció un tipo. Dijo que lo había acercado alguien desde la estación de trenes. Me pagó con dinero contante y sonante, dos mil doscientos dólares. Eso fue todo.

—¿Y la matriculación? ¿Habló con él de cambiarla?

—Claro. Dijo que se ocuparía él. No he querido saber nada de papeles desde que mi Lucy murió. Hará tres años el mes que viene. Dios la tenga en su seno. Era ella la que se ocupaba de esos galimatías. Y la fastidié a base de bien con la ley por eso, señor Liu. ¿Ha venido por eso? Digo yo que el FBI tendrá peces más gordos que coger, pero no quiero problemas, señor Liu. Lo que usted quiera. Como le he dicho, ahora soy un libro abierto.

—No, no. No es nada de eso, Boyd. ¿Qué aspecto tenía el que le compró la furgoneta?

—No le sabría decir. A mí me pareció normal y corriente, sí. Barrigudo, de eso sí me acuerdo. Y muy guapo no era, no, señor. Creo que tenía el pelo castaño, sí, castaño. Mmm... La operación duró unos diez minutos en total. Le enseñé cómo se arrancaba y tal, le enseñé el manual, que estaba en la guantera, y le dije que la cocina se la regalaba. Tenía una cocina vieja en la parte de atrás. Y eso fue todo.

—¿Tenía usted uno de esos marcos especiales en la matrícula que pone ESTADO DE HOOSIER?

—Ya lo creo que sí. El chico de mi primo Bobby jugaba en el equipo de baloncesto de la Universidad de Indiana. Estoy muy orgulloso de él. De ellos. De mi estado, señor Liu.

—No me cabe la menor duda. Está siendo de mucha ayuda, confirmándome todo esto.

—El tipo este que me compró la furgoneta ha hecho algo malo, ¿no?

—Podría decirse así, Boyd. Ha desaparecido una niña. Intentamos dar con él lo antes posible para preguntarle por su paradero. ¿Recuerda cualquier otra cosa de ese hombre o de la transacción?

Estudié la reacción y el lenguaje corporal de Boyd, como me habían enseñado a hacer. Dado que acababa de confirmar que su vehículo formaba parte de un grave delito en el que estaba involucrada una niña y eso no era ninguna broma y el FBI estaba sobre una pista, si Boyd tenía algo que ocultar, lo más probable es que hubiera cruzado los brazos, amusgado los ojos, rehuido mi mirada y mirado arriba y a la izquierda cuando hubiera vuelto a hablar, todas ellas señales reveladoras de que era un mentiroso que se estaba inventando las respuestas. Boyd no hizo nada de eso. Apoyó las manos con suavidad en la mesa, echó hacia delante los hombros, entristecido, y me miró a los ojos como si fuese un oso viejo y cansado.

—No se me ocurre nada, señor Liu. Lo siento mucho. Me gustaría ayudar a esa niña. ¿No me puede preguntar algo en lo que debiera haberme fijado? Quizá de ese modo me venga algo a la memoria.

Repasé el registro de casos anteriores que tenía archivado en la cabeza, pensando en pistas pasadas que me llevaron hasta pistas pasadas. No era la primera vez que me veía en esa situación.

—¿Cuánta gasolina había en la furgoneta? ¿Se acuerda?

—Desde luego que me acuerdo. Ese condenado chisme estaba prácticamente seco. En el cobertizo solo tenía la gasolina suficiente para arrancarla.

—¿Cuál es la gasolinera más cercana?

—R&K's Gas & Suds. Al final de la carretera. Ahora que lo dice, él me preguntó eso mismo, y yo le dije lo mismo, R&K's Gas & Suds. Al final de la carretera.

Bingo.

—¿Firmó alguna cosa? ¿Tocó algo en su casa? ¿Se quedó fuera o llegó a entrar?

Boyd volvió la cabeza para mirar algo y después se volvió para mirarme a mí, sonrió, meneó la cabeza y me señaló con un dedo, estaba orgulloso de mí, su hijo detective.

—Es usted bueno, señor Liu, es usted bueno. A mí no se me habría ocurrido en la vida, pero ¿sabe qué? ¿Sabe qué? Utilizó el cuarto de baño.

Bingo otra vez.

—No quiero ser grosero, Boyd, pero se lo tengo que preguntar: ¿ha limpiado usted el cuarto de baño desde entonces?

Boyd soltó una risotada.

—Señor Liu, míreme, soy viudo. Pues claro que no, desde luego que no he limpiado el cuarto de baño. Ni siquiera lo uso. Yo uso el de arriba. Y además he estado fuera, fui a visitar a mi hermano y a mi madre, a Lui-si-ana, donde nació el menda. Y da la casualidad de que me fui la misma noche que vendí la furgoneta. He vuelto hoy.

—¿Ha utilizado alguien el cuarto de baño desde que lo hizo él?

—No, señor. Nadie.

Bingo, bingo, bingo. El comprador utilizó el cuarto de baño, que no ha sido limpiado, y nadie lo ha utilizado desde entonces.

—Un par de cosas, Boyd. En primer lugar, me gustaría que me diera su permiso para precintar el cuarto de baño y buscar huellas. En segundo lugar, quiero que me dé el nombre y la dirección de su hermano y su madre en Luisiana. ¿Le parece bien?

—Muy bien, señor. Pero ¿estoy en un aprieto?

—Boyd, mientras lo que me ha contado se sostenga y mi compañera no encuentre nada sospechoso en su granero, no está usted en ningún aprieto. Una cosa más, ¿tiene usted alguna otra propiedad aparte de esta casa?

—No, señor, esto es todo lo que tengo.

—¿Tiene algún alias?

—Boyd L. McGuire, así me llama mi madre, y no tengo ningún derecho a cambiarlo, no, señor. Mi madre ya se enfadó bastante cuando me vine a vivir con la familia de mi padre aquí, a Indiana, hace muchos años. No voy encima a cambiarme el nombre, ¿no le parece, señor Liu?

—Supongo que no, Boyd. Supongo que no.

Me levanté y fui al cuarto de baño a echar un vistazo. Con la ayuda de Boyd, calculé aproximadamente los metros cuadrados para informar a la científica, que se pasaría después a buscar huellas. Sellé la puerta con la cinta amarilla que llevábamos en el coche.

Con el objeto de redactar un informe concienzudo, registré cada micra de la casa de Boyd, con el arma en ristre y con Boyd esperando tranquilamente fuera, apoyado en un árbol que yo podía controlar desde prácticamente cada una de las doce ventanas sin visillos de Boyd. El tipo no ocultaba nada, salvo quizá los montones de ropa sucia, que supuse llevaba ahí desde que murió su mujer. *Este soltero que cría pollos es inocente como un niño.*

Mi compañera volvió, cruzando el corral lateral de Boyd con su caminar característico: de vaquero. Me informó —sin que Boyd la oyera— de que había recorrido toda la propiedad, había mirado por todas partes, arriba y abajo, e incluso había comprobado las paredes del granero rojo para asegurarse de que no había ninguna falsa. «Nada —afirmó. No había nada que indicase que allí se había cometido un delito—. Aunque ese granero huele a culo de casa de putas, pero de putas baratas, de las que te encuentras a las afueras de Pittsburgh», se quejó, como la mujer hombruna que era y como si yo supiese de qué coño estaba hablando.

Me importaba una mierda a qué olía el granero de Boyd, a menos que oliera a muerte, cosa que sabía no era así, porque la nariz de Lola estaba entrenada para encontrar cadáveres con tan solo percibir un leve olorcillo a carne en estado de descomposición. Sin embargo, pese a no estar dispuesto a que me importara, Lola se pasó los dos días siguientes quejándose de que a los pollos les llegaba su propia mierda hasta el cuello. «No se me va de la nariz la peste de esos pollos de mierda rechonchos y chillones —dijo al menos cien veces. Incluso se dio a las sales de emergencia que llevábamos para borrar el pestilente recuerdo—. Será mejor que no le pase nada a esta nariz de sabueso», advirtió.

Aunque no sospechaba de Boyd, aún le doy vueltas a una cosa: ¿quién cuidó de las aves cuando él estaba en Luisiana? Da lo mismo, desde luego, pero es una pregunta que no dejo de hacerme. Cuando Lola volvió de su inspección, yo ya había descartado como sospechoso a Boyd, así que pensé que sería de mala educación preguntarle por cómo cuidaba o dejaba de cuidar a sus gallinas. De manera que no se lo pregunté. Y si esto no os hace gracia, pues lo siento. Lo mío eran los niños desaparecidos, no las aves desatendidas. Id con el cuento a la PETA.

En efecto, Boyd L. McGuire no tenía ninguna otra propiedad. Su hermano y su madre, en «Lui-si-ana», también fueron descartados como sospechosos. Pero lo mejor fue descartar a Boyd, ya que eliminar sospechosos es tan importante como encontrarlos. Además, de la visita a Boyd había salido con dos pistas estupendas: en primer lugar, los de la científica encontraron tres huellas iguales, que no eran de Boyd, en el pomo de la puerta y el desatascador de goma negra del retrete —nada menos— en el cuarto de baño de Boyd. En segundo lugar, en la gasolinera R&K's, «al final de la calle», me chocó encontrarme con que el propietario cambiaba la cinta de las tres cámaras de seguridad todas las noches y las conservaba todas. La mayoría reutiliza las cintas, pero este hombre fantástico no.

«Vengan por aquí. Le enseñaré dónde están», dijo. No solo tenía las cintas, sino que además las tenía or-

denadas cronológicamente y etiquetadas, escrupulosamente. Me entraron ganas de darle un beso. Y lo que vimos en una cinta en particular..., en fin, por eso la gente
se hace detective, por momentos así.

La noche del productivo día con Boyd y el milagro-
so propietario de la gasolinera llamé a mi mujer, Sandra,
tras una breve cena de celebración. Había pedido un filete bien hecho con cebolla en flor frita en un Outback
Steakhouse que no estaba lo que se dice cerca: Lola insistió. Lola pidió dos bistecs poco hechos, tres Guinness,
dos patatas asadas rellenas del tamaño de dos balones de
fútbol y panecillos adicionales. «Te puedes llevar lo verde —le soltó a la camarera—, y tráete dos porciones de
tarta de mantequilla de cacahuete, anda.»

—Sabes que un día de estos lo que comes te dará un
disgusto, ¿no? —le dije, como solía decirle.

—Con lo que me toca ver en sótanos y cuartuchos,
Liu, no me des la tabarra con lo que como. Y ahora cierra el pico e invítame a una Guinness, jefe —contestó,
como solía contestarme. Y acto seguido soltó un eructo.

Un verdadero encanto, Lola.

Sandra estaba en la costa Este recorriendo clubes de
la comedia y bares. Di con ella después de la última fun-
ción en un abrevadero de Hyannisport.

—¿Qué, cariño, los has hecho reír esta noche? —le
pregunté.

—Bueno, he dicho lo que digo siempre. Tirando de
archivo. Creo que me estoy haciendo vieja.

—Pues yo no lo creo. Te echo de menos.

—¿Cuándo vuelves? Y, ya puestos, ¿dónde estás?

—Donde siempre, llamando a la puerta del diablo, cariño. Seguro que uno de estos días me abre.

—No estés tan seguro de que sea un diablo. Podría ser una diablesa.

—Podría serlo, sí.

5

Día 20 de cautiverio

Se tarda mucho en tejer una manta grande. La manta de lana roja, Recurso n.º 5. Permitid que os diga que ya tenía muchos recursos. Hubo algunos que ni siquiera utilicé; otros solo los utilicé en parte. Otros estaban preparados y listos para ser utilizados el Día D, pero a la hora de la verdad resultaron ser superfluos o irrelevantes. Como el tirachinas que improvisé. La manta de lana roja, sin embargo, fue una auténtica joya. Utilicé hasta la última hebra de ese algodón retorcido. Si alguna vez me manché las manos de sangre, fue el hilo rojo de una bella, poética obra de arte tejida. *Bellissimo, bravo, manta de lana roja, te debo la vida. Te quiero.*

El Día 20 desperté dispuesta a plegarme a la rutina de siempre, cuando faltaban tres días para que volviese la Gente de la Cocina y al parecer no se cernía la amenaza de que el Médico o el Matrimonio Obvio me honraran con su presencia. A esas alturas me sentía bastante segura con la rutina, así que no esperaba visitas. Me equivocaba.

En cualquier caso, mi captor llegó el Día 20, tal y como estaba previsto, con mi desayuno. A las 8.00 en punto. La Gente de la Cocina había hecho otra quiche y, tal y como esperaba, eso fue lo que desayuné, de nuevo, ya sabéis, en el plato de porcelana con motivos. Como bien suponéis, ese ridículo plato había llegado a inspirarme un odio profundo.

Incapaz de soportar tocar el plato una comida más, el Día 20 cogí la quiche como si mis dedos fuesen pinzas, ni siquiera quería rozar la porcelana. Dejé la porción en el televisor, a modo de nuevo recipiente, y, con las mangas a modo de guantes, deposité el plato en el suelo, que era donde debía estar, con las pelusas y los excrementos de ratón, a la espera de que lo recogieran las manos de un delincuente, la única atención que merecía. Naturalmente me reí de mí misma, ya que, desde un punto de vista racional, la porcelana no tenía culpa de nada. Así y todo necesitaba alguna distracción, y además odiaba de verdad esa *toile*.

Al sentarme en el suelo con la quiche en el televisor, la perspectiva de la habitación cambió. Lo que veía solo era ligeramente distinto, y sin embargo el hecho de alterar la rutina de la comida y la postura hizo que se operara un cambio. Quizás el fluir vertical de la sangre en mi cerebro propiciara la idea, o quizá ver la cama desde un ángulo distinto disparase una solución que debía de estar latente desde el momento en que entré y reparé en las tres vigas vistas. *Con la manta se puede hacer una cuer-*

da. Todo parecía tan claro, por fin, el Día 20, que me sentí decepcionada conmigo misma por no haberme dado cuenta antes de lo que era evidente.

A veces creo que nosotros mismos impedimos que admitamos conclusiones inevitables porque todavía no estamos listos para lo que quiera que haya que hacer. Nuestra visión se bloquea y se nos escapa lo que es obvio. Por ejemplo, mi madre, una mujer que había tenido una hija, se negó a admitir que su propia hija estaba embarazada nada menos que de siete meses hasta que el tocólogo la obligó a hacer frente a la verdad. Puede que la mente impida que unamos los puntos para que, de ese modo, no demos pasos conscientes encaminados a llevar a cabo cambios difíciles hasta que estemos listos. Yo debía de estar lista el Día 20, porque por fin vi con una claridad meridiana mi plan en su totalidad. Hasta ese punto solo había colocado algunas piezas del puzle. Antes pensaba que mi resolución se había afianzado, pero hasta que no vi la manta como un arma, no fui consciente de hasta dónde estaba dispuesta a llegar para liberarme y liberar a mi hijo y vengarme.

Te han secuestrado. Piensan quitarte a tu hijo y venderlo a unos monstruos. Y tú acabarás en una cantera. Nadie sabe dónde estás. Tienes que salvarte tú. Esta es la verdad, acéptala. Solo tienes lo que tienes en esta habitación. Resuelve el problema. Ejecuta el plan.

Me terminé la quiche con una sonrisa en los labios. En el televisor no dejé ni una sola miga.

Se tarda mucho en tejer una manta grande, y más incluso en deshacerla. No sé por qué, pero esto era algo que sabía de manera innata, así que quería ponerme manos a la obra de inmediato. Esperé a que viniera mi carcelero a llevarse la bandeja del desayuno y repitiese la rutina del cuarto de baño. Una vez finalizado todo el proceso, se marchó, y yo pensé que disponía de tres horas y media hasta la hora de la comida para deshacer la labor. Le quité el asa al cubo y empecé a destejer.

Esa mañana el aire estaba teñido de amarillo, esa luz tenue, melancólica, que tiene un efecto desalentador y sedante a un tiempo. El sol se hallaba oculto, lo cual inducía a pensar, erróneamente, que el día no reservaba ninguna sorpresa, era uno de esos días tristones, desmoralizadores, que no auguraba promesa alguna. En eso también me equivocaba.

Me peleaba con un nudo de esquina difícil introduciendo como podía el asa del cubo en el centro y separando las hebras, primero con la uña del dedo meñique, luego con el dedo entero, hasta que por fin desentrañé la maraña y abrí un boquete irregular de más de diez centímetros. Me llevó una hora, cinco minutos y tres segundos. A ese ritmo, ya iba retrasada con respecto al programa que me había marcado. Pero antes de volver a reformular las previsiones, pensé que podía registrar los tiempos que me llevaba la tarea de deshacer a lo largo del día para calcular la media. Con uno de los lapiceros del estuche rosa con los dos caballos anoté el primer tiempo en un gráfico de barras que concebí.

Con el diagrama en marcha, empecé a deshacer la primera vuelta. Me acompañaba *La bohème* gracias al Recurso n.º 16, la radio de mercadillo. Como es lógico, sintonicé la emisora de música clásica: para motivarme necesitaba arrebatos apasionados y un deseo imperecedero, no correspondido; la clase de emoción por la que uno moriría mientras intentaba apaciguarla. Canciones pop machaconas posiblemente me hubiesen costado ese empuje extra que necesitaba. Es evidente que el rap duro de Dr. Dre y de Sons of Kalal que prefiero escuchar hoy, diecisiete años después, me habría ido igual de bien que cualquier ópera preñada de amor. Hoy en día, cuando ya soy una persona adulta, pongo rap *gangsta* durante mi sesión de entrenamiento diaria, con una disciplina propia de los marines, sobre todo cuando el instructor jubilado al que contraté me grita a la cara que soy «escoria». Pero los contundentes ritmos funcionan, porque después de un esprint de veinticinco kilómetros y cuando llevo novecientas noventa y nueve abdominales, el sargento no deja que vea la sonrisa de orgullo que esboza a regañadientes. Nadie me volverá a coger otra vez.

A veces me gusta escupir un gallo de sangre a los pies del buen sargento. Lo hago con el mayor de los respetos, como un gato cuando deja un ratón decapitado en el porche de su amo. Miau.

Pero dejemos el presente. Volvamos al pasado.

En la Hora 2 del Día 20 una mariposa negra se dio de lleno contra la alta ventana triangular y se quedó pegada allí, con las alas extendidas. ¿Era una advertencia? *¿Quieres advertirme de algo?* En el universo hay muchos secretos sin resolver y muchas conexiones invisibles, de manera que quizá sí que me estuviese advirtiendo de algo.

La escudriñé, dejando la manta que había empezado a deshacer en la cama y acercándome de puntillas a la ventana para verla mejor. Pero al estar tan alta, como mejor se veía era desde el centro de la habitación. *¿Has venido a visitarme? Angelito lindo, ve con ellos, diles que estoy aquí.*

Me acerqué más, acariciándome el vientre, a mi hijo, y me situé debajo de la ventana, inclinando la cara hasta pegar la mejilla a la pared. Debido a lo abultado de mi barriga, tuve que doblarme. Con los ojos cerrados, intenté sentir las vibraciones que pudiera enviarme desde allí arriba el corazón de la mariposa. *¿Será soledad? ¿Me siento sola? Por favor, haz temblar esta pared con tus alas, dime que me oyes, belleza negra, amiga negra. Haz lo que quieras, cualquier cosa. Dime cualquier cosa. Sálvame. Ayúdame. Haz temblar esta pared.*

Al permitir que me invadiera esa emoción, prorrumpí en sollozos. Me acordé de mi madre. Me acordé de mi padre. Me acordé de mi novio, el padre de mi hijo. Habría dado cualquier cosa por sentir la mano de cualquiera de ellos en mi espalda o el roce de sus labios en mi mejilla.

Sin embargo, ese regodeo en la más honda tristeza no duró mucho. Como si hubiese llegado a un ángulo recto en el camino, al punto más crítico de mis lágrimas, el día, mi plan y el panorama describieron un giro brusco. Mientras mis hombros se hundían y mi cuerpo se doblaba con el peso de la depresión y la soledad, al otro lado de mi habitación oí que la escalera crujía bajo unas pisadas enérgicas. Se acercaban deprisa: lo oí. Corrí de vuelta a la cama, olvidándome de la mariposa, doblé la manta, escondí el cuaderno con el diagrama en el colchón —en una raja de quince centímetros que había abierto en la parte que daba a la pared—, y en el último segundo dejé el asa encima del cubo, como si estuviese unida a él. Acto seguido mi captor irrumpió en mi cuarto.

—Apaga la radio y ven conmigo. Ahora mismo. Y mantén la puta boca cerrada.

Percibo miedo en tu voz, huelo peligro en tu sudor, querido carcelero. Me sequé las lágrimas con la manga haciendo un movimiento exagerado de confrontación, como si me embadurnara de sangre en una pelea callejera acalorada y, al hacerlo, invitara a que el combate continuase. *Vamos, adelante.*

Me acerqué a la radio despacio y, con el letargo de una niña obstinada, maniaca, la apagué, mi movimiento expresando que no estaba dispuesta a dejarme llevar por su agitación.

—Mueve el puto culo. Te tiraré por la escalera si sigues con esta mierda.

Me estoy divirtiendo contigo, imbécil, me lo pones muy fácil.

Volví a ser la prisionera sosa, sumisa, que se suponía debía interpretar. Con la cabeza gacha y la voz trémula, solté mi muletilla:

—Sí, señor.

—Andando.

Eres tan predecible, pedazo de animal. ¿Tirarme? Sí, claro. Perderías este chollo de trabajo que tienes.

Me cogió por el antebrazo y me desequilibró de tal

modo que estuve a punto de chocar con el cubo. Por desgracia rocé con el pie el lateral y durante tres segundos de infarto vi que el asa se inclinaba y se movía en el borde. *Si se cae, irá a echar un vistazo. Me descubrirá o me dará otro cubo, que quizá no tenga el asa de metal. No te caigas, te necesito. No te caigas. No, no te caigas. No te caigas. No te caigas, por favor.* Seguía inclinada y moviéndose. Con la cabeza echada hacia atrás mientras tiraba de mí para que saliera, vi que gracias a la bendita mariposa esa asa caída del cielo desafiaba la gravedad para plegarse a mi voluntad y quedarse en su sitio. *No se ha caído, no se ha caído, no se ha caído.*

En el rellano, donde las paredes estaban revestidas de un papel con flores color marrón y rosa sucio, se paró. El aire fresco, con olor a cerrado, y la escasa luz de ese espacio me recordaron que estábamos en una vieja casa o construcción en el campo.

Retorciéndome la muñeca hasta casi rompérmela, miró por la barandilla hacia abajo y después a los estrechos escalones que subían. Sus ojos sopesaban alternativamente ambas opciones, al parecer incapaz de decidirse. Llamaron a la puerta, el sonido hendiendo el cargado aire. Supuse que abajo, en la puerta de la cocina, había una visita inesperada. Se quedó helado. *Una liebre cayendo en la trampa del cazador.*

Con la actitud del lagarto que sabe que su camuflaje lo ha traicionado, dijo en voz baja, grave:

—Si haces un puto ruido, iré por tus padres y les sacaré el corazón con un cuchillo sin afilar.

—Sí, señor.

Como si fuésemos un grupo de soldados al que hubieran abandonado, reptando por la alta hierba con el pecho pegado al suelo, me indicó por señas, doblando el brazo, que siguiera adelante.

—No hagas ruido. Sube por esa escalera. Deprisa, deprisa, deprisa.

Sí, mi capitán.

Hice lo que me dijo, él detrás, su cabeza tan cerca de mi culo que me entraron ganas de decir: *quita la cabeza de mi culo*, pero no lo hice. Me dio un empujón en la espalda para que fuese más deprisa.

—Más aprisa —silbó.

Una vez arriba, me vi en un desván alargado, de techo alto. Al ver ese espacio abierto, que mediría unas tres cuartas partes de un campo de fútbol de largo, me di cuenta de que me encontraba en un edificio enorme. Los lados sobresalían en cuatro puntos, cuatro alas, una de las cuales era la mía.

—Ve por el centro hasta el armario del fondo. ¡Ya!

Prácticamente iba dando saltos, de los empujones que me propinaba.

—Más aprisa —repitió, susurrando enfurecido. Por desgracia no había nada que ver por el camino: debían de haberse llevado lo que quiera que hubiese ahí arriba y barrido el suelo. Ni siquiera quedaba una ratonera.

Cuando llegamos a un armario con dos puertas y respiraderos en la parte superior, me metió dentro, cerró las puertas y las afianzó con un candado por fuera. Después pegó los caídos ojos perrunos, amarillos, a la abertura de la puerta.

—Como hagas el menor ruido, aunque sea rascarte, mato a tus padres. ¿Entendido?

—Sí, señor.

Se marchó.

El único sonido lo hizo él al bajar los cuatro tramos de escalera. Puede que escuchase una leve, levísima conversación cuando abrió la puerta para recibir a quienquiera que hubiese llamado, pero al encontrarme tan arriba y encerrada estoy segura de que solo imaginé susurros. *Un silencio frío, como el que se instaló en nuestra casa cuando murió la hermana de mi padre. Una quietud absoluta, el sonido sangrando por las orejas. ¿Adónde habrá ido mi mariposa?*

No tenía ni la menor idea de quién había abajo. Con una esperanza probablemente vana, imaginé a un detective escéptico que no se creería que el imbécil que le había abierto la puerta no era culpable absolutamente de nada. Me planteé dejarme las cuerdas vocales en unos gritos que helarían la sangre y estampar los pies y sacudir y zarandear mi nueva jaula. Menos mal que decidí no arriesgarme a hacerlo.

Cuando asumí la realidad en la que me hallaba, me coloqué a lo largo en el armario y me deslicé por la madera hasta quedar sentada. Tenía un margen de un dedo de grosor en ambos lados para moverme e intentar ponerme cómoda. Mis pupilas tardaron entre treinta y cuarenta segundos en acostumbrarse a la tenue luz, pero después fui capaz de distinguirlo todo, y entonces, con esa visión nocturna, lo vi. Como un anillo de diamantes que colgara de una rama en un bosque, de un gancho del rincón del fondo pendía algo inverosímil, extraordinario: una goma blanca de unos dos centímetros y medio de ancho y algo menos de un metro de largo, de las que mi abuela cosía a la cinturilla de los pantalones de poliéster que se hacía ella misma. *Mi abuela.* Cogí la goma y me la guardé en las bragas para ponerla a buen recaudo. *Recurso n.º 28, goma elástica.*

El armario olía a orines de gato, una peste que hizo que me dieran arcadas, pero que también me recordó a mi madre.

Mi madre nunca se equivoca cuando afirma algo.

—En esta casa hay un gato —aseguró en una ocasión.

—Pero si no tenemos gato —objetó, entre risas, mi padre.

Sin embargo, cuando mi padre dijo que el olfato la engañaba y sugirió que era solo que las habitaciones olían a cerrado, al no haberlas ventilado durante el invierno, mi madre insistió:

—En esta casa hay un gato como que soy la madre de esta niña. —Me señaló a mí al efectuar la breve afirmación, como si fuese la Prueba A; la mano del brazo con el que no señalaba estaba apoyada en la cadera, la espalda recta, el cuello estirado, la barbilla ladeada—. En esta casa hay un gato y lo voy a demostrar. —Fue su alegato de apertura, pronunciado ante los miembros del jurado: mi padre y yo.

Echó mano de la linterna de mi padre, que este guardaba en una caja de herramientas fuera del alcance de mi madre, por motivos como el que nos ocupa, y estuvo registrando la casa hasta las tres de la mañana, poniendo patas arriba todos los armarios, los huecos, el desván, todas las zonas en sombra y cada hendidura del sótano; hurgó en rendijas del garaje y troncos huecos del jardín, arriba y abajo, en cosas sueltas y sitios claros; lo encendió todo, la bombilla pasando del blanco al amarillo, al anaranjado yema de huevo, al marrón, al gris, al negro.

No descubrió ni un bigote de gato, y sin embargo a cada hora proclamaba a los cansados miembros del jurado —la verdad es que a medianoche solo quedaba yo—: «En esta casa hay un gato y lo voy a demostrar.» A la mañana siguiente mi padre, la única persona que podía hacerle algún reproche, informó a mi madre de que debía cejar en su «empeño en superar la velocidad de la luz o demostrar la existencia de un gato inexistente».

Vale la pena mencionar que yo no negué ni una sola vez lo que sostenía mi madre. Es posible que incluso guiara su búsqueda.

Mientras mi padre convencía a mi madre de que lo dejara, yo me escabullí por la puerta que tenía la mosquitera y me deslicé hasta un claro que se abría en un bosquecillo de abedules blancos que se alzaba detrás de nuestra casa. Dientes de león amarillos alfombraban este espacio abierto circular, de manera que mi escondite tenía el piso amarillo, las paredes blancas y el techo azul del cielo.

Mis padres no sabían dónde estaba.

No tardé en volver.

No dije nada.

Mi madre seguía insistiendo incesantemente en que había un gato en la casa.

El olor se disipó en el transcurso de la semana.

Yo no dije nada.

El olor se desvaneció, y con él el interés de mi madre. El domingo siguiente no había ni rastro de olor gatuno. Mi madre estaba en su despacho, sentada en su asiento a lo trono de Drácula de piel envejecida, corrigiendo una moción para un juicio sumario con su pluma de plata Cross.

—Mamá —dije desde la puerta.

Ella levantó la vista, las gafas de concha en la nariz, el escrito legal inmóvil en sus manos. Eso sería todo lo más que me invitaría a hablar. Yo llevaba en brazos un gato viejo, peleón.

—Esta es mi gata —confesé—. Eliminé el olor ácido con una mezcla de vinagre, bicarbonato sódico, lavavajillas, agua oxigenada y una capa de carbón en polvo. La tengo en una jaula en el bosquecillo de abedules desde que se hizo pis en casa, pero ahora tendrá que quedarse.

Mi madre dejó caer el escrito en la mesa haciendo mucho teatro. Había visto ese movimiento una vez, cuando llegó al punto culminante de un alegato final en un proceso federal al que me invitaron a asistir.

—Si serás... Ya le dije a tu padre que me olía a gato.

—Sí —convine estoicamente, como si confirmase la disposición de la reina sobre una ley del sistema tributario.

—¿Por qué no me lo contaste?

—Quería solucionar el problema antes de traerla.
—En su despacho yo no tenía emociones. No sentía la necesidad de permitir que aflorasen.

—Bien. —Mi madre rehuyó mi mirada. Quizá fuese la única persona que podía desarmarla, lo cual, me temo, la desconcertaba. Era como si yo fuese un espino que no paraba de crecer y ella debía podar desde una distancia de tres metros. Pero no era mi deseo preocuparla; yo solo quería presentar los hechos.

—Es hembra. He estado probando un collar sónico para ahuyentar pulgas y garrapatas. Andaba rondando los contenedores del instituto. No tenía ninguna chapa. Pero no es salvaje, estoy segura de que es un gato doméstico que ha sido abandonado o que se ha perdido. Le caen bien las personas. Se hizo pis en la escalera del sótano porque tardé un día en ponerle un cajón de arena. He escondido el arenero detrás de la unidad de esterilización, junto a la cámara de hidrógeno.

No pregunté, como creo que habrían hecho casi todos los niños, si me podía quedar con el gato. A mi modo de ver, el animal no solo era mi mascota, sino que además formaba parte de un proyecto de laboratorio. Y para esto último no hacía falta que me concedieran permiso.

—¿Cómo se llama?

—*Jackson Brown*.

—¿Para una hembra?

—Pensé que te gustaría el guiño a tu músico preferido.

—¿Cómo voy a decir que no a *Jackson Brown*?

No te he pedido permiso, tan solo aprobación, que es algo muy diferente.

Más adelante la teoría del psiquiatra fue que el hecho de que mi madre aprobase mi decisión de hablarle del gato después de haber resuelto el problema de los orines me llevó a ocultar mi embarazo... hasta que encontrara una solución, supuse que supuso el médico. Sin embargo, lo único que solucioné durante los siete primeros meses de encubrimiento de mi estado fue mi intención de llamar al niño Dylan, el otro músico preferido de mi madre. Esta resolución, no obstante, no se llegó a materializar, puesto que el nombre de mi hijo cambió en el curso de mi cautiverio.

A decir verdad el Día 20, a falta de aire puro en ese armario del desván que más parecía un ataúd, empecé a reconsiderar el nombre que le pondría a mi hijo, pues quería dotarlo de un mayor significado.

La jaula olía como a orines de gato ácidos, densos, y dada la escasa ventilación que había en ese desván recalentado, empecé a sudar y a sentir que me faltaba el aire. Si pensaba que mi cuarto de abajo era como estar en una celda de aislamiento, el armario era como que te soltaran del cable que te mantenía unido a una nave espacial y te dejaran vagando por el espacio exterior. *Ahí va mi cápsula. Ahí va mi planeta. La fuerza de la gravedad me traiciona, me lleva peligrosamente más allá de las estrellas.*

¿Piensa dejarme aquí todo el día? ¿Más?

Creo que pasó una hora.

Me desmayé de calor.

Volví en mí cuando mi captor abrió el armario y caí al suelo, dándome con la cabeza en sus botas.

—Me cago en la... —gritó, y quitó los pies de debajo de mi cabeza como si yo fuese una rata escurridiza.

Hiperventilando, resollando como si me fuese la vida

en ello, me quedé tendida como un pez dando coletazos en el puerto.

—Mieeerda —dijo mientras movía los pies—. Mierda, mierda, mierda.

Me dio con el pie en las costillas no muy fuerte, su método para comprobar si yo tenía pulso. ¿Cómo se iba a molestar en agacharse y ayudarme a respirar? Mientras me daba picotazos en el pecho con la puntera de acero, yo me esforzaba por coger aire con unos pulmones que prácticamente no funcionaban, la respiración sibilante, tosiendo, atragantándome, hasta que por fin me estabilicé y mi ritmo se normalizó. Durante mi lucha no abrí ni una sola vez los ojos, y él no se dignó echar una mano.

Cuando pude regular la cantidad de aire que me entraba por la nariz, me hice un ovillo y abrí un poco el ojo derecho, el que estaba más cerca del techo. Por desgracia me topé con su dura mirada, y entre ambos el tiempo se detuvo en un instante de odio mutuo, en un peligroso punto muerto.

Él hizo el primer movimiento.

Con una maniobra rápida, descendente, su mano derecha se abalanzó sobre mi extendido pelo, y cogiéndome por él me enderezó bruscamente el cuello y el torso, haciendo que quedara sentada rápidamente, sin querer, y a continuación me arrastró hacia atrás por el suelo, la rabadilla recibiendo el impacto de la dura madera.

Permitid que os describa el dolor: imaginad que vaciáis diez tubos de pegamento en un sombrero y os ponéis el sombrero en la cabeza, dejando que el borde interior y la estructura de algodón se fundan con cada folículo a medida que el adhesivo se va endureciendo. Después enganchad la parte superior del sombrero a la rama de un árbol a una altura ligeramente superior a la vuestra. Poneos de pie. Queda el espacio suficiente para que el sombrero tire de cada pelo hasta que falte una microfracción para partirse y el cuero cabelludo se estire hasta casi desgarrarse. Ras, ras, calor resquebrajador, ras.

Me arrastraba mientras yo me agitaba, resbalaba, buscando alivio intermitente y tracción, poniéndole las manos en el antebrazo, mis pies en permanente búsqueda, afianzándose y soltándose, afianzándose y soltándose.

Mi cabeza era como una hoguera, un fuego candente que ardía, se propagaba, se avivaba, chisporroteaba. No había ningún punto de apoyo capaz de resistir la fuerza de sus tirones.

Mi cuerpo coleaba a izquierda y derecha, un atún que luchaba por sobrevivir batiendo con furia las aletas cuando lo sacaban del mar.

Como es natural, con tanta torsión mi valioso recurso nuevo —la goma elástica—, que había escondido en las bragas, se salió y asomó por mi ensanchada cintura. El sitio era tan precario que si seguía moviendo los pies para lograr tracción, el ángulo y los empujones sin duda seguirían soltando mi alijo, que escaparía por mi redonda barriga y acabaría en el suelo. Debía elegir: combatir el dolor o salvar la goma. *La goma*. Relajé las piernas hasta dejarlas rectas, dejando que mi captor me tirara del pelo sin cortapisas y, como si fuese un carterista consumado, me metí la mano en las bragas, pesqué la goma y le quité la escurridiza vida.

Él no se dio cuenta de nada, estaba demasiado absorto intentando hacerme daño. Cuando llegamos al arranque de la escalera, me soltó en el suelo, el trasero claveteado con un centenar de astillas, la rabadilla magullada, posiblemente rota, pero mi determinación pasaba por encima de un millar de montañas, por encima de mil millones de millones de galaxias, por encima de Dios, sus ángeles, sus enemigos y por encima de un millón de madres de hijos desaparecidos. Ahora moriría sufriendo dolor.

—Levanta, zorra.

Me levanté, despacio, con cuidado para no darme en las heridas, pero con los puños cerrados a la espalda.

Volvíamos a estar en un punto muerto. Yo quería que bajara la escalera primero, para que no me viera poner a buen recaudo la goma.

—Andando, tarada.

¿Tú insultando mi inteligencia? ¿En serio?

Pasó un segundo, pasaron dos segundos. Tic. Toc. Rechinó los dientes y levantó los brazos.

Y entonces un teléfono cuya existencia yo desconocía sonó en la planta de debajo.

—Me cago en la leche —dijo mientras bajaba pesadamente para coger el teléfono—. Como no estés abajo en tres segundos, te llevo yo a rastras.

—Sí, señor. *—Tarado, señor*.

Me guardé mi trofeo en la cintura y sonreí.

Mientras bajaba la escalera, cojeando, agucé el oído para escuchar la conversación. Oí la parte de mi captor, suficiente.

—Te dije que este sitio estaba demasiado expuesto. Joder, han venido dos *girl scouts* con su madre, y a la madre no le daba la puta gana de irse. Que no levante sospechas, me dices. Que no llame la atención, que haga mi papel, me dices. ¿Acaso no soy un tipo que está cuidando a sus ancianos padres? Vaya, ¿no es un hombre encantador, que está reformando el viejo edificio para que su madre y su padre puedan disponer de una casa grande? ¿No es eso lo que dijiste que dirían? ¡Joder! Es la idea más estúpida que has tenido en tu vida, Brad. Le tuve que dar a una de esas zorras exploradoras un puto té, Brad. Esta tapadera es una idea de mierda. Ya... ya... cierra el puto pico, Brad. Ya te lo dije, joder... Pues claro que les habría pegado un tiro a las tres si esta zorra hubiese gritado.

Me señaló guiñando un ojo al decir eso, la clase de expresión que quiere decir: «Sí, os habría pegado un tiro a todas. No estoy de tu parte, que te quede claro.» Y yo pensé: *No me hagas guiños. Si puedo, te sacaré los ojos por ese gesto. Laminaré tus pupilas con resina y las llevaré colgando de un llavero.*

De vuelta en mi cuarto, me tumbé de lado, qué remedio, con las magulladuras y las finas astillas de madera que tenía en la espalda. Me tendí encima de la colcha blanca, la mariposa, un fantasma lejano ya, y me puse a repasar los recursos ordenados de que disponía. ... *Recurso n.º 28, cuerda para un arco, es decir, goma elástica. Gracias, ángel negro, por la advertencia y por el regalo.*

6

Numerosos días, la monotonía

La sombra: Pues yo aborrezco la noche tanto como tú; me gustan los hombres porque son discípulos de la luz, y me alegra la claridad que ilumina sus ojos cuando esos incansables conocedores y descubridores conocen y descubren. Yo soy la sombra que proyectan los objetos cuando incide en ellos el rayo solar de la ciencia.

FRIEDRICH NIETZSCHE,
El caminante y su sombra

Se admite que Tales es el primer científico griego. Inventó lo que se conoce como cálculo a partir de la sombra, un método indirecto para medir la altura y anchura de un objeto que por lo demás resultaría complicado medir. Tales practicó este método con las pirámides. Mi versión del cálculo a partir de las sombras no sirvió solo para calcular la altura y la anchura de mi captor, sino además, partiendo de esos datos, su peso.

Después del día que pasé en el desván, ya tenía suficientes recursos para matar a mi captor cinco veces. Lo que necesitaba, por tanto, era confirmar algunas cosas de su persona y, además, como cuando uno espera a un lado para entrar a saltar en dos combas, calcular el momento preciso para lanzarse y asestar el golpe. *Todavía no, pronto, pronto, pronto, no falta mucho, espera, espera...*

También necesitaba afilar armas, calcular y poner a prueba mis teorías sobre su peso y sus pasos y practicar de nuevo. Así que si os preguntáis por qué escribo únicamente sobre los días que hay visita o sobre los días en que me hago con algo importante, es porque de otro modo os estaría contando horas y horas de cosas repetidas, como las que iba consignando con una letra minúscula en varias hojas de papel —mi improvisado diario de laboratorio— que escondía dentro del relleno de algodón y plumas del colchón. Más abajo incluyo un fragmento en el que me refiero a él, el sujeto captor, con este símbolo: ⊙, el mal de ojo. En muchas culturas el mal de ojo es una creencia popular según la cual se puede producir el mal a aquella persona a la que se le echa. Y yo siempre que tenía la oportunidad le echaba mal de ojo al bruto de mi guardián, vaya si lo hacía; le deseaba mala suerte incluso en lo que escribía.

Quizás os estéis preguntando por qué incluir el mal de ojo en un diario de laboratorio científico; ¿acaso un símbolo así no entra en el terreno del mito y la superstición? Puede. Pero permitid que ilustre mis motivaciones contándoos una cosa.

Cuando tenía ocho años, mi niñera ecuatoriana me fue a recoger al ensayo de una obra de teatro que se representaba cuando finalizaban las clases. Me esperaba a la puerta del gimnasio, con las madres de las otras niñas. Y, como es natural, escuchaba sus conversaciones. La obra que estábamos ensayando era *Nuestra ciudad*, y yo era la niña precoz que chilla mucho. En una escena, nuestro director me hizo bajar corriendo por una rampa mientras decía a voz en grito mi diálogo. Yo no sabía por qué. Obedecí, ya que hacer teatro era algo que había prescrito el psiquiatra infantil.

«Puede que el teatro la ayude a superar la dura realidad del tiroteo en el colegio», le dijo a mi madre después de que yo cometiera el error de informarla de que el mes anterior había tenido varias pesadillas donde aparecían subfusiles. Mi madre no sabía que no era algo puntual: tenía esos sueños constantemente, ya que los provocaba yo misma. Puesto que había leído mucho sobre el cerebro desde los seis a los ocho años, sabía de los procesos que lleva a cabo el cerebro durante el sueño para sanarse. Para fortalecerse. De manera que yo forzaba la repetición del pum, pum del tiroteo casi todas las noches para que se obrara la magia reparadora y se forjara una espiral de neuronas más apretada incluso en los pliegues de la amígdala. Metida en la cama, hojeaba un catálogo de munición y una revista especializada en la caza del ciervo que había encontrado en la consulta del dentista y escondía en el cajón de la ropa interior, grabando a toda prisa las imágenes en mi hipocampo, como un adolescente con un *Penthouse*.

Pero estaba con lo del teatro. Acepté el papel en *Nuestra ciudad* para tranquilizar a mi madre.

De manera que allí estaba, bajando la rampa a la carrera, vociferando mi diálogo como me había pedido el director, cuando al parecer un grupo de madres empezó a zumbar como un enjambre de abejas. «Dígale que se calle», musitó una. «Es esa. El bicho raro que hizo sonar la alarma cuando se produjo el tiroteo», apuntó otra. Cuando mi rechoncha niñera se volvió para encararse con ellas, una mujer delicada, con un casco rubio por pelo, me echó el siniestro, maligno mal de ojo. «No permitiré que Sara actúe con ella. Deberían mandarla a un colegio especial para raros», afirmó la reina del casco.

Mi niñera soltó un grito ahogado, que obligó a la pandilla a cerrar la bocaza y dejar de decir disparates. Antes de que pudieran buscar deprisa y corriendo una pobre disculpa, mi protectora contratada echó a andar a paso ligero como el general que se dispone a anunciar una acción de guerra al presidente, me cogió del brazo y me sacó del gimnasio.

Condujo sin decir palabra, tan solo farfullaba una oración. No paraba de decir: «Dios mío, *ad te, Domine.*» En casa me plantó junto a la nevera mientras ella cogía un huevo, que acto seguido me pasó arriba y abajo y por todas partes por los brazos, las piernas, el torso y la cara. Mi madre, que entró en la cocina mientras se realizaba el extraño ritual, dejó caer el maletín de piel de caimán al suelo.

—Gilma, ¿qué demonios estás haciendo? —exclamó. Gilma siguió como si tal cosa.

—Gilma, ¿se puede saber qué diablos estás haciendo?

—Señora, no interrumpir. Señora rubia echar mal de ojo a niña. Única cura es huevo.

Por lo general mi madre no toleraba las supersticiones, pero la voz de Gilma era firme, y si hay algo que se pueda decir de mi madre es que cuando alguien le plantea algo con una convicción sincera, en particular una extranjera robusta, curtida, de ojos dorados, escucha.

—No preocupar. Yo encargo. Devuelvo diablo rubio mal de ojo, y ella no saber nada de huevo. —Guiñó un ojo, convencida del poder de su antiguo mito.

No me importó que Gilma me pasara el huevo por el cuerpo, aunque no creí que fuera una medida muy eficaz. ¿Por qué esperar confiando en la incertidumbre de una maldición? ¿Por qué no asumir el control y planear algún resultado tangible?

Una semana más tarde era el estreno de *Nuestra ciudad*. Antes de ocupar nuestros respectivos sitios, salí con el público para ver dónde se habían sentado mi madre y mi padre. Gilma también estaba, una fila más atrás, y eso que no se me había ocurrido que le apeteciera asistir. Sonreí, contenta de verla allí, y Gilma hizo un gesto con la cabeza para que mirásemos al otro lado del pasillo. Así lo hicimos. Mi madre se llevó las dos manos a la boca, impidiendo que se oyera su exclamación atemorizada. Gilma guiñó un ojo y en los labios le leímos: «Mal de ojo. No tener huevo.»

El objeto que ocupaba nuestra atención era la mujer

rubia, pero esta vez en su perfecto cabello había una franja afeitada, desigual, que nacía en la base de la cabeza, subía y llegaba hasta el borde de lo que antes era un flequillo tupido y rizado. El resto de la melena tipo casco estaba intacto, a excepción de ese camino dentado trazado en el cuero cabelludo. Lucía el desastre capilar como si de una insignia desafiante se tratase, pero el temblor de su cuerpo, los puños apretados, delataban su desconcierto. No sé por qué no se puso un pañuelo en la cabeza, como habría hecho cualquier mujer normal que tuviese amor propio.

Una mujer vestida con un conservador conjunto de jersey y chaquetita de punto azul se inclinó hacia mi madre y susurró: «Se lo hizo su hija de cinco años, con la máquina de afeitar del padre. Dicen que estaba borracha perdida en la *chaise longue*.»

Mi madre dedicó una cálida sonrisa gatuna a la mujer mientras le guiñaba un ojo a Gilma, mi leal institutriz, mi caballero andante contratado, mi pasadora del huevo que repelía el mal de ojo.

En cualquier caso, aquí tenéis un fragmento de mi diario de laboratorio carcelario:

Día 8: 8.00, llega con el desayuno. ⊙ deposita algo en el suelo, junto a la puerta. Ruido de llaves. ⊙ tarda 2,2 segundos en descorrer el cerrojo y desbloquear la cerradura, de izquierda a derecha. ⊙ abre la puerta con la mano derecha, pone el pie derecho en el umbral, coge la bandeja del suelo. Cuando se levanta, ⊙ llega por la marca del 1,79 m de las señales del marco de la puerta [que había marcado yo previamente con mi regla de treinta centímetros]. ⊙ tiene las dos manos ocupadas. ⊙ abre la puerta un poco más con el hombro derecho, entra adelantando primero el pie izquierdo. Del cerrojo de seguridad al pie izquierdo el tiempo estimado es de 4,1 segundos. ⊙ no se para a ver dónde estoy; el primer paso lo da en la tercera tabla; recorre los 2,50 metros que hay del marco de la puerta al borde de la cama en 3 segundos y 4 pasos: pie izquierdo, pie derecho, pie izquierdo, el pie derecho se une al pie izquierdo. Hoy la luz del sol arroja una sombra más allá de ⊙ de 1 metro por encima del borde superior de la cabecera y de 0,94 cm más allá del lateral de la cama, hacia la puerta [señalé a ojo con tiza los puntos, que habían sido marcados en hendiduras previamente practicadas en la madera, de nuevo con mi regla de treinta centímetros]. ⊙ me pregunta si quiero más agua. ⊙ sale a buscar agua al cuarto de baño del pasillo. Este segmento dura 38 segundos desde que ⊙ me hace el ofrecimiento hasta que vuelve.

8.01: ⊙ se marcha.

8.02-8.15: me tomo el desayuno: *scone* de canela, plátano, loncha de jamón enrollado, leche.

8.15: mido las marcas de las sombras, anoto la altura y, por extrapolación, la anchura, que es: 101,6 cm de cintura; comparando mi estatura y anchura con las marcas que determinan sus sombras y mi peso [el de la última visita a la clínica más 2,26-4,08 kilos, 61-64, con el niño], ⊙ pesa 82,5 kg. Este resultado concuerda con la teoría inicial y las mediciones anteriores.

8.20-8-30: espero a que ⊙ venga a llevarse la bandeja.

8.30: ⊙ vuelve. Ruido de llaves. Tarda 2,1 segundos en descorrer el cerrojo y desbloquear la cerradura, de izquierda a derecha 2,1. ⊙ abre la puerta con la mano derecha, pone el pie derecho en el umbral, abre la puerta con el hombro derecho, entra adelantando primero el pie izquierdo. Del cerrojo de seguridad al pie izquierdo el tiempo estimado es de 4,1 segundos: se observa la regularidad de ⊙, ya lleve comida o no. ⊙ no se para a ver dónde estoy; el primer paso lo da en la tercera tabla; ⊙ recorre los 2,50 metros que hay del marco de la puerta al borde de la cama en 3 segundos y 4 pasos: pie izquierdo, pie derecho, pie izquierdo, el pie derecho se une al pie izquierdo: se observa de nuevo regularidad. La luz del sol arroja una sombra más allá de ⊙ de 1 metro por encima de la cabecera y de 0,94 cm más allá del lateral de la cama, hacia la puerta.

8.30-8.35: ⊙ me pregunta si quiero ir al cuarto de baño. Voy al cuarto de baño, me lavo la cara, el cuerpo y los dientes con una toalla que está en el lavabo desde el día 3, bebo del grifo.

8.35: ⊙ se marcha.

8.36: marco y mido la sombra que me interesa señalada con tiza y memorizada. Los vectores concuerdan: 1,79 m altura, 101,6 cm de cintura, 82,5 kg. Continuaré efectuando mediciones para tener una certeza absoluta y anotar cualquier posible fluctuación en la constitución de ⊙.

8.40-12.00: medito, hago tai chi, practico el emplazamiento de los recursos, determino el valor del inventario.

12.00: ☉ vuelve. Mismas observaciones que en la entrada matutina: todo concuerda. La luz del sol de la tarde arroja una sombra más allá de su persona que forma un charco alrededor de su cuerpo, de unos 15 cm desde sus pies. Sus botas tienen la suela de goma, pero no creo que eso lo salve.

12.01: ☉ me da un vaso de plástico para que coja más agua mientras utilizo el cuarto de baño. Bebo del grifo. Cojo 200 ml de agua y vuelvo. ☉ se marcha, cierra con llave.

12.02-12.20: como: quiche de huevo y beicon, pan horneado en casa, leche.

12.20: mido sombras, anoto vectores: 1,79 m, 101,6 cm de cintura, 82,5 kg. Los resultados concuerdan. Continuaré efectuando mediciones.

12.20-12.45: espero a que ☉ vuelva a llevarse la bandeja.

12.45: ☉ vuelve. Ruido de llaves...

Etcétera. Sus patrones eran puntuales, oportunos, predecibles. Sus vectores concordaban. Un soldado clon. Un soldado hipnotizado. A decir verdad, basándome en las costumbres castrenses de mi padre, antiguo miembro de las fuerzas especiales de la Marina, me planteé si mi captor no habría sido militar. El Día 25 prácticamente lo confirmé. Resultaba extraña, sin embargo, la discrepancia existente entre su puntualidad estricta y su desaliño.

Como se puede ver en el fragmento anterior, efectué mediciones repetidas veces. Quería que la ejecución fuera perfecta. Sin embargo, no tardé en darme cuenta de que escribirlo todo a mano no sería eficiente, de manera que me pasé a los diagramas para apuntar parámetros, cálculos y documentación relativa a los vectores, y reservé lo escrito a mano para consignar noticias y adquisiciones nuevas. De manera que mi diario de laboratorio sufrió una transformación y pasó a componerse casi exclusivamente de diagramas.

7

Agente especial Roger Liu

Cuando llevábamos un sinfín de semanas investigando, Lola y yo nos sentamos a desayunar en un reservado en esquina en el famoso restaurante Lou Mitchell's, en el barrio West Loop, Chicago. Era un miércoles de finales de primavera, la gente, una densa mezcla de turistas en chándal y empresarios con esos trajes cruzados que constituyen toda una declaración de intenciones. Mi comida llegó en un plato de porcelana caliente: dos huevos con la yema líquida y el brillo de la mantequilla en la que los habían freído, una tostada de pan blanco, patatas fritas caseras y extra de beicon. Lola pidió lo mismo, más una pila de tortitas y un plato adicional de jamón. Naturalmente entre los dos había una cafetera grande. Me dejé llevar por el ritmo de camareras malhumoradas y clientes ajetreados, todos ellos con su actitud y su deje del Medio Oeste, como si esa mañana fuese un club nocturno y la jornada laboral o el recorrido en autobús no fuese inminente, sino tan solo una parada camino del filete del almuerzo y las cervezas con alitas de pollo de después del trabajo. Siguiendo esta cadencia, me permití sonreír por dentro ante la idea de disfrutar de un cóctel al aire libre en Rush Street. Pero entonces me sonó el móvil.

—Hola —dije.

Lola levantó la nariz, que parecía clavada en su humeante montaña de tortitas.

—Mmm... —dijo con su expresión, como si también ella hubiese cogido mi teléfono.

La voz del otro extremo hizo que me levantara de la mesa y cogiera la llamada fuera. Lola siguió comiendo, tranquilamente. Cuando volví, la pillé cogiéndome la tostada.

—Ha llamado Boyd —conté. Me encantaba soltar bombas así con ella.

Dejó caer mi tostada en su plato y cogió una servilleta, que ya había manchado de su extra de sirope de arce y yema de huevo. Mientras se limpiaba el borde exterior de los labios con energía y se sacaba hebras de jamón de los dientes escarbando con la lengua, me señaló con el puño:

—Hijo de la grandísima puta, Liu. Sabía que ese palurdo que apestaba a mierda sabía más. ¿No te lo dije? ¿No te dije que sabía más?

No me lo había dicho. Solo se había quejado de lo mal que olía el granero de Boyd. Aunque, la verdad sea dicha, yo también pensaba que Boyd sabía más. Ojalá pudiera decir que me sorprendió su llamada, pero ya me había pasado eso muchas otras veces. La gente se pone nerviosa cuando se sienta con el FBI en su cocina. Les preocupa la impresión que van a dar, cómo van a sonar, si son ellos los que están en el punto de mira. Se acuerdan de indiscreciones cometidas en el pasado y se preguntan si mis pesquisas servirán de tapadera para otra investigación, que les toque más de cerca. Hasta que no pasan unos días —a veces meses— de nuestra visita no emerge un recuerdo sobre el que se ha echado tierra o una observación almacenada en el subconsciente. Y entonces esos testigos benévolos recuperan mi tarjeta o la de Lola y llaman. Por lo general lo que nos revelan carece de importancia, de valor, o bien son cosas que ya hemos descubierto nosotros. «El coche de esa mujer era verde, estoy completamente seguro. Ahora lo recuerdo perfectamente, señor Liu», es posible que digan, y yo pienso: *Sí, un Ford de dos puertas de 1979, color esmeralda. Lo encontramos, con dos cuerpos en el maletero, en el fondo del lago Winnipesaukee, la semana pasada. Gracias por llamar.*

De manera que cuando oí la voz de Boyd no esperaba gran cosa. Mira por dónde, Boyd, estaba muy equivocado.

Pero antes de que pasemos a volcarnos en esa joya de la investigación que resultó ser Boyd, debería explicar por qué Lola y yo nos encontrábamos en un restaurante en Chicago. Como recordaréis, habíamos tenido la buena fortuna de toparnos con unas lucrativas cintas de vídeo en una gasolinera a las afueras de South Bend, Indiana. Sabíamos qué día teníamos que visionar y, en líneas generales, el periodo de tiempo: la tarde del día que Boyd vendió la furgoneta, que casualmente era el cumpleaños de su hermano y el motivo de que Boyd se marchara ese mismo día para ir a Lui-si-ana a pasar unos días.

De ese día había tres cintas: una de los surtidores, una segunda de la caja registradora y la tercera de los baños. Encontramos a nuestro sospechoso, de cara y frunciendo el ceño —pero con una ancha sonrisa en un fotograma— en las tres cintas. *Premio gordo*. Le seguimos la pista en cuanto vimos la furgoneta en los surtidores, donde permaneció dos minutos y medio, y fuimos tras él hasta la caja registradora, después de perderlo alrededor de tres minutos, un tiempo durante el cual compró medio litro de batido de cacao y un paquete de pastelillos Ding Dong. En la caja registradora pidió un «paquete de Marlboro», lo cual resultó fácil de distinguir por su lentitud al hablar y nuestro ojo, entrenado para leer los labios. Luego pidió «la llave del cuarto de baño», y nuestro bendito propietario de la gasolinera se la dio. Pasados cuatro minutos, devolvió la llave y lo pillamos una última vez de nuevo en los surtidores, comprobando el tapón del depósito de la gasolina, subiendo al vehículo por la puerta del conductor y alejándose del lugar.

Todas esas imágenes fueron enviadas a Virginia para que fuesen diseccionadas minuciosamente, junto con las huellas que se encontraron en el cuarto de baño de Boyd. Una vez finalizado el análisis, esto es lo que concluimos: un hombre de cuarenta y pocos años, cabello castaño, muy corto, al estilo Julio César, ojillos redondos de rata, las pupilas tan marrones que parecían negras, los labios finos, casi inexistentes, y una nariz abultada con los orificios nasales extraordinariamente grandes. Tenía los párpados inferiores caídos, dejando a la vista la carne de la cuenca del ojo. Los expertos médicos dijeron que tal vez fuera un síntoma de lupus. Los analistas y antropólogos concluyeron que era de origen siciliano, pero se había criado en Norteamérica. Fumador, obviamente, y con sobrepeso, pero solo en la barriga redonda, no en otra parte. No tenía antecedentes ni había estado en el Ejército, así que las huellas no revelaron nada. Calculamos que medía 1,79 y pesaba entre 81 y 84 kilos.

Nuestro hombre llevaba una camiseta de Lou Mitchell's. Los analistas descubrieron que ese color y ese modelo solo se podían haber estampado hacía un año o dos. Es probable que la camiseta no me hubiese hecho dar palmas de alegría si no hubiera tenido más cosas en las que basarme que esa; probablemente hubiese supuesto que era un turista más. Pero cuando abrió la cartera en la caja registradora, cometió el error de dejarla boca arriba en el mostrador, y los videojockeys de la central, con su vista de lince, enfocaron un fotograma que lo decía todo: en la parte superior de un sobado cheque ponía 126 05 001, y por encima de la costura se veían algunas letras: L   CHELL'S. Pese a que con el potente zoom se podían ver las moléculas del cuero de la cartera, no logramos averiguar el nombre del hombre; esto, unido a la aparente falta de un permiso de conducir y tarjetas de crédito, hizo que empezáramos a llamar a nuestro sospechoso de ojos ratoniles Ding Dong.

Nos fijamos en las letras que se veían en el cheque de Ding Dong. Según la teoría de los analistas de conducta, la forma del cuerpo de Ding Dong, su manera de caminar, los dedos con marcas de quemaduras y el hecho de que se limpiara las manos en los pantalones cuando estaba en el surtidor apuntaban a que era cocinero de comida rápida. Todo el mundo supuso que trabajaba en el restaurante Lou Mitchell's, por la camiseta y por la única solución posible que se obtenía al rellenar las letras que faltaban en el cheque de su cartera. Por su parte los expertos médicos diagnosticaron que sufría un enfisema leve, a juzgar por el vídeo.

Lola y yo salimos disparados hacia Chicago en busca de cualquiera que pudiese identificar a nuestro cocinero de cocina rápida que respiraba mal.

Estábamos en Lou Mitchell's esperando a que un hombre llamado Stan, el cocinero jefe, acabara con la actividad frenética de los desayunos. Prometimos al nuevo encargado que no interrogaríamos a ninguna de las camareras en su turno de trabajo o cuando estaban despachando. De manera que nos sentamos y pedimos el desayuno anteriormente mencionado. Después de enseñarle una fotografía de Ding Dong, el encargado dijo: «Entré aquí el año pasado y no recuerdo a ese tipo. Lo mejor que pueden hacer es hablar con Stan. Si alguien trabajó aquí, Stand lo sabrá.»

Nuestra camarera, una mujer curtida que rondaría los sesenta, vino a llevarse los platos. Situada de costado, con la cabeza ladeada y gacha y un tono familiar de aburrimiento, dijo:

—El jefe está listo para hablar con ustedes. Pasen por debajo de la barra, giren a la izquierda en la nevera. No tiene pérdida.

Lola y yo seguimos sus instrucciones. Nada más torcer a la izquierda en la nevera lo vimos, literalmente un muro de hombre, de pie ante una plancha de casi dos metros y medio de largo. Era tan ancho que habían unido dos delantales, porque con uno solo no le daba.

—¿Stan? —pregunté.

Nada.

—¿Stan? —repetí.

—Lo he oído la primera vez, agente. Venga aquí. Siéntese en esas cajas de aceite.

Me senté. Lola, por su parte, adoptó su posición habitual, de leal miembro de mi guardia personal.

Vista de lado, la cabeza de Stan tenía el tamaño y la forma de un balón medicinal: grande y redonda. Gastaba unas patillas largas, cuidadas y una melena de rizos rebeldes aplastados hasta media cabeza. El cabello restante, liberado del fijador, formaba una peluca de payaso por detrás. Stan se volvió para mirarme de frente. No había visto una nariz tan grande en mi vida. Si alguna vez hubo gigantes en este planeta, estaba claro que Stan era un descendiente de ellos.

—¿Qué me quiere preguntar, agente? —Un pegote de rebozado cayó de la espátula al suelo, un movimiento que seguí yo, no él.

—Me preguntaba si conoce a este hombre. —Le enseñé la foto de nuestro sospechoso.

Stan la miró con los bovinos ojos castaños, soltó un bufido, se volvió hacia la parrilla, le dio la vuelta a tres tortitas en rápida sucesión y gruñó.

—Supongo que eso significa que lo conoce —deduje.

—Ese tío es un idiota de campeonato. No lo he vuelto a ver por aquí desde hace unos dos años. Lo eché a los tres días. Me viene a ver y me dice que trabajó cinco años en un restaurante de camioneros a las afueras de Detroit. Me dice que ha sido cocinero de cocina rápida, segundo de cocina, chef de repostería, jefe de cocina, de todo, vamos. Lo perdió todo porque se peleó con el propietario, dice. Dice que está pasando por una mala racha, que quiere empezar de cero, que si no hay algo que pueda hacer en mi cocina. Así que lo pongo a cargo del beicon. El primer día supe nada más verlo que no había pisado una cocina en su vida. Quemó todas las lonchas que se suponía debía freír. Al día siguiente le doy los platos. Y también la fastidia a base de bien: sacó platos con huevos y mierda pegada. Me dije que le echaría el sermón del viejo Stan sobre la perfección y le daría un día más. Y eso hice. Y va y la caga también el tercer día. Y, verá usted, señor agente, la cosa es que esto es Lou Mitchell's, coño, y aquí no nos gustan las gilipolleces. Damos el mejor desayuno de la puñetera ciudad. El alcalde Daley nos adora. Zagat dice que nuestras tortitas las hace Dios. Dice que somos «de primera». —Stan centró su atención en Lola—. Usted lo sabe —aseguró, señalándola con la espátula—. Sí, usted lo sabe, agente, la vi devorar mis tortitas.

El máximo grado de emoción que se permitió Lola fue un leve gesto de asentimiento a Stan, que de hecho era una muestra de respeto. Él lo entendió así, puesto que le guiñó un ojo, pero volvió con su sermón personal.

—Le decía, agente, que somos Lou Mitchell's, coño, y

no me van nada las gilipolleces, ¿me comprende? —dijo, como si le estuviera preguntando por ese dato a todas luces objetivo. Asentí para asegurarle que tenía razón.

Stan continuó:

—En cualquier caso, el cuarto día estoy esperando al idiota ese en la puerta de atrás con un cheque en la mano. Le digo que no quiero que vuelva, y el puto tarado dice que le tengo que pagar en efectivo. Que no puede cobrar un cheque. Tendría que haberlo sabido, ¿no cree? Tendría que haber sabido que era de los que cobran en negro, y déjeme que le diga, agente, que aquí no pagamos en negro. —Se volvió para darles la vuelta a más tortitas mientras, con la mano libre, me hacía a la espalda una señal que se podía interpretar como «en fin»—. Supongo que querrán su nombre y toda la información que tengamos de él. El problema es que me salté, por así decirlo, el procedimiento habitual y lo contraté en el acto, así que no tengo ninguna solicitud suya ni nada por el estilo. Linda, que trabaja en la oficina, le pidió que rellenara un W-2 para poder extenderle cheques. Pídanle que busque el formulario del capullo que se hacía llamar Ron Smith y trabajó aquí tres días en marzo del 91. Pero escúcheme bien, agente, ese capullo no se llamaba Ron Smith, en eso estamos conformes, ¿no?

—Estoy seguro de que no se equivoca, Stan. ¿Hay alguna cosa más que nos pueda decir de él? ¿Tenía algún tatuaje? ¿Por casualidad mencionó de dónde era, a qué colegio había ido, cualquier cosa que nos pueda ayudar?

—En primer lugar, era un mamón. En segundo lugar, bobo como esa caja de aceite en la que está sentado. Ni siquiera era capaz de freír beicon. En tercer lugar, era un mentiroso de cuidado. No hablaba conmigo, no hablaba con nadie. Un capullo insociable. No le sabría decir ni una sola cosa. Salvo, quizá, que era un maniaco de la puntualidad. Se presentaba a las cinco de la mañana en punto y se marchaba a las tres de la tarde en punto, fichaba justo cuando el reloj daba la hora. Me acuerdo de esto de cuando estuve calculando las horas que había trabajado para decírselo a Linda. Fichó a la hora exacta, tanto cuando llegaba como cuando se iba, cada uno de los tres días. Dijo una cosa que ahora me llama la atención. Cuando apareció en la puerta trasera, dijo: «Soy muy puntual. Llegaré todos los días a mi hora, pero es importante que fiche también puntualmente a la salida. Llámelo TOC. Llámelo como quiera. Siempre llego a mi hora. Es importante.» Eso fue lo que me dijo. Menudo tío raro.

—Stan, eso es de gran ayuda. ¿Cree usted que podría ser exmilitar o excombatiente?

—Ese idiota no ha estado en el Ejército, es imposible, ni en la Infantería de Marina ni en el Ejército del Aire ni en la Armada. Ni de coña. Yo serví en el Ejército y muchos muchachos vienen aquí a trabajar cuando acaba su periodo de servicio, pero ni uno solo de ellos es como este tío. Además, le importaba un pito su cuerpo. Y aunque no soy yo el más indicado para hablar, a la mayoría de los tipos que conozco que estuvieron en el Ejército les importa, por lo menos un poco. Ese tío no ha levantado una pesa en su vida. Se le ve en los brazos. Esas cosas se ven en un hombre. Solo es un gallito chiflado que tiene que ser puntual o le da algo.

—Stan... —empecé a decir, pero Stan se volvió hacia mí, apuntándome a la cara con la espátula. Yo me eché hacia atrás, esquivando su estocada; Lola, en cambio, se inclinó hacia delante. Stan no le hizo el menor caso: estaba claro que no era sino una mosca en su cocina. Probablemente hiciesen buena pareja, esos dos: Stan podría haber sido la media naranja de Lola, de interesarle a ella esas cosas.

—Santo cielo, agente, era un hijo de puta loco. Recuerdo una cosa. Tenía un tic nervioso, parpadeaba mucho si le hacías frente. Resultaba de lo más irritante. Eso más lo de tener que llegar a tiempo, creo que de verdad tenía un TOC. —Stan hizo una pausa, poniéndose a abrir y cerrar los ojos como un loco a modo de demostración—. Sí, eso es todo lo que recuerdo. Nada más.

Lola se echó hacia atrás al oír ese nuevo dato, y yo me puse a darle vueltas en la cabeza, pensando adónde nos podría llevar. Estoy seguro de que Lola se preguntaba qué podíamos hacer con esa información. Estoy seguro de que dudaba de que fuese a tener alguna utilidad. Yo era consciente del peso de la duda, porque Lola solía tener razón.

Después de revolver en diez cajas distintas del sótano con Linda, encontramos el formulario W-2 del tal Ron Smith. Lo mandamos por fax a la central y, como era de esperar, los expertos en documentos confirmaron que se trataba de un nombre falso con un número de la seguridad social falso. Tan falso que ni siquiera lo introdujeron en la base de datos. «Liu, a estas alturas deberías saber que los números de la seguridad social no empiezan por 99, a menos que este hombre sea de la ciudad ficticia de Talamazoo, Idaho.» Y soltaron su risotada especial marca de la casa de memos que se pasaban la vida en un rincón oscuro, con luz de fluorescentes, en la oficina.

Una vez fuera, Lola y yo fuimos andando desde Lou Mitchell's hasta el corazón del distrito financiero de Chicago. Cruzamos el río Chicago por el camino para peatones de un ornamentado puente de hierro con arcadas color naranja. Debajo, el agua era de un verde caribeño, y los ferris y los taxis acuáticos se deslizaban en un caos armonioso. Pululaban por allí excursionistas, abogados, turistas, niños, trasnochadores que volvían a casa de los clubes de jazz dando tumbos y corredores de bolsa con americanas amarillo pis, chocando unos contra otros de camino a allá donde se dirigiesen, como si fuesen bolas plateadas de pinball. Lola y yo manteníamos un ritmo regular, lento, entre el gentío. Continuamos hasta hallarnos delante de la Torre Sears, ambos reflexionando y en silencio, pensando por separado en los avances de la mañana.

Llevábamos ya cinco años juntos, y se podía decir que éramos iguales, aunque nuestro sueldo era distinto. Sabía cuándo necesitaba silencio, y ella sabía cuándo lo necesitaba yo. Aunque decir esto me mata, Lola y yo formábamos un tándem mejor sincronizado que el que constituíamos mi propia esposa y yo. Esa mañana hasta nuestros pasos iban a la par, nuestra zancada era idéntica, nuestro modo de caminar, de respirar, de detenernos y mover la cabeza, nosotros mismos coreografiados como un dúo de claqué consolidado en Broadway. Puede que fuese durante ese paseo cuando admití para mi propia comezón que era un marido pésimo. Nunca estaba en casa. Pero ¿se llevaría un chasco Sandra conmigo si dejaba mi empleo? ¿Sería capaz de alejarme de ese infierno personal, esta obligación que me había impuesto yo mismo, en parte a modo de castigo y en parte para enmendar un grave error del pasado?

Ya en las entrañas del distrito nos entregamos a un paseo relajado. Edificios altos a ambos lados de Madison Street hacían que partes de nuestro recorrido fuesen crepusculares. Cuando llegamos a las joyerías de Lower Wacker, escuchamos el rugido del tren elevado sobre nuestras cabezas. En esa parte de la ciudad las palomas superan en número a los oficinistas, que pueblan la zona dos calles más atrás. Seguimos adelante, dejando atrás Michigan Avenue para entrar en Grant Park. En el parque, Lola y yo nos sentamos en un banco verde. Yo crucé las piernas, meditabundo, y Lola estiró las suyas, clavándose los codos en los muslos y dejando caer la cabeza entre las rodillas.

Me sonó el teléfono. Era Boyd otra vez. Lo esperaba. Me levanté y comencé a caminar en círculo, fuera del alcance de Lola, que había aguzado el oído.

Volví al banco e imité a Lola, nuestras cabezas gachas entre unos hombros caídos. Tras un minuto de soledad, solté el aire ruidosamente para llamar la atención de nuestro equipo de dos. Tenía algo que anunciar.

Trabajando en lo que trabajo, he escuchado muchas historias disparatadas, descabelladas, combinaciones de realidad que si bien son reales en partes concretas, parecen dudosas si se consideran en su totalidad. Tomemos como ejemplo el caso en el que un circo rumano abandonó a su vieja osa danzarina en un denso bosque de Pensilvania, el mismo sitio al que creíamos que un secuestrador había llevado a una niña de diez años el mes anterior.

Siguiendo el olor de las personas, puesto que a eso asociaba la comida el animal, al que habían cortado las garras, durante casi cinco kilómetros de círculos concéntricos, la osa cayó literalmente sobre el secuestrador, al que asfixió poniéndole la zarpa de mamá osa en la tráquea. La niña, demasiado horrorizada, cansada y apaleada para reaccionar, simplemente se hizo un ovillo a las patas del animal, sollozando. Más tarde nos dijo que, en su delirio, le pareció que la osa era la Virgen María, que irradiaba rayos de sol en el divino rostro y alrededor de la capa rosa. La osa bajó la cabeza y empujó con el morro a la pequeña para que se le subiera encima. Un motorista encontró a la niña medio consciente a lomos de la osa, que bajaba gimiendo y gruñendo por un antiguo camino de madereros. La niña llevaba un maillot rosa; la osa danzarina, un tutú rosa.

Mientras rumiaba lo que acababa de contarme Boyd sentado en ese banco del parque, proferí un suspiro de incredulidad, como si filtrar todo el aire de la ciudad por mis pulmones pudiera condensar sus palabras en una verdad que me pudiera creer.

Desgarbados como estábamos, Lola se volvió hacia mí, y yo hice otro tanto hacia ella.

—¿Estás listo para contarme lo que ha dicho Boyd? —preguntó.

—Vamos por el coche. Volvemos a Indiana. Teníamos que haber salido hace una hora.

—Coño, Liu, era consciente de que ese granjero apestoso sabía más.

—No tienes idea de cuánto más. Esto no te lo vas a creer. Vamos por el coche.

—¿Osa rosa?

—Osa rosa.

8

Día 25 de cautiverio

Hay días en tu vida que son tremendamente inquietantes, pero vistos en retrospectiva resultan de lo más cómicos. Siniestramente cómicos, pero cómicos, con todo y con eso. Hay personas en tu vida que parecen de lo más raras, y también ellas vistas en retrospectiva resultan siniestramente cómicas; además te recuerdan cuáles son tus puntos fuertes, porque ponen el listón muy bajo, respirando en tu mundo, como si tuviesen derecho a hacerlo.

El Día 25 recibí una visita, un hombre cuyo recuerdo, incluso cuando escribo estas palabras, hace que me ría tontamente. Quizá Dios y su mariposa negra intuyesen que necesitaba una tregua de tanto sufrimiento, así que me enviaron unas buenas risas, a posteriori. A posteriori. Durante la terrible experiencia dediqué toda mi energía a contener el miedo, apagando constantemente un interruptor tozudo en mi cerebro.

Era media tarde, la oscuridad empezaba a envolver la

casa. Mi cena llegaría de un momento a otro. Como hacía a diario, reuní las herramientas de que disponía, incluso las que hacía aparecer como por arte de magia, y coloqué los instrumentos, tanto los físicos como los invisibles, en su debido sitio. Me senté en la cama, una mano en cada rodilla, la espalda recta, la barriga prominente como un osito de peluche rollizo, relleno.

Crac.

Crac, crac, más cerca.

Crac, crac, con fuerza ahora.

Metal insertado, girando, desbloqueo, puerta abierta.

Comida inexistente.

—Arriba.

Me levanté.

—Ven aquí.

Fui con mi carcelero, que me puso una bolsa de papel de las que se usan en las fruterías en la cabeza.

—Pon una mano en mi hombro y la otra en la barandilla. No he atado la bolsa para que no te caigas al bajar por la escalera. Y ahora, andando. Y no preguntes ninguna puta gilipollez.

Pero, ¿qué coño significa esto? ¿Me obligas a bajar la escalera prácticamente sin ver nada? A estas alturas, ¿qué voy a ver que tenga alguna importancia? Mejor dicho, ¿qué crees que vería a estas alturas que tendría alguna importancia? Sé que encontraría un número incalculable de recursos, quizás una vía de escape, pero tú no sabes que yo sé eso, mala bestia.

—Sí, señor.

Así que, tal y como estaban las cosas, no recabé ninguna información sobre el mundo que se abría más allá del rellano de mi celda, salvo que la escalera era de madera y tenía el centro desgastado a falta de una alfombra que la protegiese. El piso de la planta baja era de finas tablas de roble, arañadas, sin lugar a dudas; el barniz prácticamente levantado debido a años de al parecer desgaste por el uso. Doblamos algunas esquinas y entramos en una habitación vivamente iluminada. La luz se colaba a través de la bolsa. Mi captor me quitó la bolsa.

—Aquí la tienes —dijo mi captor a mi captor.

¿Se puede saber qué pasa? Pero ¿qué coño es esto? ¿Me estoy volviendo loca? Pero si son dos. ¿Qué?

—Bueno, hermano, a mí me parece que está sana como una manzana. Nos va a hacer ganar un buen dinerito —dijo la copia de mi captor a mi captor.

Gemelos idénticos. Es un negocio familiar. Que me hagan un molde en metal fundido y me revistan de bronce aquí mismo, con la boca abierta.

—Ven a sentarte aquí, pantera plácida —me dijo mi captor gemelo mientras señalaba con una mano extendida de manera femenina una silla de una ornada mesa de comedor. Tenía las uñas más largas de lo que debería tenerlas un hombre. Me fijé en que llevaba un pañuelo de cachemir púrpura.

Un sonido extraño resonó en mi interior cuando el tintineante piano de Chaikovski llegó a mis oídos, procedente de un cantarín tocadiscos que descansaba en un pañito de encaje sobre un aparador que flanqueaba el otro extremo de la mesa. En las paredes un papel de flores de color malva y verde convertía el espacio en una habitación victoriana pasada de moda, la decoración anticuada aún más por una mesa y unas sillas de madera oscura y brillante. Así era este cuarto, casi negro y profusamente encerado, con horripilantes rosas en la pared. Doce sillas de respaldo alto con el asiento de florecitas rosas rodeaban la mesa. En el centro había unas cazuelas humeantes. La calefacción estaba puesta a tope.

—Pantera preciosa, pantera preciosa, preciosa, ven a sentarte a mi lado. Me llamo Brad —informó Brad, el gemelo. Su cantarina voz tenía un deje nasal, agudo. El pañuelo largo, con borlas aleteó con el exagerado movimiento.

Así que este es Brad. ¿Por qué me llama pantera? Brad debe de ser quien llevaba el pañuelo al que me agarré cuando me hicieron la ecografía.

Brad y mi captor eran idénticos: la misma cara, el mismo pelo, la nariz, los ojos, la boca, la misma altura, hasta el mismo barrigón. La única diferencia era que Brad iba limpio y arreglado, mientras que mi captor era blando y estaba hecho un desastre.

Me senté en la silla junto a Brad, que me puso la mano, ligera como una pluma, levemente en el codo; la noté fría y pegajosa incluso a través de la ropa. *Estoy segura de que con esas muñecas no da la mano con firmeza. Mi madre lo odiaría. «No te fíes nunca de nadie que no te dé un buen apretón de manos —decía—. Y la gente que te toca los dedos a modo de saludo no tiene nervio, ni sustancia ni alma. Puedes, debes, despacharla.»* Dejó un teléfono móvil grande en la mesa, fuera de mi alcance.

—Hermano, no me dijiste que nuestra preciosa pantera era una diva fría —dijo Brad mientras depositaba un panecillo en mi plato, una vez más con motivos. *Algún día me cargaré estos platos.*

—Brad, comamos de una vez y que la chica vuelva arriba. No entiendo por qué insistes en comer con estas cosas. Prácticamente están muertas —observa mi grosero captor.

—Chsss, chsss. Hermano, siempre tan hosco —repuso Brad, y después me miró—. Lo siento mucho, pantera rugiente, no tiene modales. No le hagas caso, no es más que un bruto. Disfrutemos de nuestra cena. Estoy muy cansado. Llegué ayer de Tailandia y me he pasado el día entero en el dentista. Este gruñón me obliga a quedarme en un hotel lleno de pulgas de esta ciudad dejada de la mano de Dios. Estoy tan, tan cansado, pantera. Tan cansado. Y mañana cojo un avión a... Uy, pantera, tú chístame, que no dejo de hablar de mi tonta persona. Apuesto a que tú solo quieres comer. Ji, ji, ji.

¿Qué película vi con Lenny, mi novio? Ah, sí, Three on a Meathook. *El hijo, la madre y el padre, los tres asesinos. Una familia de psicópatas.* Chaikovski pasó a ser la chirriante banda sonora de un cuchillo atravesando una cortina de ducha.

Brad destapó un montón de carne rebanada en una fuente y me puso dos lonchas en mi plato. Confiaba en que la carne fuese de ternera, ya que el medallón olía a ternera y parecía que lo era, aunque ya no me podía fiar de mis sentidos en este agujero donde reinaba la locura. Brad también me sirvió una pirámide de brillantes judías verdes, un pegote de puré de patata y una delicada hilera de zanahorias glaseadas. A continuación cortó la carne en trocitos pequeños, inclinándose hacia mí como si fuese mi amantísima nueva madre.

—Panterita, mi hermano y yo, quizá solo yo, nos preguntamos, me pregunto —llegado a este punto su voz aguda se convirtió en un gruñido grave, forzado, como si estuviese hablando medio en broma, medio en serio con un niño pequeño—: ¿por qué lo miras con tanta maldad? —Continuó, volviendo deprisa a una voz más aguda—. ¿Qué? ¿Es que no te gusta lo que te da de comer? Ji, ji, ji. No te preocupes, a él no lo dejamos cocinar. ¡Ni siquiera pudo conservar un empleo en el que solo tenía que freír beicon en un restaurante! ¿Te acuerdas, hermano? ¿Recuerdas cuando intentaste apartarte de tu querido hermanito Brady? ¿Qué tal te fue?

Brad miró con cara de indiferencia a mi captor.

—Este gordinflón tiene que trabajar conmigo. Es demasiado tonto para hacer cualquier otra cosa. Vaya, vaya, no paro de hablar. Probablemente lo mires mal por ser un gordo dejado. —Brad me dio un golpecito en el hombro para que me riera con él. Solté un breve «ja» y vi que mi captor me miraba, una mirada fría, fija, salpicada de un parpadeo incesante. Era la primera vez que me daba cuenta de que parpadeaba, parpadeaba, parpadeaba.

—Cierra la puta boca, Brad. Acabemos con esto. —Parpadeo, parpadeo.

—Vamos, hermano, relájate. Deja que la chica disfrute de una cenita agradable. ¿No, pantera?

—Sí, señor.

—¡¿Sí, señor?! —aulló Brad—. ¡¿Sí, señor?! Ayayay,

hermano, hermano, es una panterita, una monada de panterita.

Brad volvió a centrar su atención en su plato. Yo tenía las manos en el regazo. Comió un bocado, sus ojos clavándose en mis puños apretados. Frunció el ceño, perdiendo la suavidad y dejándose de risitas en un abrir y cerrar de ojos.

—Coge el puto tenedor y ponte a comer la ternera que te he preparado. ¡Ahora mismo! —gritó Brad, la voz grave y rebosante de odio—. Ji, ji, ji —añadió, volviendo a su tono agudo.

Cogí el tenedor y me comí la ternera.

—Y dime, hermano, ¿por qué me llama «señor» la pantera? ¿Es así como la obligas a que te llame?

Mi captor dobló la espalda mientras se metía puré de patata en la boca abierta, sin dejar de masticar.

—Hermano, hermanito, no superarás nunca lo de papaíto, ¿no? —Brad se volvió hacia mí—. Pantera preciosa, mi hermano está muy asustado. Nuestro papaíto, nuestro querido, queridísimo papaíto, nos obligaba a llamarlo «señor». Incluso cuando teníamos la gripe y nos vomitábamos el pijama planchado, teníamos que decir: «señor, siento mucho haber vomitado, señor». Ay, panterita, ¿a que no adivinas lo que le hizo una vez mi querido papaíto al tonto de mi hermano?

—Brad, como no cierres esa bocaza que solo sabe escupir mierda ahora mismo... —Parpadeo. Parpadeo. Parpadeo, parpadeo, parpadeo.

Brad lo interrumpió metiendo un ruido ensordecedor al estampar las dos manos en la mesa. La araña de lágrimas de cristal tembló cuando se levantó, se echó hacia delante y chilló.

—Hermano, cierra la boca tú —dijo Brad, blandiendo un cuchillo puntiagudo mientras se sacaba de manera audible un trozo de carne de los dientes con la lengua.

Mi captor se calló, y Brad se sentó y arrugó la nariz, dedicándome una sonrisa gatuna.

Mmm... curiosa dinámica. El gemelo femenino tiene poder sobre el gemelo gordo dejado. Me incliné un poquitín hacia Brad, quizá con la idea de forjar una alianza inconsciente en su cabeza.

—Hermano, hermano, hermano, siempre tan susceptible. Chsss, chsss. —Brad pronunció «susceptible» una octava más alta—. Panterita, escucha esto, a mi hermanito querido le costaba respetar el toque de queda que nos imponía nuestro papaíto. Ay, papaíto, llevaba la cuenta del tiempo por un reloj del Ejército, un reloj que tenía desde que fue cabo, y, en fin, a mí se me daba muy bien ser puntual, y era el preferido de papaíto, como es lógico. —Dijo «como es lógico» mientras se estudiaba las uñas, satisfecho consigo mismo—. En cambio este retrasado de aquí llegaba un minuto tarde aquí, treinta segundos allí, llegaba resollando, sin aliento. Una noche, cuando teníamos dieciocho años (somos gemelos, ¿sabes?). Una noche, cuando teníamos dieciocho años, un día después de que acabáramos el instituto, para ser exactos, papaíto lo mandó a la tienda de al lado a comprar leche y café descafeinado. Papaíto dice: «Hijo, te voy a cronometrar. Te voy a poner a prueba. Quiero que estés de vuelta a las 07.00 horas, ni un segundo después, ¿entendido?», y mi querido hermano dice: «Sí, señor», que era la respuesta adecuada. Y sale corriendo por la puerta. Mi papaíto y yo lo vemos ir calle abajo, y papaíto gruñe entre dientes: «Es un inútil. Camina desgarbado. Corre como si fuera lelo.» Pero en la tienda debió de pasar algo. ¿Qué pasó, hermano? ¿Qué hizo que llegaras nada menos que dos minutos tarde?

Pausa.

Los hermanos se miran fijamente, unas miradas letales. A mi captor el sudor le cae a chorros por los carrillos.

Parpadeo. Parpadeo. Parpadeo.

Odio entre dos hombres, gemelos.

Parpadeo. Parpadeo. Parpadeo.

Me protegí la barriga con los brazos.

Parpadeo. Parpadeo. Parpadeo.

—Bueno, tampoco importa. Mi querido, bobo hermano entra por la puerta y papaíto se da unos golpecitos en el reloj y dice: «Muchacho, son exactamente las 07.02. Llegas dos minutos tarde. Te pasarás un año en la jaula.»

Mi captor soltó el tenedor, pero esta vez su mirada era feroz, no parpadeaba, concentrando todo su odio en mí, como si fuese yo la que lo condenó a la jaula. Quizá fuera porque dejé de comer, subyugada, mirando a Brad para que siguiera contando la historia. Tuve que hacer un esfuerzo para no preguntar: ¿qué jaula?

—Pantera, panterita, ¿sabes lo que era la jaula? Uy, no, cómo lo vas a saber. Aunque mi hermano lloriqueó y suplicó, papaíto lo bajó al sótano a rastras por la escalera, abrió una pared falsa, lo metió en una celda que habíamos construido el verano anterior y echó la llave. Mi cometido consistía en llevarle al pobre idiota las comidas. Ponía mucho cariño en esas comidas, pantera. Es muy, muy importante conservar la salud cuando se está confinado. Me lo enseñó papaíto. Espero que mi hermano te esté dando bien de comer. ¿Lo está haciendo? ¿Te está dando de comer?

—Sí, señor. —No miré a mi captor. Me daba lo mismo contar con su aprobación.

—Si no lo hace, me veré obligado a intervenir y tomar las riendas. Así que dime, pantera, en serio, ¿te está dando de comer? ¿Sí?

No quiero que te veas obligado a intervenir. No quiero tener que volver a empezar con los cálculos. No puedo empezar con una rutina nueva. Es demasiado tarde. Estoy muy cerca del día D. No, me niego a que tengas que intervenir.

—Sí, señor.

—Bien, requetebién, estamos al timón de un barco bien engrasado —alabó Brad, y dio unas palmadas como si fuese un mono de cuerda con unos platillos—. Pero volvamos a lo que estaba contando. Este gruñón estuvo sin salir de la celda un año entero. Salió exactamente a las 07.02 de un año después. —Brad hizo un gesto para recalcar el dato—. Todos los días papaíto lo obligaba a escribir: «El diablo me cronometra. Estoy bajo su control cuando llego tarde.» Escribió 365 cuadernos, uno por día, con esas frases. Cuando mi hermano fue «por fin libre, por fin libre», se volvió hacia papaíto y le dijo: «Gracias, señor», que era la respuesta adecuada.

Mi carcelero no había dejado de mirarme en ningún

momento. Su amenazadora contemplación había pasado a un nivel de maldad más profundo, ahora que yo sabía cuál era el motivo de su oscuridad. Parpadeo. Parpadeo. Parpadeo. Su mirada decía que no tendría piedad porque no quería mi compasión: la compasión significaría que él flaqueaba y su papaíto se equivocaba. Parpadeo. Parpadeo. Parpadeo. La compasión decía que no era lo bastante bueno, que era una criatura inferior. Su parpadeo me metió un poco de miedo, algo que tardé mis buenos diez segundos en tragarme y apagar. Y apagar otra vez. Parpadeo. Parpadeo.

Alguien me acercó el plato.

—Cómete la verdura, pantera, te necesitamos sana —adujo Brad.

—Cómete la comida, porque estoy a punto de arrancarte a ese niño de cuajo —añadió mi captor.

Brad no lo reprendió, sino que asintió en señal de conformidad.

Bebí un sorbo de leche que Brad me había servido, deseando poder quitarle el cuchillo de la carne bajo su meñique estirado y clavárselo en el cuello atravesándole el pañuelo. Pensé que el rojo combinaría a la perfección con la seda color púrpura.

Después de cenar y recoger la mesa, Brad salió y volvió con una porción de tarta de manzana, solo para mí.

—Panterita, panterota, llévate esta tarta a tu habitación. Y gracias por compartir esta cenita conmigo. Me gusta conocer a nuestros proveedores de vez en cuando. —Movió la mano libre a un lado y al otro cuando dijo «de vez en cuando».

¿Proveedores? ¿Te refieres a una chica embarazada? ¿A una madre? Estás tan enfermo que ni siquiera me puedo enfadar. Enfermo. Tanto que es hilarante.

Cuando Brad levantó la mano para frotarme el lóbulo de la oreja con su pulgar y su índice, me planteé derribarlo y utilizar su movimiento hacia delante para tirarle del brazo y retorcérselo de manera que se quedara boca arriba: todo ello con la física obrando en su contra; después le aplastaría la tráquea con el talón, la física mi aliada. Como me había enseñado mi papaíto. Cuando completara la maniobra, agarraría deprisa el atizador, que tenía a mi izquierda, para ensartar a mi carcelero, que estaría estupefacto. Pero, una vez más, mi estado frustraba cualquier posibilidad de llevar a cabo esta solución tan obvia y sencilla, de manera que cogí la tarta de manzana que me ofrecía.

Subí a mi celda nuevamente medio a ciegas, con la bolsa en la cabeza y mi americano postre en la mano, mi captor detrás de mí.

Lo normal habría sido que me obligara a entrar de un empujón, pero esta vez se detuvo, mirándome fijamente desde su posición erguida.

—Me miras como si fuese inferior a ti, zorra. Desde el primer día no pestañeas. Pero te voy a decir una cosa, te voy a destripar. No te saldrás con la tuya. Así que no te rías tanto con la historia que te ha contado mi hermano.

Me dejó con esa bonita forma de darme las buenas noches. Me arropé acompañada de su tic nervioso y su rechinar de dientes.

Será mejor que me porte bien para que se ciña a sus patrones habituales.

9

Día 30 de cautiverio

Tal y como esperaba, a las 7.30 el olor a pan horneado me trasladó al cuarto día de cocina de la Gente de la Cocina. Con él llegó la vibración del suelo —el ventilador de techo encendido abajo— y el girar y el batir del robot de cocina. Imaginaba el electrodoméstico verde manzana preparando una hornada de *brownies*. Una nube de chocolate *fondant* inundó la habitación y se quedó enredada en las vigas, dando paso al aroma del queso fundido y una costra de mantequilla. Mi nariz despertó, la boca se me hacía agua, las tripas me sonaban. Ay, cómo me habría gustado pegarle un lametón al cuenco y darle un mordisquito al pastel según salía del horno. Me hice un ovillo en mi cama carcelaria, no quería hacer ni un ruido. Mi captor tosió en el pasillo, la espalda apoyada en la puerta, que temblaba cada vez que resollaba. Antes, esa misma mañana, me había enseñado el arma cuando me tiró a la cama y tiró después el cubo. «No hagas un puto movimiento, no hagas un puto ruido o le meto una bala al niño hoy mismo», espetó.

El cañón del arma descansaba en mi ombligo, probablemente en la cabeza de mi hijo. El muy capullo era perfectamente capaz de apretar el gatillo, me lo dijo el escalofrío que sentí después incluso de que se hubiese marchado. No moví ni un pelo, estremeciéndome mentalmente al pensar en el metal atravesando a mi hijo, una alucinación espantosa que no desaparecía, como el zumbido incesante de un mosquito.

Hoy, diecisiete años después, tengo esta cita que escribí para mí misma y pegué con celo sobre mi mesa: «Sea lo que fuere lo que estás esperando, prepárate.» Lo que quiero decir con esto es que si estás esperando algo, no esperes, toma las medidas necesarias para poner en marcha ese algo. Una piedra, una capa de argamasa, otra piedra, pasito a pasito hacia la pirámide que constituye tu objetivo. Emoción a emoción, ladrillo a ladrillo. La cita me recuerda siempre que viva como si lo que quiera que esté esperando se vaya a hacer realidad sí o sí, con independencia de las dudas que pueda albergar, las leyes de la física o, lo peor de todo, el tiempo.

El tiempo, ese tiempo cuyo avance es implacable, como el agua que va desgastando un canto con aristas, suaviza la determinación. En la hondonada central, cuando los segundos anuncian a los cuatro vientos su lenta mofa, hay que pensar en un nudo cualquiera que no se ha deshecho, un plano que no ha sido leído tres veces aún, una sombra que todavía no ha sido medida, una tarea, cualquier tarea, cualquier bendita tarea, cualquiera,

cualquiera sirve, siempre y cuando vaya encaminada a ese fin, a lo que quiera que sea que uno está esperando.

Más de una tarde la pasé casi en coma en la hondonada del goteo del tiempo. No se me ocurría nada más que hacer, y me iba a volver catatónica de tanto mirar la pared rugosa, de tablas de granero de mi celda. Las vigas se convirtieron en ramas de árbol; el techo, en un cielo con nubes blancas. Después un crujido del suelo, un clarinazo, y mi captor moviéndose al otro lado me animaban a devanarme los sesos en busca de una tarea. Al no encontrar ninguna, me centraba en la única rutina que me proporcionaba consuelo: la práctica. Lo que quiera que estuviese esperando necesitaba práctica y más práctica y diez veces más práctica y volver a empezar mil veces más.

Me encantan los juegos olímpicos, en particular las disciplinas individuales, donde los deportistas no compiten por un equipo, sino por ellos mismos. Los nadadores, los astros del atletismo. Y me vuelven loca los preparativos, que hablan de duras sesiones de entrenamiento que empiezan a las cuatro de la mañana y se prolongan hasta medianoche. Al igual que una caja sorpresa de resorte, esos atletas aparecen y se desinflan, aparecen y se desinflan, arriba, abajo, arriba, abajo, arriba, abajo, sin levantar nunca los pies que tan firmemente han plantado en la caja. Al final la campana suena, se escucha un disparo y allá van: músculos venciendo la resistencia del agua, salvando obstáculos, un chapoteo y adiós, un chapaleo y adiós. Saliendo disparados como una pastinaca y dejando atrás a competidores pesados. Superando la velocidad de la luz. Siempre que gana el favorito, pego literalmente un grito para expresar mi aprobación. Se han dejado la piel. Se lo merecen. La crema sube a la superficie, sobre todo la crema que se agita sola. Motivados, resueltos, dedicados, desafiando la muerte, obsesionados con la competición: participan para ganar. Los adoro a todos y cada uno de ellos.

El Día 30 estaba tumbada en la cama, esperando a que la Gente de la Cocina se marchase para poder reanudar la práctica y poner fin a la pesadilla circular de balas que atravesaban a niños.

En torno a las once se produjo el familiar lamido de culos entre mis panaderas y mi carcelero. Cuando el ácido me subió por la garganta, traté de vomitar mi desagrado en la colcha. Pero en lugar de desaparecer en cualquier otra parte de la casa como solía hacer, nada más cerrarse la puerta subió pesadamente la escalera y vino directo a mi habitación. Eso no formaba parte de la rutina, y yo odiaba cualquier modificación de mi plan diario. Un sudor caliente me subió por el cuello. El ácido me abrasaba la garganta, y una vez más mi corazón volvió a latir al ritmo de un colibrí.

Entró de sopetón, con su nerviosismo habitual.

—Levanta —ordenó.

Me levanté.

—Ponte esto. —Me lanzó a los pies un par de Nike viejas. Dos números más que el que yo uso. Me las puse y me las até bien apretadas. *Recurso n.º 32, unas zapatillas de deporte. Un momento, ¿y mis zapatos? ¿Llevo todo este tiempo sin ellos? ¿Cómo es que no me he dado cuenta?*

—Andando —me dijo, apuntándome con el arma a la espalda. Repetimos el paseo a punta de pistola de la noche que llegamos, yo delante, él detrás, yo sin tener ni idea de adónde nos dirigíamos. La única diferencia era que esta vez no tenía una bolsa en la cabeza ni una venda en los ojos.

Dios mío, por favor, ayúdame. ¿Adónde vamos? Mariposa, de esto no me advertiste. ¿Por qué? O quizá sí lo hicieras. Me pasé la mañana entera mirando la pared, ¿por qué no miraría hacia la ventana? ¿Adónde me lleva?

Bajamos los tres tramos de escalera, pero no torcimos a la izquierda, con lo que habríamos atravesado la cocina, sino que seguimos en línea recta, directos hacia una puerta trasera que se abría a una zona de tierra, la hierba pelada por quienes en su día debieron de ocupar una mesa de pícnic descolorida a la puerta. El sitio estaba lleno de colillas. *¿El lugar donde los empleados salían a hacer un descanso?* Estaba deseando poder darme la vuelta para ver cómo era el edificio, pero mi captor me dio un puntapié para que siguiera andando, y no pude echar ni un vistazo.

La zona de tierra tendría una circunferencia de unos cuatro metros y medio, y a continuación empezaba una extensión alargada de hierba sin segar que discurría paralela al edificio que acabábamos de dejar; la franja de hierba, de algo más de un metro de ancho, daba paso a una elevación. El arma me empujó hacia la elevación. Al otro lado, una cuesta pronunciada llevaba hasta un bosque. Un camino estrecho, de menos de medio metro de ancho, bajaba la colina y se adentraba en el bosque. Enfilamos el sendero. Era mediodía.

¿Adónde me lleva? ¿Será este el fin? Estoy embara-

zada de ocho meses. *Si tuvieran el equipo necesario, el niño es viable. Pero ¿se arriesgarían a practicar una cesárea después de tomarse tantas molestias? ¿Adónde nos lleva?* Me froté el estómago con la furia del náufrago que restriega unos palitos para encender fuego. Ahí es cuando me di cuenta de algo sobre mí misma: siempre que se cernía alguna amenaza directa sobre mi hijo, el interruptor del miedo se me encendía solo. Antes de estar embarazada no había tenido este problema nunca. Tras reparar en este fallo técnico, en adelante fui más consciente, y se me daba mejor atenuar, o atacar, la poco grata, tristemente inútil emoción del miedo. Aunque interesante, desde el punto de vista psicológico, médico y quizás incluso filosófico, al menos para mí. A veces me pregunto si las emociones que sentía mi hijo —su miedo cuando era un feto— pasaban a mí en esos momentos. Yo le estaba dando vida, pero ¿me estaba dando vida él a mí?

Por la mañana había llovido, y la humedad de la fría primavera se aferraba al suelo y a cada hoja. Los brotes de los árboles frenaban su crecimiento con el agua. Ni una sola muestra de vida se llegaba a desplegar con semejante tiempo. El sol dormía, estaba poco dispuesto a combatir el frío que se respiraba en el aire. Densas nubes conformaban un manto húmedo en el cielo. Temblaba, puesto que no llevaba abrigo.

—Eres despreciable. Barata. Una puta. Mírate: prostituyéndote. Follando como una perra en celo y embarazada y en pecado. Eres escoria, no vales nada, no pintas nada en este mundo —dijo. Me seguía apuntando a la espalda, su cara asomaba por mi cuello, sus labios cerca de mi mejilla. Tras echarme dos veces un aliento caliente, me escupió en la cara y añadió—: perra despreciable.

Si he asumido mi responsabilidad, si pretendo trabajar con ahínco para hacer que esto funcione, ¿acaso no es este mi camino? Sí, tengo suerte de poder contar con recursos, ayuda, amor, pero así y todo, ¿acaso estas ventajas no hacen que sea mi camino? ¿Un camino imperfecto y único, pero mío? ¿Por qué todo el mundo tiene derecho a opinar? El tema sacado a relucir ¿por quién, por él? ¿Por este delincuente? Un momento, un momento. Esto no tiene que ver conmigo. Céntrate. Esto tiene que ver con que intenta justificar su depravación. Céntrate. Por favor, céntrate. Respira.

No estaba segura de qué había hecho para merecer ese arranque de mojigatería, salvo ser una mujer y quedarme embarazada... y ser tan joven. Pero ¿qué quería que hiciera? ¿Ponerme a discutir sobre la moralidad de todo ello?, ¿pedirle disculpas a él? ¿Al mundo? ¿A Dios? ¿Al bosque, a los árboles, a las mutantes moléculas del bien y el mal que flotaban en el aire? Nada de eso lo aplacaría. Hasta entonces había acatado todas sus órdenes; lo único que quería era hacerme daño. Bajé la cabeza, preparándome para seguir escuchando su sermón y sus críticas, que tan dispuesto parecía a endilgarme. Su saliva se escurría despacio por la piel.

—Lo que oyes, sí, eres un puto ser despreciable. Las otras chicas, todas, lloraron y me suplicaron que las ayudara. ¿Qué eres tú? ¿Una puta zorra pirada? Tú te quedas sentada como si nada. Ni siquiera quieres a este niño, ¿a que no? Te importa una mierda.

Se equivocaba. Quería a mi hijo más de lo que quería que me rescataran. Mucho más. En más de una ocasión fantaseé con que la mariposa me daba a elegir: ¿escogía seguir en la casa de los horrores y quedarme con mi hijo o que me rescataran y perder al niño? Siempre que me imaginaba tomando una decisión, inmediatamente me ponía a pensar dónde pondría a mi hijo en la cama mientras dormíamos en nuestra celda eterna. Mi mano acogería su vientre abultado y lo besaría en la tierna mejilla color melocotón.

—Ya veremos si hablas o no cuando lleguemos a la cantera. No creo que entonces seas tan valiente.

¿Por qué me está llevando a la cantera?

—Sí, apuesto a que entonces sí gritarás, zorra. ¿Qué? ¿Qué es eso? ¿Qué?

No sabía qué decir. Allí estaba yo, andando delante de él por una senda retorcida que requería del uso de todas mis facultades para no tropezar, y él detrás, preguntándome «¿Qué?». ¿Era una pregunta retórica? ¿Sarcasmo? ¿Cómo esperaba que respondiera? ¿Hablaba consigo mismo?

Me detuve, la cabeza gacha, el cuerpo aún inclinado hacia delante, bajo el puente del pie derecho una piedra del tamaño de un puño, el pie izquierdo pisando una raíz. Se me acercó despacio y se situó a mi lado, pasándome la mano que sostenía la pistola por la cintura como si fuese mi amante y me abrazara. A continuación me silbó al oído como una serpiente furiosa, enloquecida:

—Responde a mis preguntas cuando te las haga, zorra. ¿Qué? ¿Qué crees que estamos haciendo hoy?

—No tengo ni idea, señor.

—Ah. Vale. Pues deja que te diga algo: vas a subir esta colina hasta ahí arriba, unos cuantos pasos más, sí. Y después vas a ver adónde os tiro a todas, zorras. Estoy más que harto de que estéis todo el tiempo sin hacer nada, como si fueseis las dueñas del lugar. Quiero que sepas lo que te espera, y después quizá no tengas más ganas de quedarte sentada en esa habitación sintiéndote tan pagada de ti misma, mirándome como si fueses a matarme en cualquier momento. Eres una zorra estúpida.

El aliento seguía oliéndole a mierda.

El sudor caliente que me perlaba el cuello cuando empezamos el recorrido se me había enfriado, y estaba helada, pero ahora que volvía a echarme su aliento amenazador, el sudor se calentó y volvió a resbalar. Me subió la fiebre y vomité. La bilis cayó en mi pie derecho y en la piedra de debajo.

Él se apartó.

—Mueve el culo.

Esa fue toda la delicadeza con la que me trató después de verme devolver. Me clavó la pistola en la espalda.

Subí la colina que había mencionado y el sendero desapareció. Nos tropezamos con una serie de bloques enormes de granito, montañas rocosas naturales. Con musgo verde y manchas tapizadas de líquenes, pelusilla en un adolescente. Caminaba inclinada, un ángulo que dotaban de mayor dramatismo la pesadez propia de mi estado y el hecho de que no podía pisar bien con unas zapatillas que me quedaban grandes.

Resbalé hacia atrás y choqué contra él en una ocasión,

pero me frené plantando las manos en el espinoso liquen, que se me clavó y me arañó la piel.

—Levanta, levanta. Andando —ordenó. No me dio la mano para ayudarme a que me pusiera de pie.

En la cima del montón de piedras, llegamos.

Nos encontrábamos en la parte alta de un dónut, en cuyo centro se abría un agujero lleno de agua negra. Salientes dinamitados formaban paredes que descendían en vertical desde las rocas hasta el agua. *Así que esto fue minado en su día. Es una cantera. La cantera.*

La cantera tenía el tamaño de unas ocho piscinas desmontables.

—Dicen que en algunos puntos la profundidad es de más de diez metros. ¿Quieres tirarte y averiguarlo, zorra?

—No, señor.

—¿No, señor? ¡No, señor! ¿Es que solo sabes decir eso? Puta zorra. Ven aquí. Vas a llorar de una vez por todas.

Ya está. Se ha vuelto loco. Tanto estar sentado de brazos cruzados, vigilándome, siendo el esclavo que me trae la comida, le ha afectado más que a mí. Está enfermo. Es un hombre enfermo. Los hombres enfermos son impredecibles. No puedo calcular lo que va a suceder basándome en esto. Escucha. Escucha. Haz lo que te diga.

Lo seguí antes de que pudiera cogerme por el cuello y tirar de mí.

Fuimos bordeando la cantera y bajando poco a poco hasta llegar a una poza que se derramaba del borde inferior. Mientras me apuntaba con el arma manteniendo un brazo extendido, se agachó para coger una cuerda enrollada, mojada.

—Las manos a la espalda.

Cuando hice lo que me decía, dejó la pistola en el suelo y, como un marinero experto que afianzara una barca a un bolardo, me ató las muñecas con la cuerda y aseguró el otro extremo a un árbol que crecía a orillas de la cantera, como si fuese su agresivo perro guardián.

—Quédate ahí y mira esto —ordenó.

Desde la poza metió el brazo en la oscuridad de la cantera, palpando con las manos la cara de la pared rocosa. Dio la impresión de que soltaba algo. Otra cuerda, un cable. Pasó por delante de mí apartándome de un empujón y encontró una piedra tras la cual se sentó y en la que apoyó los pies como para convertir su cuerpo en una polea. Después se puso a tirar de la cuerda, los bíceps, las piernas, la mandíbula en tensión debido al esfuerzo que estaba realizando para sacar lo que parecía un objeto bastante pesado atado al extremo de la cuerda.

Jadeando, hizo un descanso entre tirón y tirón y contó:

—A esta la até a una tabla de esquí acuático cara, de competición, de las que se usan en el mar. —Su pecho subía y bajaba al respirar, y sin embargo sonreía, satisfecho consigo mismo al proporcionarme esos detalles demenciales—. En un extremo de la tabla até un bloque de cemento enorme. Después lo tiré todo, a ella en la tabla y el bloque, desde ahí arriba. —Arqueó la cabeza para indicar la parte alta de la cantera e hizo una pausa para que su pesada respiración se normalizase antes de retomar el delirante discurso y seguir tirando de la cuerda—. Al principio la tabla cayó al agua cabeza abajo, con ella encima, y se hundió, pero luego se enderezó a medida que el cemento la fue arrastrando más y más abajo. Ah, pero ella flota justo por debajo de la superficie. Dentro de nada lo verás, en cuanto suba este bloque del fondo. Sí, zorra, a esta la dejé atada por si necesitaba convenceros a alguna de vosotras, zorritas, de algo. Una idea muy buena, ¿no crees?

—Sí, señor.

Ajá, muy bien, ¿y? ¿Tú? ¿Y después tú? ¿Qué?

Parte de mí, la parte carente de emociones, estaba, he de admitirlo, un tanto intrigada con los detalles, las grotescas medidas que había tomado para recuperar a una de sus víctimas. Era como si se hubiese alzado con un elaborado trofeo submarino. Sinceramente, no estoy muy segura de los aspectos relativos a la física del invento. Mientras estaba allí, escuchándolo, supuse que el trofeo no debía de tener demasiado tiempo. La tensión que se generaría entre la tabla, que querría subir, y el bloque de cemento, que querría permanecer en el fondo fangoso de la cantera, haría que la carne en descomposición de la chica sufriera continuos tirones. Y al final la cuerda en sí que la retenía bajo el agua le desgarraría los músculos, los órganos, y el esqueleto y el cuerpo se harían pedazos. Fragmentos de ella subirían a la superficie o se hundirían hasta el fondo.

Quizá la haya tirado no hace mucho.

—A esta zorra la bajé al sótano cuando te traje a ti. Estaba a punto de parir. Sí, zorra. Le saqué al niño hace unos días, ahí mismo, sobre esa piedra, mientras tú estabas en tu cuarto sin mover el culo, mirando a la pared.

Ni siquiera puedo empezar a explicar las emociones que sentí en ese momento. Por lo general no me permito muchas emociones, pero cuando me enseñó el punto en el que se había hecho con un niño, cuando tiró de la cuerda para demostrármelo, experimenté el único periodo de tiempo prolongado en mi vida de miedo involuntario, un periodo de cinco minutos, tres minutos arriba o abajo, cuando el interruptor del miedo se encendió solo. Debía de hallarme en estado de *shock*, incapaz de apagar ningún interruptor en ningún lóbulo de mi cerebro, ya que el horror de ver cómo sacaba a una chica desconocida de la negrura turbia me hizo caer en un vacío de olvido absoluto. Sí recuerdo fijarme en una única cosa, un cardenal rojo que estaba posado en la rama más alta de un roble que se erguía en la parte superior de la cantera. Yo esperé y esperé que se lanzara en picado y me llevara con él. Creo que es lo único en lo que pensaba.

Mi captor reanudó su esfuerzo, su cuerpo una grúa. La superficie del agua empezó a borbotear, las burbujas se agruparon en el centro, como si se tratase de la caldera del infierno puesta al fuego. El cardenal levantó el vuelo.

Con un ruido seco, una cabeza podrida de cabello largo afloró a la superficie, seguida, poco después, del cuerpo, hinchado, en descomposición. La cuerda, atada a modo de arnés alrededor del pecho, estaba, como mi captor había dicho, unida a una tabla de esquí púrpura con letras negras. Supuse que el bloque de cemento estaría bajo el torso, esperando para bajar de golpe a la acuática tumba en cuanto mi captor soltara la cuerda. Mantenía suspendida a la chica como si fuese un mago que hubiese hecho levitar a una dama tendida en posición horizontal sobre una mesa de acero alargada. Sentí una oleada caliente de náuseas que me subió desde el estómago, me recorrió los pulmones y el corazón, me golpeó los hombros y el cuello y me inundó la cara.

Flotando justo delante de mis ojos se hallaba el cadáver de una chica con el abdomen abierto, de cadera a cadera. La raja, enconada en el agua, tenía los bordes quemados, como papel que hubiese ardido en un incendio. Pero no eran quemaduras, sino estigmas de carne en estado de descomposición, las bacterias del agua remansada royendo la herida abierta.

—Le saqué al niño. Estaba muerto. El médico estaba demasiado borracho para mover el culo hasta aquí, así que lo hice yo. Sí. Y tiré a la zorra aquí. Y al niño también. A él lo até a una piedra, ahí está, en el fondo, con los demás. Ella seguía llorando, poniéndome la lona perdida de sangre. Tendré que comprar una nueva para ti, zorra. Ya casi estás lista. —Señaló la parte alta de la pared rocosa—. Lo hice todo aquí, para que no dejara un reguero de sangre en la casa. Aprendí la lección la primera vez. El médico quiere que tu parto sea natural. Cree que no tenemos que sacar a los niños. Pero ya lo veremos. Estoy hasta las pelotas de ti, no tengo muy claro que quiera aguantar mucho más. Así que no me vuelvas a echar ese puto mal de ojo. —Soltó la cuerda. La chica se hundió.

Y como había permitido que me invadiese la emoción, me tambaleé. Me desmayé.

Existe un gris dulce que nace al despertar de una inconsciencia profunda. Es como una pizarra en blanco, donde antes no había nada y no se espera que haya nada. Existe una sensación de ingravidez en este espacio, el cerebro no se aferra a ningún pasado de ninguna clase ni tampoco hace planes, no está seguro de si debería volver al negro o permitir que el blanco lo despierte por completo. No hay colores, tan solo un gris que se va volviendo blanco, y con el blanco llegan los comienzos de sonidos, se oyen y se dejan de oír, con una ondulación que tiende de nuevo al gris, después el menor de los sonidos de nuevo con el regreso del blanco.

Un palo te da en la cabeza, que tienes apoyada en el suelo.

Una tos.

Unas palabras.

Una rápida vuelta al negro, después nuevamente gris, a continuación un blanco crudo cuando notas que alguien te empuja por la espalda.

—Despi...a —escuchas—. Despierta —oyes con más claridad.

Unas formas definidas comienzan a dibujarse tras tus ojos cerrados. Algunos colores entran en juego.

Notas un empujón, esta vez en los hombros.

—Despierta, pedazo de zorra —oyes con absoluta nitidez.

Abres los ojos, vuelven las náuseas. Estás tendida en el musgo, en el borde de una cantera. Tienes los brazos atados a la espalda.

—Ponte de pie de una puta vez. A ver si ahora me sigues mirando como me miras.

Enfilamos el estrecho, tortuoso sendero que conducía hasta mi prisión, esta vez él sosteniendo el extremo de la cuerda con la que me había atado las muñecas, como si me hubiese sacado de paseo, como si fuese su perro. No me centré en nada de nada. Si nunca habéis estado en *shock*, deberíais saber que vuestros sentidos no se comunican con vuestro yo consciente. No veis nada. No oís nada. No oléis nada. De manera que no me quedé con el color, la forma, el revestimiento, la altura, ni siquiera una ventana del edificio al que volvimos. Después seguía sin saber cómo era el exterior, de manera que continué imaginándome que se trataba de una granja blanca. En esos momentos horripilantes solo me aferré a algo, al hecho de que volvíamos. *Volvemos. No estoy muerta. No me ha tirado a la cantera. No me ha quitado a mi hijo. No me ha rajado. Volvemos.* Fue la única vez en mi vida que me alegré de volver a mi celda.

10

Día 32 de cautiverio

Esos días en blanco, de nada y cielos desolados
Contemplados, más de cerca, más allá del vacío
Se experimenta un consuelo
Cuando todo pasa a ser de un blanco clemente.

S. KIRK

Dos días después de que viniera la Gente de la Cocina. Dos días después de la visita a la cantera. Y lo único que yo quería era darme un baño. Un agradable baño con sales de espliego, de esos en los que el agua me engulle como si fuesen arenas movedizas calientes. De esos que me daría en la bañera de hidromasaje hecha a medida, extraprofunda, de mi madre, viendo la televisión que hizo instalar en su baño solo para mujeres, de mármol blanco. De esos en los que la piel se me arrugaba como una pasa y el cuerpo se me calentaba en exceso, salía chorreando a la mullida alfombrilla blanca, me envolvía en su grueso albornoz blanco del Ritz y entraba en el vestidor contiguo para desfilar, desnuda, por una pasarela ficticia con sus Jimmy Choos, sus Manolos y sus Valentinos de tiras, los de los cristalitos. Anhelando ese consuelo blanco, miré mi celda polvorienta, marrón y mi piel sucia y deseé que llegara el final. Además estaba bastante cansada debido a la doble carga de interpretación que había asumido desde el Día 30. Había empezado a recitar unos monólogos increíbles de accesos de llanto, a los que añadía un coro de súplicas incoherentes para que mi captor, con el ego debilitado, me liberase y liberase a mi hijo.

Necesitaba sentirse poderoso.

Le di lo que necesitaba para que se atuviera escrupulosamente a la rutina que tantas veces habíamos practicado.

Y aunque ansiaba darme un baño como un abogado ansía un café, no estaba dispuesta a alterar la costumbre e interrumpir nuestros coreografiados días pidiendo cosas nuevas. Podría haber utilizado la colcha a modo de paño, introduciendo una esquina en los vasos de agua para lavarme algunas partes críticas del cuerpo, pero antes enfrentarme a una víbora que desperdiciar una sola gota de agua. Jamás desperdiciaría un recurso.

Después de la comida del Día 32, a base de pastel de carne, permanecí a la espera de que viniese a llevarse la bandeja. Estaba de pie, temblando, me daba asco mi propio cuerpo, la película que me recubría las piernas, la grasa del pelo. Lo cierto era que mis esfuerzos por lavarme con una toallita sucia, muy sucia, que había en el cuarto de baño a diario no bastaban; francamente, en vista de lo usada que estaba la toalla, creo que no hacía sino empeorar las cosas.

El Día 32 amaneció cálido, con el sol contra un cielo despejado. Mi cuarto, con las paredes revestidas de madera, se convirtió en una sauna, más caliente incluso que los días que venía la Gente de la Cocina y sus olores y los vapores que salían del horno subían a mi celda como el humo de un fuego.

Se escuchó el crujido del suelo que anunciaba que el psicópata venía a recoger mi bandeja vacía. Me senté en la cama, contando el número de tablas de pino que había de mis pies a la puerta, y desde allí mis ojos subieron por la pared de enlucido blanco y conté las grietas que salían desde la puerta. Ya sabía las respuestas, pero me puse a contar de todos modos, como hacía siempre, para memorizarlo todo de todas partes durante cada uno de esos días: 12 tablas de diversos anchos; 14 grietas, incluidas las menores.

Las llaves cencerrearon contra el metal al otro lado de la puerta, y yo volví la cabeza, hastiada con la rutina. Al percibir el fuerte olor a sudor que emanaba de mis axilas, resoplé asqueada. Me senté más tiesa cuando por fin abrió la puerta y puso el pie en el sitio de costumbre, la Tabla n.º 3.

—Dame la bandeja. ¿Quieres ir al cuarto de baño?

—Sí, por favor.

—Pues date prisa. No tengo todo el día.

¿Que no tienes todo el día? ¿Qué demonios haces el día entero? Ah, sí, nada. No haces nada en todo el santo día. Eres un inútil.

Sin embargo no le dirigí ninguna mirada condescendiente ni le eché mal de ojo como habría hecho antes. Bajé la vista, le entregué la bandeja con cuidado y me escabullí nerviosamente al cuarto de baño cuando él se movió para bloquear la escalera que bajaba, como hacía siempre.

Ya en el cuarto de baño, apoyada en la puerta, me detuve un instante a mirarme: me quedé asombrada al comprobar lo mucho que había engordado. El niño se movía en mi interior, pero despacio, como una ballena que hendiera el océano sin prisas con su joroba. Desarrollado por completo ya, mi hijo se doblaba sobre sí mismo en sus estrechas dependencias. Aunque no sé cómo podía estar encogido: mi torso era igual de grande que una barbacoa Weber.

Le di unas palmaditas al niño e inspeccioné la habitación. Todavía no he descrito el cuarto de baño, ¿no? Antes debía de ser un armario, dado que las dimensiones cuadraban, esto es, un armario grande: un espacio incrustado en un alero. El techo descendía sobre una bañera con garras a modo de patas que prácticamente ocupaba todo el espacio. Había que pasar de lado por la bañera y sentarse muy recto para utilizar el retrete blanco. Así sentado, uno podía pontificar sobre la vida apoyando el codo doblado en el lavabo de pie blanco, junto al retrete. Un espejo cuadrado barato colgaba ligeramente torcido, pegado literalmente a la pared. Incrustado entre el retrete y el lavabo había una papelera blanca de treinta centímetros con dos bolsas de plástico blancas: la que se estaba utilizando en ese momento para tirar la basura y la de debajo de esta. Las había dejado allí las dos, ya que no se me había ocurrido ningún uso posible que darles. Eran esas cosas endebles, irritantes que te dan con la compra. El chico que mete las cosas en las bolsas introduce, inexplicablemente, un artículo en cada bolsa: el bote del kétchup en una, la leche en otra, el pan en otra, y así sucesivamente. Y uno acaba teniendo cincuenta millones de bolsas. Odio esas bolsas. Odio a muerte esas bolsas.

Pero me estoy apartando del tema.

El piso del cuarto de baño tenía las mismas tablas de madera de pino de mi habitación. Había escudriñado esa habitación blanca multitud de veces en busca de recursos, pero todo cuanto veía estaba atornillado o pegado o no era muy útil. Podía llevarme la papelera, pero ¿qué iba a hacer con ese objeto tan pequeño? La toalla del lavabo era un trapo pringoso. Aparte de esos objetos, del cuarto de baño habían retirado cualquier cosa que pudiera considerar un recurso: no había ni productos químicos de limpieza evidentes, ni cortaúñas, ni pinzas... Por Dios, si hasta la seda dental habría sido un arma estupenda.

A pesar de que había aceptado que el cuarto de baño estaba desprovisto de cualquier cosa útil, después de cerrar la puerta examiné el pequeño espacio una vez más, y una vez más no encontré nada. Pasé de lado al retrete y, para que lo sepáis, vacié la vejiga. La barriga me daba con el borde redondeado de la bañera, y tenía el codo izquierdo apoyado en el lavabo. Una vez concluido mi alivio de la tarde, me levanté y me agaché para meter la cara debajo del grifo y beber tanta agua como me permitía mi boca seca. Con el timo de toallita que llevaba semanas utilizando, me lavé deprisa las axilas y otras partes.

Me volví mientras lo hacía, mirando la bañera con un deseo animal. Lo que habría dado por abrir el grifo del agua caliente y meterme en ella, sumergirme en el líquido caldeado y eliminar la peste que desprendía mi cuerpo. Puse el pie izquierdo en la taza, manteniendo el equilibrio con el derecho, y me estiré para rascarme la peluda pierna, pugnando, dado mi volumen y lo estrecho del lugar, por llegar al tobillo.

Durante este proceso, con la cabeza baja y de lado, me fijé en una cosa que me había estado esperando todo ese tiempo. Escondida, esquiva, pero en gran medida, literalmente, delante de mis narices en todo momento.

Una botella de lejía.

Allí mismo. Una garrafa de casi cuatro litros. Le faltaba la etiqueta, y como estaba empotrada a conciencia en el hueco de la trasera del lavabo, la botella estaba bastante camuflada. Y, no os lo vais a creer, ¡aleluya!, ¡aleluya!, cuando me agaché para sacar mi nuevo hallazgo, descubrí que, en efecto, ese glorioso camaleón albino estaba lleno en sus tres cuartas partes. *Hipoclorito de sodio, bienvenido a la fiesta. Recurso n.º 36.*

Mi plan no necesitaba este recurso extra. Pero incluso ahora que estaba en la recta final, se me ocurrió una utilidad perfecta para el Clorox: una dosis extra de dolor, algo que no había sido consciente de necesitar hasta que vi el magnífico envase blanco. Me permití un momento frívolo y desquiciado de psicosis al pensar que podía enamorarme de la lejía. Quizá cayera en la demencia unos segundos cuando abracé el plástico contra mis hinchados pechos y besé la tapa azul.

En el fondo de la papelera estaba la bolsa de plástico de más. La cogí y me la metí en los pantalones: *Bolsa de plástico, Recurso n.º 37*.

Puse la botella en su sitio. No podría llevarme la lejía en ese viaje, pero con toda la tarde por delante, pensé que urdiría un plan.

—¡Sal de una puta vez! —chilló mi captor mientras, como era de esperar, se puso a aporrear la puerta con el gordo puño. La madera rebotó. Cada vez que hacía eso, temía que los viejos paneles se resquebrajaran y cedieran.

—Sí, señor. Ya voy. Lo siento, no me encuentro bien. —No era verdad, pero en el breve espacio de tiempo que transcurrió entre devolver la botella y ver cómo se combaba la puerta con sus puñetazos supe cómo podía llevarme sin problema la lejía. Lo cierto es que no me hizo falta la tarde para desarrollar un plan—. Lo siento mucho. Me estoy dando prisa, es que estoy mareada.

—Me importa una mierda. Sal de una puta vez.

Abrí la puerta, redondeé los hombros en señal de inferioridad y sumisión y volví deprisa a mi celda.

Él me encerró con su estúpido juego de llaves.

¿Para qué serán las otras llaves? Qué más da.

La hora que siguió la dediqué a pensar en cosas enfermizas y asquerosas. Me puse a dar vueltas hasta marearme y después paré deprisa, cayendo a cuatro patas, bajando la cabeza para ponerme en equilibrio un segundo sobre la coronilla, repitiendo la operación una y otra vez. El pensamiento más enfermizo y más grotesco era, naturalmente, el recuerdo real del torso de la chica en la cantera. Así que pensé en eso. Una y otra vez. Después me inventé una minipelícula en la que le lamía la espalda al gemelo de mi captor. Sí, Brad, debía de tener la espalda peluda y con granos, así que me imaginé pasando la lengua por el pelo tieso de su espalda mientras le reventaba los granos, todo ello mientras él lamía un plato de ternera que rezumaba sangre. Con tan terribles imágenes firmemente grabadas en mi cerebro, giré de nuevo, seguí lamiendo, seguí reventando granos, la ternera cada vez más sangrienta, el pus más denso, entremezclado con el vello que lamía, y mientras tanto daba vueltas y más vueltas, y cuando el mareo y el desequilibrio fueron máximos, me metí un dedo en la garganta y por fin, por fin, vomité. Provocarse el vómito cuesta más de lo que se piensa. Y no es algo que haya hecho desde entonces, ni tampoco recomiendo la purga como algo cuya práctica resulte apropiada. Sin embargo, a veces estos actos repugnantes hay que realizarlos una vez por un bien mayor.

La vomitona fue a parar bien lejos de la puerta, exactamente allí adonde apunté, y desde luego no cerca de donde él ponía los pies. Quería que no vacilase cuando entraba en mi habitación y pisara exactamente allí donde lo hacía siempre.

¿Me quedo hasta la cena aguantando este olor ácido, cociéndome en este calor? ¿O lo llamo?, como hacía

a veces cuando tenía una urgencia y necesitaba ir al cuarto de baño. No sabía adónde iba entre sus visitas a mi celda. Quizá se sentara en alguna habitación de abajo, quizá saliera a hacer recados, fuera a alguna parte donde no lo podía oír. Ocho de las doce veces que aporreé la puerta y pedí que me dejara ir al cuarto de baño de manera excepcional, entre las visitas regulares que hacía en las comidas, subió pesadamente la escalera e hizo de carcelero enfadado. Así pues, su número de respuestas era elevado, ocho de cada doce veces. Y supuse que se debía a que no le apetecía lo más mínimo tener que limpiar ninguna porquería. De manera que, con la probabilidad de que respondiese una vez más, y porque ocho de cada doce veces constituía, sin temor a equivocarme, una rutina, decidí llamarlo para que subiera a mi cuarto.

Además, el espantoso olor de la descomposición, que parecía acelerado en un cuarto que más parecía un horno, me subió por la nariz y me atravesó el cerebro, reforzando mi decisión.

De eso nada, no, no me voy a pasar la tarde entera oliendo esto.

Frotándome las manos, me acerqué a la puerta. Me vi como una experta curandera que se calentaba las holísticas manos para masajear unos músculos doloridos hasta sanarlos por completo. Con las manos calientes, aporreé la puerta.

—Discúlpeme, señor. Discúlpeme. He vomitado —grité.

Sin duda alguna, en algún lugar del edificio, abajo, se

oyó movimiento. Después una pausa, que me figuro se produjo porque mi captor se preguntó si había oído algo.

—Discúlpeme —seguí llamando y gritando—. Señor, me encuentro mal. Lo siento mucho —afirmé.

—Me cago en Dios, hijo de la grandísima puta —exclamó mientras subía como una furia la escalera.

Me aparté de la puerta y entró.

—Pero qué mierda... —dijo, tapándose la nariz, mientras encontraba la fuente del hedor en el suelo.

—Yo lo limpiaré, señor. Lo siento mucho. Por favor, por favor. Vi que en el cuarto de baño hay lejía. ¿La puedo utilizar? ¿Le parece buena idea? —Me postré a sus pies, suplicando—. Lo siento mucho.

Aún asqueado debido al olor, reculó, se situó en el arranque de la escalera para indicarme que podía pasar al cuarto de baño y dijo:

—Ve. Y limpia esa mierda. Mueve el puto culo.

Aún a cuatro patas, fui al cuarto de baño, cogí la papelera, la toalla y la lejía y volví. Metí deprisa y corriendo la porquería en la papelera y vertí dos tapones de lejía en la toallita para limpiar la madera. Tras restregarla bien, aparté la botella, cogí la papelera y la toallita, volví al cuarto de baño y lo volqué todo en el lavabo. Después aclaré la papelera en la bañera, metí la toalla bajo el grifo y la escurrí y regresé a mi cuarto.

—Gracias, señor. Lo siento mucho.

—Ni se te ocurra volver a vomitar. Estoy viendo *Matlock* —dijo mientras, una vez más, echaba la llave en mi puerta.

Así que eso es lo que haces todo el santo día. Qué predecible.

Supongo que hemos vuelto a una rutina segura. Así estamos la mar de bien, ¿no?

Lejía, Recurso n.º 36. Justo a tiempo. Mañana nos vamos.

11

Agente especial Roger Liu

Podéis decidir creeros esto o no creéroslo. Porque, desde luego, esta parte es demasiado rocambolesca, quizá demasiado mágica, para incluirla en un informe de trabajo de campo del FBI.

A veces, y antes lo hacía más a menudo, me gusta desaparecer. Digamos que una reunión terminaba antes de lo previsto y no tenía que estar en ningún sitio en ese momento. Podía llamar, avisar en la oficina, avisar a mi mujer, Sandra, o a mi peleona compañera, Lola. Pero tal vez, pensaba, podía quedarme con ese regalo, ese tiempo robado, y escabullirme por una callejuela adoquinada y entrar en un pequeño restaurante italiano que sé que lleva allí una eternidad. Si, por ejemplo, esa reunión que terminaba pronto se celebrase en Boston, el restaurante podía ser Marliave, asentado en una colina, en Downtown Crossing. Creo que lleva allí desde que se inventó el ladrillo.

Quizá me acomodara en un reservado negro, el móvil en el asiento, junto a la cadera, sin tocarlo. La camarera me traería la carta, pero no me haría falta, porque ¿a quién le haría falta consultar algo tan prosaico cuando disponía de un tiempo robado? Allí soy libre, no tengo trabas, y mi divinidad en ese momento me proporciona claridad con respecto a un deseo simple. «Tomaré los *gnocchi al dente* y una cola, por favor.» La camarera se retira silenciosamente para ir a pedir mi plato caliente a saber dónde.

Me encanta esa sensación, nadie, absolutamente nadie que quisiera encontrarme conoce mi paradero en este preciso instante. Soy poderoso. El mundo es mío. Nadie puede decir que no puedo estar aquí, pues ni siquiera yo contaba con ello. Con este regalo, este tiempo libre. Podría caer en un vacío entre las cuerdas teóricas del universo y quedarme para siempre en un foso que desafía la gravedad.

Aprendí el poder de esconderse a los trece años, pero cuando dispongo de estos momentos robados de paz a escondidas, desde luego no me permito deambular por esos recuerdos malhadados, ni tampoco por el malhadado día que moldeó mi vida entera, mi carrera. Así que tampoco iremos allí ahora, ahora que os estoy hablando de esos benditos momentos robados.

Claro que me encantaría que Sandra estuviera conmigo en esos momentos en los que me escondo, pero sería imposible. Nunca los planeo, y ella andará de gira, estoy seguro. Y de todas formas nadie me echa de menos. Supongo que podría haber cogido más casos, ponerme a hacer otra cosa, llamar a mi madre, a un amigo, terminar algún recado latoso. O puede que ninguna de esas cosas se llegara a hacer si me atropellaba un autobús cuando acababa la reunión; pero dado que no me atropelló un autobús, debía disponer de un tiempo prestado, un tiempo jugoso, un tiempo de lo más apetecible. Así que no pienso llamar ni trabajar. Me sentaré aquí sin más, comiendo mi pasta y bebiendo mi refresco y me quedaré mirando las sombras del restaurante o me haré el remolón, escuchando a la pareja de enamorados del reservado contiguo.

Cuando mi vida toque a su fin, me gustaría fundir todos estos momentos en una única cinta. Estoy seguro de que si lo hiciera, el empalme pondría de manifiesto que un momento robado no era distinto del anterior o del siguiente, y así sucesivamente, porque juro que cada vez que pasa esto, mentalmente se trata del mismo sitio, yo, yo solo, sentado aquí sonriendo al saborear la libertad de vivir este preciso instante y que nadie pueda cambiarlo. Podía ser el Marliave, podía ser el embalse de Manchester, New Hampshire, la cama de mi hotel en Atlanta, las calles del Soho o el parque de Kentucky en el que se veía un caballo pardo y uno color canela. Para mí el sitio siempre era el mismo: paz interior.

Naturalmente puedo alcanzar esta sensación de paz porque no soy un fugitivo. No es preciso que me esconda de nadie, salvo de mí mismo, salvo de recuerdos funestos. Si fuese un fugitivo, en fin, eso sería harina de otro costal. O si tuviera algo verdaderamente terrible que ocultar, estoy seguro de que, en ese caso, no estaría tan tranquilo en un restaurante, pidiendo comida, y menos *al dente*.

Dedicándome a lo que me dedico, me he dado cuenta de que existe un amplio abanico de delincuentes. En un extremo se encuentra el genio megalómano que no deja nada al azar, ni huellas, ni rodadas de neumáticos, ni cabellos, ni pisadas. Ni testigos, ni cómplices, ni nada que lleve a nada. En el otro extremo se encuentran los bobos torpes que podrían perfectamente transmitir su delito en tiempo real. Entremedias están los cabezas huecas normales y corrientes, que hacen muchas cosas bien, pero meten la pata en algunas cosas de vital importancia, y es sobre estas últimas sobre las que caemos.

En el caso de Dorothy M. Salucci, con la información que nos proporcionó Boyd cuando llamó, teníamos entre manos a un extremista en toda regla, de los torpes. Y aquí llega la parte que os quiero contar, la parte que podéis decidir si creeros o no. Tened en cuenta que la realidad a menudo supera la ficción, así que aunque os sintáis inclinados a pensar que lo que os voy a contar a continuación es imposible, tal vez no esté de más recordar que algunas investigaciones se resuelven. Que el resultado sea positivo o negativo es algo irrelevante: el hecho es que se resuelve; es decir, que la impresión de lo positivo o lo negativo es, claro está, subjetiva.

—Señor Liu, no se va a creer lo que le tengo que contar —empezó Boyd.

Allí estaba yo, a la puerta de Lou Mitchell's, en el distrito financiero de Chicago, con Lola dentro, sirviéndose a su gusto de mi desayuno.

—Dígame, ¿qué sucede, Boyd?

—No se lo va a creer, señor Liu. Casi ni me lo creo yo. Ah, mierda... —Silencio—. Lo llamo luego —dijo, y cortó.

Como ya sabéis, volví a entrar en Lou Mitchell's y sorprendí a Lola comiéndose mi tostada. Después de hablar con el grandullón de Stan, Lola y yo fuimos al parque, y Boyd llamó de nuevo.

—Señor Liu, lo siento mucho. Siento haber colgado así. No se va a creer lo que le voy a contar.

—Adelante, Boyd, tengo todo el día.

La verdad es que no tenía todo el día, pero probablemente pudiera pasarme horas escuchando el suave silbido de la voz de ese criador de pollos. Me recordaba un poco a mi abuelo, antes de que todo se fuera al carajo.

—Señor Liu, estoy en la cocina de mi primo Bobby, a las afueras de Warsaw, Indiana. Le sugiero que venga usted aquí.

Boyd me contó que había ido de su casa a Warsaw, Indiana, a alrededor de una hora en coche, a recoger un pienso especial para sus aves.

—Sepa usted que si no se me hubiera abierto de golpe el capó del coche cuando se me partió el cierre, quizá no hubiese podido darle esta información. Bendita la hora que Dios me estropeó el capó del coche.

»Señor Liu, yo sabía que, aparte de un cierre nuevo, la única solución para que pudiera volver a casa con el pienso antes de que empezara a llover (iba en la parte de atrás y no llevaba ninguna lona) sería entrar en una ferretería a comprar un buen rollo de cinta americana reforzada para mantener cerrada la cubierta del motor. Con esa cinta se puede atar un alce a un árbol. Y allá que me voy, y estoy yo allí a mis asuntos, como debe ser, en la ferretería de la ciudad, y ¡bingo!, no di crédito a lo que veían mis ojos: allí estaba, señor Liu, allí estaba el que me compró la furgoneta, en la cola.

—¿Lo vio él a usted?

—No, señor Liu, no, señor, estoy seguro. Estaba detrás de él, y él estaba demasiado ido para ver a nadie. De hecho el dependiente tuvo que decir «disculpe» unas tres veces para que avanzara. El tipo no estaba con la cabeza en ese sitio, no, señor. Pero, espere, porque todavía hay más, vaya si lo hay.

—Continúe, Boyd, continúe. Pero, un momento, ¿cuándo fue esto?

—Hace de eso una hora y media. Cuando el tipo pagó y se fue, yo dejé un billete de veinte en el mostrador, dije que se quedaran con la vuelta, salí deprisa y corriendo, cerré deprisa el capó con la cinta, vi que se iba en «mi furgoneta» y fui hasta una tienda que conozco calle abajo que tiene un teléfono público. Ahí es cuando lo llamé la primera vez. Ahora llevo siempre encima su tarjeta, y me alegro mucho de que así sea. Pero escuche, le tuve que colgar porque, adivine qué, vuelvo a ver al tipo. Había aparcado en el otro lado del edificio e iba a entrar en la farmacia. Es una de esas farmacias de la vieja escuela, señor Liu. Solo venden medicamentos, no hay sección de alimentos ni de pañales. ¿No podría dar con él a través de su médico? Aunque quizá no sea necesario, porque escuche usted.

—Un momento, un momento. ¿Lo vio él a usted en el teléfono público?

—Imposible. Ni me vio allí ni me vio en la ferretería. Me mantuve a una distancia prudencial, porque sabía que es lo que usted querría que hiciese, señor Liu. No le habría servido a usted de mucho que el tipo hubiera visto que yo lo había visto. Puede que hubiera salido corriendo, ¿no? En la ferretería sé que no me vio porque fui discreto y estaba detrás de un muchacho grandote que llevaba un chaquetón de cazador rojo y negro. Su hombre estaba comprando cinta americana y una pala, y también un rollo de lona. Preocupante, ¿no, señor Liu?

—Un poco, Boyd. Y dice usted que tampoco lo vio en la farmacia, ¿no? ¿Lo vio usted salir de la farmacia?

—No, señor, me fui. Di unas vueltas en el coche en busca de otro teléfono. Lo último que quería es que me viera. Usted cree que tendría que haberlo seguido, ¿no? Cuánto lo siento. Es que no quería que me viera. Pero espere, espere, que todavía hay más.

—Continúe —pedí, y empecé a pensar: *osa rosa*.

—Me pongo a dar vueltas en busca de otro teléfono y, sepa usted que cuesta más de lo que uno cree dar con un condenado teléfono público, señor Liu. Entonces me acuerdo de sopetón de mi primo Bobby. Ya le he hablado de él, sí, su hijo jugaba para la Universidad de Indiana, ¿se acuerda? Me preguntó usted por la matrícula de Hoosier.

—Sí, Boyd, me acuerdo. Siga, por favor.

—Bueno, pues me acuerdo de mi primo Bobby, que vive a eso de media hora del centro en otra ciudad, se tarda tanto porque la pista es de tierra y tiene un rancho grande de vacas. Y se me ocurre que puedo ir a casa de mi primo Bobby para usar su teléfono, y además me dejaría aparcar donde él guarda el tractor y así el pienso no se me moja cuando empiece a llover.

»Y allá que me voy, a casa de mi primo Bobby, y él sale, con esa sonrisa ancha en la carota, y me cuenta una cosa de lo más extraña.

—¿Qué cosa?

—Me dice: «Caray, Boyd, te iba a llamar ahora mismo. Acabo de volver de los pastos, al otro lado de la elevación, y he visto tu furgoneta aparcada en la linde del campo de la vieja escuela, bajo un sauce. ¿Cómo es que la has dejado ahí?»

»No lo creí hasta que me llevó allí arriba. Y caray, señor Liu, ahí está mi furgoneta granate, con las placas de Hoosier delante y detrás. Le dije a Bobby que teníamos que dar media vuelta muy despacio, y de espaldas, para asegurarnos de que no nos viera nadie. Y eso es exactamente lo que hicimos. Dos hombres hechos y derechos caminando hacia atrás por los pastos. Ahora mismo estamos los dos en la cocina de Bobby. Temblando, señor Liu. Temblando como una hoja, caray. Bobby tiene un par de rifles, y si usted quiere podemos ir a encargarnos de esto. Todavía no hemos llamado a la policía, queremos hacer lo que usted quiera, señor Liu.

—Quédense donde están. Deme la dirección. Yo me ocuparé. Vamos para allá ahora mismo. No se muevan de la cocina de Bobby.

El puñetero sospechoso había salido a hacer sus recados como si tal cosa, como si no tuviera otra cosa que hacer, como si dispusiera de tiempo robado. Ahora sabríamos qué había comprado en la ferretería y en la farmacia y tendríamos las pruebas grabadas en las cintas de las cámaras de esos sitios y posiblemente de otros lugares. Ahora teníamos la furgoneta, y estaba bastante seguro de que se escondía en la vieja escuela que Boyd había mencionado como de pasada. Lo teníamos. Mejor dicho, yo pensaba que lo teníamos.

12

Día D

La, la, la, la, la, la, la,
La, la, la, la, la, la, la...

Know that you could set your world on fire
If you are strong enough to leave your doubts

KERLI, *Walking on Air*

Una vez leí u oí que una persona se puede ahogar en tan solo cinco centímetros de agua. Yo tenía agua, Recurso n.º 33, que utilicé el Día 33. De ahí el nombre completo de mi plan: 15/33.

Me desperté como de costumbre, a las 7.22. El Recurso n.º 14, el televisor, me lo dijo, al igual que el Recurso n.º 16, la radio. Hice la cama, como siempre, y me dispuse a esperar el desayuno sentada en la colcha blanca hasta las 8.00. Exactamente a las 7.59, a su debido tiempo, la madera del suelo crujió, señal de que se aproximaba mi puntual carcelero. Abrió la puerta y me dio la bandeja con el desportillado plato de porcelana con la *toile* —desportillado porque el día anterior lo tiré al suelo a propósito, para divertirme. *Magdalenas de arándanos de la Gente de la Cocina. Y, naturalmente, la leche, y el vaso de agua. Odio los arándanos, pero el glaseado de crema de mantequilla tiene buena pinta.*

—Gracias.

Rutina al completo del extra de agua.

Mi captor se marchó.

El aburrido director bosteza mientras marca con la batuta movimientos mecánicos. ¡Despierta! La orquesta no tardará en ejecutar la versión rock de un himno ensayado; un público que consta de una sola persona se llevará una buena sorpresa. Acelere el ritmo, maestro.

Después de la excursión a la cantera, que en su momento borré conscientemente de mi memoria, y hasta este día, el Día 33, aderecé mi rutina habitual con arrebatos de gritos y llanto, todo ello únicamente por el bien del debilitado ego de mi captor. Además de estos planificados arranques de actuación emocional, incrementé sinceramente mi determinación interna. Y también aceleré el programa. Tenía pensado esperar dos semanas más, dos rondas más de la Gente de la Cocina, de modo que mis cálculos y mi práctica estuvieran fuera de toda duda. De ese modo tendría mucha agua. Pero después de aquella caminata a la cantera del horror decidí acelerar el final. Dejé que pasaran tres días para que mi captor se relajara, retomando una rutina segura, y no estuviese tan nervioso, engañarlo para que se sintiera sereno y confiado, dándole lo que su estado demente necesitaba: lamentos, lloros, un sujeto que lo trataba como si fuese un macho alfa, lo miraba con miedo postrado a sus pies, como si fuese alguien con autoridad, un hombre poderoso que surgiera de la tierra, un pilar, un gobernante, un faraón, el único rey de mi mundo. *Puto engendro.*

Engañar a alguien para que piense que tiene poder es la demostración de poder por antonomasia.

La ejecución de mi plan tendría que esperar hasta que me llegara la comida el Día 33, porque de 7.22 a 8.00 no había bastante tiempo para organizarlo todo. Me comí una magdalena deprisa y esperé a que volviera hasta las 8.30. Sentada en el borde del colchón después de desayunar, me pasé por los dientes el hilo que había arrancado del dobladillo de la colcha. Trocitos de magdalena hechos puré quedaron atrapados en una cadena de saliva en la improvisada seda dental a medida que iba metiendo y sacando el hilo de las apretadas uniones de mis dientes. Pasando de los molares a los incisivos, me resultó curioso que me fijara tanto en el sangrado que me producían mis bruscos cuidados dentales.

Cuando salga de aquí voy a tener que ir al dentista.

Me parecía humillante que tuviese que llevar a cabo una operación tan personal en un dormitorio: qué falta de educación era tratar el sitio en el que dormía como si fuese un cuarto de baño.

Soy mejor que todo esto.

Me miré las uñas, y me desagradó ver las cutículas dentadas. Espera. Aseo y espera.

Por suerte mi captor cayó en mi trampa y vino a su debido tiempo.

Entra el atronador timbal.

Abrió la puerta. Le di la bandeja.

Seguí la rutina al completo: lavarme la cara, el cuerpo y los dientes y beber del grifo, esta vez con la mano. No estaba dispuesta a volver a utilizar la asquerosa toallita.

La orquesta se sienta más cerca del borde del asiento, cogiendo instrumentos de cuerda y llenando de aire sus pulmones. Un violín se une al tambor para intensificar la pasión. Una oleada de expectación recorre la espalda del tieso pianista.

Volví a la habitación. Consideré que esa fase de 15/33 había concluido con éxito, *jaque.*

Los detalles de ese día están profundamente arraigados en la película de mi cerebro. Microsegundos de acciones y observaciones se encuentran tan grabados a fuego que prácticamente es como si los estuviese viendo ahora: diecisiete años viéndolos una y otra vez. Cuando mi carcelero me metió de nuevo en mi celda después de la visita matutina al cuarto de baño, sentí su garra en mi antebrazo de un frío tan helador que creí que se me iba a quedar pegada a la piel, como cuando se lleva uno un vaso helado a los labios. Estiré el cuello despacio y le vi una mancha en la barbilla, incrustada en la barba que no se había afeitado. El pegote amarillento parecía yema de huevo, que supuse habría comido deprisa y corriendo después de llevarme las magdalenas y antes de subir a recoger la bandeja.

Él come proteínas en un desayuno caliente y a mí, en cambio, me da calorías vacías en bollos fríos.

Quería que tuviera la decencia de lavarse la cara antes de venir a verme. Quería que tuviera la amabilidad de pedirme disculpas por echarme su hedor caliente, por enturbiarme el aire con su sudor y su halitosis, por pensar que podía disfrutar de una comida mientras yo estuviese en la misma casa que él, por sus manos frías, por no ver el plan que se estaba desarrollando a su alrededor, por su ceguera, su estupidez, su existencia y su pasado, un pasado que me convertía a mí en una víctima: del tormento de la gota serena. Quería que esa mancha amarilla no existiera. Ojalá no hubiera visto nunca esa masa viscosa en su cara indolente, de cutis seco, llena de espinillas, pero allí estaba, y allí estaba yo, y ese día había mucho que hacer.

Estará fuera de mi vista nada menos que tres horas y media. A trabajar. Fase II.

En realidad no necesitaba tres horas y media. Necesitaba tal vez una hora para organizarlo todo. Dediqué el tiempo extra a practicar. *Debo ponerme aquí.* Me puse ahí. *Luego debo soltar esto.* Hice como que soltaba una cuerda. *Debo coger esto y empujar, acto seguido.* Practiqué con el suelo. *Debo descolgar esto cuando salga de la habitación.* Esta parte no la puse en práctica para no despilfarrar mi *coup de grâce*, mi final apoteósico, mi triple seguro de muerte.

El momento se aproximaba. Si fuese bailarina, estaría en puntas, los dedos de los pies, las piernas, el cuerpo entero rígido como el cemento. El hijo que crecía en mi vientre se dio la vuelta; su pie se movió por mi barriga. Se distinguían los cinco dedos y el talón con los que presionaba. *Te quiero, hijo. Aguanta. La partida va a empezar.*

Una ráfaga de viento rápida sacudió la copa del árbol que crecía al otro lado de la ventana triangular, y después el cielo se oscureció y descargó un chaparrón repentino.

Las flautas parecen un enjambre de abejas, los violines están furiosos, provocando un ciclón, el piano de cola está que arde, el marfil prácticamente desintegrándose del golpeteo.

Minutos después el cielo seguía gris y chispeaba, sin renunciar por completo a la lluvia, pero tampoco sin descargar en toda regla. Si el aire hubiese sido caliente, el día habría sido bochornoso, como los veranos en Savannah, en casa de mi abuela. Pero como era frío, y nos encontrábamos en un lugar nada exótico, llano, la humedad era de la que helaba los huesos y se metía hasta la médula.

Mi hijo no nacerá aquí. No vendrá al mundo en un sitio frío y húmedo. No me quitarán a mi hijo.

Mi estado, el estado en que me encontraba, me impulsaba a actuar. Como para entonces ya estaba de ocho meses completos, no me podía permitir atacar físicamente a mi captor, aunque me había dado multitud de oportunidades. Podría haberle clavado una daga de porcelana rota o el extremo puntiagudo de una antena de televisión en el cuello. Podría haber desmontado el armazón de madera y haberlo golpeado con un barrote de la cama. Creedme, sopesé todas esas opciones. Pero las deseché porque requerirían agilidad y arremeter y saltar, aptitudes de las que carecía dado mi avanzado estado de gestación. Además, podía fallar. No podría hacer todo lo necesario confiando únicamente en el aspecto físico, y no quería estresar al niño con un intento imprudente. Preferí emplear todos los recursos de que dispusiera, servirme del poder de la física, de principios básicos de biología, de sistemas de palancas y poleas y de una venganza sin freno.

Mi padre es físico y cinturón negro de jiu-jitsu, entrenado por la Marina. Con esas dos cosas enseñaba el provecho que se podía sacar utilizando el peso y los movimientos del agresor en su contra en un combate. Por mi madre, cínica empedernida, sabía: «No subestimes nunca la estupidez o la vagancia de una persona.» Cualquier adversario acabará cometiendo un desliz y así, según sus enseñanzas: «No desperdicies nunca un momento de debilidad de tu adversario. No vaciles en rajar una yugular desprotegida.» Hablaba metafóricamente, pero yo probé, en vano, a aplicarlo de manera literal.

Mi captor mostró numerosos momentos de debilidad, de estupidez, de vagancia. Los resumiré: la furgoneta, la Gente de la Cocina, el sacapuntas, el hecho de que estableciera y siguiera patrones, su incapacidad de luchar contra su debilitado ego, la decisión de poner el cañón de una pistola en mi futuro hijo, ofrecerme más agua, el televisor, la radio y, por último, que se dejara el llavero en la puerta siempre que la abría para entrar.

El Día 33 ya podía concluir sin temor a equivocarme que la Gente de la Cocina no volvería hasta el Día 37. El Médico y el Matrimonio Obvio no acudirían de visita, ya que nada indicaba que fuera a ponerme de parto, y de ser así, no se lo habría hecho ver a mi captor. Brad, supuse, había tomado el portante.

Solo estaremos él y yo, justo lo que requiere 15/33.

La radio colgante decía que eran las 11.51, faltaban nueve minutos para que comenzase el espectáculo. Me situé en el lugar indicado e intenté fijarme en el tiempo, suspendido en el aire en la radio, que giraba en la cuerda a la que estaba atada. Los minutos pasaban con excesiva lentitud, y mi corazón también latía despacio. Creo que los únicos nervios que sentía eran los de acabar con la actuación cuanto antes. A esas alturas la práctica que había adquirido era similar a memorizar un apasionado discurso de amor, uno que al escribirlo por primera vez quizá suscitara latidos temblorosos y tal vez incluso lágrimas, pero que después de recitarlo diez mil veces se había convertido en un montón de palabras que nada tenían que ver con el sentimiento humano: en cierto modo como cuando el presidente lee en un *teleprompter* o un mal actor pronuncia su diálogo leyendo directamente del guion. «Te quiero» sale como si fuesen dos palabras robotizadas, sin ninguna inflexión de la voz ni movimiento de los hombros, sin extender la mano al decir «amor», sin pupilas dilatadas ni arrugas en la frente para subrayar lo que se quiere transmitir. «Te-quie-ro» se dice mientras el orador consulta el reloj. *No hay amor en semejante declaración si consulta el reloj; pero se siente amor, y la sala vibra cuando él lo dice y hace un esfuerzo para que no se le doblen las rodillas o no es capaz de pestañear cuando la cegadora luz invade sus ojos abiertos de par en par.*

De manera que, al igual que el hombre que declara su amor, mi mano experta estaba deseando concluir la tarea. Para entonces probablemente pudiera haberlo matado con los ojos vendados y dormida, de tanto repetir lo que planeaba hacer.

A las 11.55 hice una señal a mi estrella, una bolsa con lejía, para que ocupase su lugar bajo la luz de candilejas. La lejía es corrosiva. Una vez leí un artículo en el que se citaba a Scott Curriden, del departamento de Salud y Seguridad Medioambiental del centro de investigación Scripps Research Institute, diciendo: «La lejía puede atravesar el acero inoxidable.» Así que esperé todo lo que pude para verter mi litro de lejía en la endeble bolsa de plástico y cerrar la bolsa atando floja la parte superior con un trozo del hilo rojo de la manta que deshice. A continuación, de pie junto a la puerta, cogí el otro extremo del hilo, que había pasado por la viga más cercana a la puerta, y otra cuerda que sostenía otro objeto —esperad a ver—, de modo que la bolsa con la lejía quedaba debajo de este otro objeto pesado. Ambos elementos colgaban directamente sobre la Tabla del Suelo n.º 3.

La lejía es corrosiva, como ya he mencionado, y lo sabemos por los científicos. Y la lejía quema como un demonio cuando te salpica en los ojos o la boca o la cara, y lo sabemos porque nos lo dice el sentido común.

El reloj dio las 11.59 y el sol brilló simultáneamente, lanzando un rayo que atravesó las partículas de polvo suspendidas en el aire. El olor de mi propio sudor me envolvió en el reducido espacio en el que yo misma me había puesto en cuarentena, firme contra la pared contigua a la puerta. Estoy segura de que el olor no se había intensificado debido al nerviosismo, pues este era inexistente, sino que más bien parecía abundante puesto que me preparaba para decir adiós a todos los detalles de ese horrendo agujero.

Percibí un levísimo temblor. La madera del suelo crujió. *La hora de la comida.* Pegué la espalda a la pared, plantada en el lugar indicado junto a la puerta. Al otro lado, mi captor dejó la bandeja en el suelo. El clic clac del plástico contra la madera me dijo que permaneciera tiesa y estuviese preparada.

Las llaves tintinearon y el metal arañó el ojo de la cerradura.

La puerta se abrió.

La abrió de par en par, como yo necesitaba, como siempre, como cabía esperar, como había planeado.

Después de coger la bandeja del suelo, se agachó sin mirar arriba y puso el pie exactamente donde lo ponía siempre, como yo había marcado y medido tres veces al día desde el Día 5: en la Tabla del Suelo n.º 3. Miró al frente, a la cama, que ahora era una trampa mortal. ¿Qué pensaría, cuando esperaba encontrarme sentada allí, esperando a que me llevara la comida, pero vio... el colchón de lado, incrustado entre el armazón de la cama y la pared, y el somier en el suelo, abierto y vaciado, con el plástico dentro y lleno de agua, convertido, así, en una piscina en toda regla. Una cantera con las paredes de algodón *en* la casa, a escasos pasos de la puerta. En el momento de la verdad le permití ver, confié en que viera, una lona dispuesta, que estaba esperando únicamente a su sujeto principal, él, y, esa sería mi obra maestra final. Confié en que se echase en cara haberme dado el plástico del somier, que se echase en cara haber sido demasiado vago para quitarlo y colocar la cama debidamente sobre la base de tablillas. Vería ese somier ahora revestido hábilmente con el plástico, lleno de agua hasta la mitad, y el colchón de canto contra la pared, como la tapa abierta de ese pozo, esperando a cerrarse cuando entrara él. Al armazón de madera de la cama, tendría que haberse dado cuenta, le faltaban algunas tablillas. ¿Se preguntaría adónde habían ido a parar? Y colgando y dando vueltas y cantando en el aire, encima, estaba la radio, suspendida de una cuerda hecha a partir de una manta de lana roja. El enchufe de la radio estaba en la toma que se hallaba a la cabecera de la cama.

¿Relacionaría el agua con la electricidad? ¿Notaría la sacudida en la habitación, procedente de la toma de electricidad, de mi plan, de mi cabeza? ¿Notaría lo elevada que era la tensión en la ópera que sonaba a todo volumen sobre la cama, tanto que pensé que en la habitación relampagueaba?

Estoy segura de que si hubiera dejado pasar otro segundo, él habría levantado la cabeza y me habría visto a su izquierda, junto a la puerta abierta. Habría gruñido con desconcierto: ¿cómo? No le di la oportunidad, claro está, pero aprovecho ahora para dar una explicación rápida.

En la noche del Día 4 al Día 5, que pasé trabajando, utilicé la cuchilla del sacapuntas, que fue desmontado con prontitud por medio del extremo puntiagudo del asa del cubo, para cortar la parte superior del plástico y el tejido del interior del somier. Cortarlo todo me llevó mucho tiempo. Solo tenía la cuchilla, y era pequeña. Un corte incluso microscópico podía hacer fracasar el plan, así que mi trabajo fue metódico, como un restaurador de arte con un Rembrandt en mal estado, precioso centímetro cuadrado a precioso centímetro cuadrado, cerciorándome de que cada corte fuese recto, digno de un cirujano. Dejé el plástico de los lados y el fondo del somier y lo afiancé con las chinchetas, Recurso colectivo n.º 24, para que no se moviera. Contaré lo de las chinchetas dentro de un minuto. Coloqué el plástico que había recortado en el hueco ahora expuesto del somier y aseguré la cubeta —ahora una piscina vacía— con más chinchetas. Reforcé ciertos puntos con retazos de mi chubasquero negro, que hice pedazos. Él no lo echó en falta en ningún momento.

«Con frecuencia tu adversario no verá lo que te propones hacer, porque estará absorto en su propio plan. No busques inconscientemente señales de reconocimiento de tu ingenio y, de ese modo, llames la atención: que te baste con tu propia aprobación. Ten confianza en que vas a ganar», decía la cita, garabateada en una servilleta y enmarcada en el despacho de casa de mi madre. El autor era mi padre, la escribió antes de saltar de un avión con su traje de buceo de la Marina para rescatar a un testaferro al que habían secuestrado y mantenían retenido en la prisión de una isla. Esos eran los temas de conversación en nuestras cenas en familia, incluso después de que el hecho de que mi madre ganara los juicios pasara a ser lo normal e incluso después de que mi padre dejara el Ejército para dedicarse plenamente a la ciencia.

El Día 33 mi captor probablemente no acabara de creerse lo que veían sus ojos, la cubeta del somier llena del agua tibia que me ofrecía con cada comida; dicho sea de paso, me hidrataba lo que requería mi estado bebiendo agua del grifo en el cuarto de baño. Sobre la cama-piscina colgaba la radio, enchufada a la toma de la pared junto a la cabecera. De ella salía a todo volumen una sinfonía de una voracidad sin precedentes.

Unas notas enloquecidas. Ah, melodía enloquecida. Sigue sonando así.

Justo antes de que mi captor llegara el Día 33 para entregarme la comida, yo misma me maravillé al ver la escena. *Cuando decía «Gracias» cada vez que me ofrecías más agua, lo decía de verdad: gracias. Gracias por dejar que te ahogue, que te electrocute.*

Llegados a este punto la orquesta no podría ser más divina, tan furiosa que ya no soy capaz de oír una nota. Qué música, qué éxtasis. Estoy conmovida.

Un segundo después de que mi carcelero entre en la habitación y ponga el pie en el sitio que había estudiado durante semanas, suelto la bolsa con lejía (Recurso n.º 36) y el cable del ecógrafo (Recurso n.º 22), que mantenía suspendido el televisor sobre su cabeza. Lo primero que le dio y reventó fue la bolsa, y un milisegundo después le cayó encima el televisor. Ambos misiles dieron de lleno en lo que en su día fue la fontanela en su cráneo de recién nacido.

La lejía debió de metérsele en los ojos, porque en lugar de llevarse las manos a la aplastada cabeza, sus débiles brazos, débiles porque estaba a punto de perder el conocimiento, fueron a los ojos mientras lanzaba un gemido agudo. A partir de este instante conservo imágenes congeladas de sus actos. Fotograma a fotograma, se restregó el ojo izquierdo con el dorso de la mano izquierda, mientras la derecha hacía otro tanto con el ojo derecho. Ni siquiera en mis recuerdos oigo, como tampoco oí durante esos microsegundos, lo que debió de ser un rosario de maldiciones y gritos vomitados por su bocaza abierta. Oí que la radio hablaba maravillas de una ópera. Oí que un violín tocaba una nota aguda de aprobación. Y oí el chisporroteo de una electricidad insistente, que salía de la toma y estaba deseosa de desempeñar su papel. El agua del somier se rizó cuando el televisor se estrelló de repente en el suelo de madera, después de caer de la cabeza de mi carcelero al hombro derecho y rebotarle en la espalda. Una esquina metálica le abrió una herida en el cuello, la sangre bajándole por la columna: como un lazo atado a un globo.

Antes de que se colapsara por completo, pasé a mi siguiente arma, que cogí a la vez que soltaba la lejía y el televisor. La tabla suelta en mis manos se convirtió en un ariete. La puse de lado y le di en la espalda desde su lado izquierdo, donde me encontraba. Aprovechando su caída, empleé la fuerza necesaria —basándome en su peso y su altura— para hacer que cayera de rodillas, empujarlo hacia delante y asegurarme de que fuera a parar de cabeza al agua, que era lo que iba a hacer de todas formas. Cayó al agua de mi cantera, y yo salí al pasillo pasando por detrás de sus pies, y eché una ojeada a la habitación. Simultáneamente descolgué más hilo rojo, con el que había trenzado una cuerda, de un clavo que había junto a la puerta. La cuerda la fabriqué con el hilo de la manta de lana roja, Recurso n.º 5, que empecé a deshacer, como sabéis, el Día 20. Él no se dio cuenta de que la estaba destejiendo porque cada mañana al amanecer, religiosamente, doblaba la manta de forma que no se viera el despanzurramiento. La radio, que hacía un instante colgaba del hilo, fue a parar al agua, allí donde estaban sumergidos su cabeza rociada de lejía y aplastada y su torso. El chisporroteo y el crepitar de la electrocución inundaron el cuarto. Yo estaba fuera; él, dentro.

Todo aquello duró menos de diez segundos, más o menos el tiempo que tardó él en cogerme en la calle.

Esto, amigos míos, es justicia. Justicia fría, dura, abrasadora, rompecabezas, electrificada.

15/33 era un plan de huida que se componía de tres partes: televisor, con el innecesario, pero añadido extra de la bolsa con lejía, electrocución y ahogamiento, cada una de las cuales por separado podría haberle causado la muerte. Si faltaba el televisor, podría haber echado mano de la tabla para empujarlo, con la idea más que probable de que mi captor tropezara. De ser necesario, habría reunido la fuerza física necesaria para golpearlo con la tabla hasta que se desplomara, después habría recurrido a mi seguro a prueba de fallos y le habría disparado a los ojos y el cuello y la entrepierna con el arco y las cuatro flechas que guardaba en el carcaj que llevaba afianzado a la espalda.

¿Flechas y carcaj? Disponía de muchos recursos. El

arco lo había hecho con la goma elástica que me encontré en el desván y mi leal asa del cubo, ahora enderezada. Las flechas eran tablillas afiladas que había retirado del armazón de la cama y tallado con los extremos de las antenas del televisor; las tablillas y las antenas volvían cada mañana a sus respectivos sitios, su uso entre decorativo y medianamente funcional. El carcaj era la manga de mi chubasquero, cerrada en la parte inferior con hilo, la correa hecha con cables que arranqué de las tripas del ecógrafo. Por suerte las flechas resultaron superfluas, en ese momento, razón por la cual no me preocupó no haber podido darles un uso práctico. Gracias a Dios y a su ángel negro en forma de mariposa, porque me hallaba en posición de ventaja y contaba con el factor sorpresa y, gracias a mi incesante estudio, sabía con tal precisión cuáles eran sus movimientos, sus patrones, su modo de caminar, sus pasos, su altura y su peso que bien podría haberme metamorfoseado en él.

¿Qué hay de las chinchetas? Como recordaréis, la primera noche que pasé en la furgoneta dormí menos que él. Es curioso lo que le hace el sudor a la cinta americana, y en esa furgoneta hacía calor y yo tenía algunos kilos de más. Me percaté de la magia que obraba ese calor que desprendía mi cuerpo a lo largo de todo el Día 1, y de forma lenta, pero segura, la cinta se aflojó en mis delgadas muñecas. Al cabo, mientras él roncaba, probé a ver si podía liberar un brazo. En efecto, cuando mi captor llevaba cincuenta minutos durmiendo, saqué el brazo derecho. Dado que no sabía de cuánto tiempo disponía, y puesto que la cocina verde oliva bloqueaba la puerta lateral deslizante y una cadena, las puertas traseras, probablemente no pudiera soltar el brazo izquierdo y las piernas, aunque yo seguí intentándolo. Me incliné hacia la mochila, recuperé las chinchetas —un paquete de tamaño industrial de mil tan apretado que las chinchetas no sonaban— y me las metí en el chubasquero forrado negro. Mi captor se movió, y yo me senté recta, metí la mano por la cinta, encorvé la espalda y fingí que dormía. Él bostezó y se dio media vuelta en su asiento. Sentí que me miraba.

—Puta zorra estúpida —dijo.

Idiota. Te mataré con estas chinchetas, pensé yo.

Treinta y tres días después permanecía inmóvil a la puerta de mi celda mientras su cuerpo crepitante, los músculos estremeciéndose, se rendía. Cuando murió, las fuerzas abandonaron su cuerpo, las piernas le cedieron y quedó despatarrado en el suelo con los pies hacia dentro, pero su torso se elevó para desplomarse sobre la baja estructura de la cama y caer al agua del somier. La parte más extraña de todo fue que sus caderas subían una y otra vez con cada sacudida de la electricidad y golpeaban el lateral de la cama: como si se estuviese follando la tabla alargada mientras dormía sumergido en el agua. El agua, que parecía azul con trazos amarillos, se arremolinaba y se derramaba a su alrededor y al suelo. De la toma de la pared salían chispas, que amenazaban con prender y quemar toda la instalación, pero al final no pasó nada, las chispas acabaron siendo puntos negros en la madera del suelo. Iban acompañadas de ruidos secos, así como de burbujas procedentes de su respiración cuando su cuerpo se abandonó al sueño eterno y la enfurecida electricidad se calmó. Esperé a que cesaran los ruidos secos, como cuando se hacen palomitas en el microondas, esos últimos, lentos segundos de un grano que hace pop, dos, tres, silencio y un cuarto y último pop. ¡Ding!, anuncia el microondas, listo.

Un zumbido de luces agonizantes recorrió la casa entera: la electrocución provocó un cortocircuito. Aunque era mediodía, el pasillo, que olía a cerrado, estaba oscuro, y la quietud tendió un manto de inquietante silencio. Saqué una flecha de mi espalda mientras permanecía inmóvil como una estatua de piedra en el parque, con un pie adelantado, la espada desenvainada. De la cámara mortuoria de mi captor no salía ningún ruido. No se oían pasos ni detrás de mí, ni arriba, ni abajo, ni en ninguna parte. Estaba fuera de mi habitación. Cerré la puerta y eché la llave, dejando encerrado a mi carcelero dentro. Cogí las llaves.

Silencio.

El corazón me latía ruidosamente en los oídos.

Una golondrina pasó volando ante la ventana de la escalera, un heraldo que anunciaba: no hay moros en la costa.

Espero que hayas disfrutado del chapuzón en mi piscinita, hijo de puta. Escupí a la puerta.

Bajé y entré en la cocina. La había imaginado tantas veces con las telas de flores, la encimera de madera, el fregadero blanco y el robot verde manzana que me llevé un chasco al ver que era completamente distinta. La verdad de lo que vieron mis ojos me dejó sin aliento. En lugar de una cocina rústica, delante tenía dos mesas largas de acero inoxidable, de estilo industrial. La cocina era grande y negra; el robot, de un aburrido blanco huevo. En esa habitación no había color. No había delantales ribeteados de rosa. No había un gato gordo tumbado en una alfombrilla. Y me esperaba otra sorpresa.

Sobre la mesa de acero que tenía más cerca, descubrí un segundo plato de porcelana con comida. No cabía la menor duda de que no era mío; el mío estaba hecho pedazos arriba, bajo los electrizados restos de los pies de mi captor. Ese plato estaba envuelto en plástico y tenía un Post-it encima. A su lado, una taza de leche y un vaso de agua idénticos a los míos. Me acerqué más. La nota ponía: «D.» Miré en la basura. Arriba del todo, bien visible, otro trozo de *film* transparente con un Post-it, pero en este ponía: «L», la inicial de mi nombre. *¿Cómo es que no me he dado cuenta antes?* No estábamos solos en la casa. *Otra chica. Cuyo nombre empieza por D.*

Sin embargo, esa distracción no formaba parte de mi plan. *Tú sigue a lo tuyo, centrada, termina 15/33 y después elabora un nuevo plan.* Encontré unos sobres con la dirección y un teléfono, marqué el 911 y pedí hablar con el jefe de policía. Me lo pasaron.

—Escúcheme con atención, tome nota de lo que le voy a decir. Hablaré despacio. Soy Lisa Yyland. Soy la chica embarazada a la que secuestraron hace un mes en Barnstead, New Hampshire. Estoy en el 77 de Meadowview Road. No vengan en un coche patrulla. No comuniquen esto por radio. No llamen la atención. Nos pondrán en peligro a mí y a otra chica que han cogido. Vengan en un coche normal y corriente. Dense prisa. No comuniquen esto por radio. No llamen la atención. ¿Me ha entendido?

—Sí.

Colgué.

Ahora podía ocuparme de la otra víctima. Salí fuera. Por fin veía la casa. A ese respecto tenía razón: era blanca. Como ya había observado, el edificio albergaba cuatro alas distintas, con tres plantas cada una y un desván común que añadía un cuarto piso. Un letrero desvaído en un lateral decía: INTERNADO APPLETREE. Aunque la cocina era tan nueva, que la pintura desconchada del exterior parecía fuera de lugar. Se me pasó por la cabeza la escena de *Tras el corazón verde* en la que Kathleen Turner y Michael Douglas van a ver a Juan para que los lleve en su coche, *Pepe*, una camioneta. La casa de Juan era una choza destartalada por fuera, pero un verdadero palacio por dentro.

La chica, D, podía estar en cualquier parte, y yo no estaba dispuesta a ponerme a subir escaleras para ir en su busca. Tampoco estaba dispuesta a gritar. Afortunadamente vi algo que me llamó la atención: en el ala izquierda más alejada se abría una ventana triangular como la mía, a la misma altura que la mía. Di la vuelta a la estructura entera: no había más ventanas así. Las demás eran grandes, algunas ocupaban toda la pared de una estancia. Concluí que si la chica estuviese en alguno de esos cuartos, habría cortinas. Miré de nuevo la ventana triangular y juro que vi la mariposa negra aleteando en el cristal, como si me indicara el camino.

Abrí la puerta del ala izquierda más alejada y subí tres tramos de escalera. La escalera era exactamente igual que la mía. La tercera planta acogía el mismo cuarto de baño, en el mismo sitio.

Hice crujir el suelo de madera a la puerta de una habitación cerrada.

—¿D? —pregunté.

Nada.

—D, ¿cómo te llamas? Me acabo de escapar de la otra ala. ¿Hay alguien ahí?

Se escuchó un estruendo, algo cayó al suelo.

—¡Hola, hola! ¡Por favor, déjame salir! —decía esas palabras a voz en grito una y otra vez, enloquecida, mientras yo repasaba el llavero, que había cogido de mi puerta, y encontraba la llave adecuada. Curiosamente, la cerradura de su puerta estaba anticuada, la llave era sencilla, a diferencia de la mía, moderna, de titanio. *¿Cómo es que de ella se fiaban? ¿La subestimaban?* Yo habría forzado esa cerradura la primera noche. Cuando la puerta se abrió, vi a una chica rubia que se esforzaba por sentarse en la cama. Por el suelo había un montón de libros tirados, así que me figuré que esa era la fuente del estrépito. D llevaba un vestido color púrpura y una zapatilla baja Converse All Star; el otro pie lo tenía descalzo. Me pregunté una vez más dónde estarían mis zapatos mientras encogía los dedos de los pies en las Nike, demasiado grandes, que me habían dado. *¿Por qué le permitieron quedarse con la zapatilla?* La tal D estaba muy embarazada, como yo.

—La policía está en camino. Ya viene.

Nada más decirlo, fuera se oyeron unos neumáticos y el rugido de un motor.

¿Cómo es que en mi ala no oía los coches? Ella tuvo que oír por fuerza la llegada de la Gente de la Cocina, el Médico, el Matrimonio Obvio, las Girl Scouts *y su madre, Brad. ¿Pedía ayuda a gritos cada vez que sucedía eso? Seguro que no la oían.*

—Me llamo Dorothy Salucci. Necesito un médico.

Se oyó la puerta de un coche. *No puede ser la policía tan pronto. Llamé hace tres minutos y medio. Tiene que ser la policía. Alguien está dando la vuelta a la casa. ¿Adónde va?*

El sudor perlaba su cara pálida, y tenía los ojos caídos, pero de enfermedad, no de somnolencia. Una pierna estaba hinchada y roja; la espinilla derecha daba la sensación de ir a reventar. El pelo se veía mate debido a la grasa, el flequillo apartado de la cara con una horquilla.

¿Dónde están?

El calabozo de Dorothy era igual que el mío en muchos aspectos: cama de madera sin colchón en las lamas, descansando directamente sobre el armazón, el somier envuelto en plástico, las mismas vigas, la ventana, el piso de madera. Pero ella no tenía televisor. Ni radio. Ni estuche, ni regla, ni lapiceros, ni papel, ni sacapuntas. Y, supuse, tampoco chinchetas. Sin embargo, sí tenía dos recursos de los que yo carecía: agujas de hacer punto y varios libros.

En otra parte de la casa se oyeron gritos. En mi ala. Intenté levantar a Dorothy, hacer que se moviera. Un portazo. Nuevamente en mi ala.

—Vamos, Dorothy, venga.

Se quedó de piedra.

—Dorothy, Dorothy, tenemos que irnos. ¡Ahora!

Pies a la carrera fuera, bajo nosotras.

Subiendo por la escalera.

Dorothy se pegó a la pared tras su cama.

Le tiré del brazo.

Detrás de nosotras, en el pasillo, una tabla del suelo crujió.

Entonces fue cuando admití que había cometido un gravísimo error de cálculo.

13

Agente especial Roger Liu

En cuanto colgué a Boyd, Lola y yo salimos a la autopista Skyway, la carretera a Indiana que permitía ir a toda velocidad, con las luces y la sirena encendidas. Llamé a la comisaría de Policía de Indiana para advertirles de nuestra inminente llegada, instruyendo al jefe de que no moviera un dedo ni efectuase ninguna llamada por radio. Dijo: «Sin problema», y prometió sacar a sus hombres de las calles utilizando un código inofensivo.

Cuando llegamos a Gary, Indiana, apagamos las luces y la sirena, decidiendo fundirnos con el paisaje de paja y trigo de Indiana como cualquier otro vehículo particular ese frío día de primavera. El cielo era un manto gris acerado, con tan solo una leve pincelada de azul que pugnaba por defender su sitio. El sol, un recuerdo lejano tras la turbia espuma.

Lola estaba alerta, su instinto despierto, ya que su sudor, que olía a Old Spice, impregnaba cada centímetro del coche. Bajé mi ventanilla mientras ella conducía.

—Sube esa puñetera ventanilla, Liu, me va a dar algo con ese ruido infernal.

El aire en rápido movimiento también me resultaba molesto a mí, y supongo que a una mujer que tenía los sentidos de un sabueso, más. Pulsé el botón para subir la ventanilla.

Llegamos a la comisaría, que había sido convertida en una improvisada central de mando de dos hombres. La estructura, un rectángulo de una planta, tenía mesas grises de cara a una partición de madera que llegaba por la cintura que a su vez daba a la puerta. La barrera de agentes vestidos de azul que esperaba nos recibiera brillaba por su ausencia. Un agente de cierta edad me tendió la mano.

—Agente Liu, jefe de policía. Este es mi ayudante, Hank. Lo siento, sé que esperaba más de nosotros, pero nada más colgarle a usted caí en la cuenta de que precisamente hoy, manda narices, todos mis muchachos están en el funeral de la esposa de su antiguo jefe. A dos horas y media de distancia. Pero escuche, escuche esto.

El jefe se acercó más, mirándome a los ojos para acentuar lo que iba a decir.

—Escuche esto. No se lo va a creer. Acaba de llamar la chica a la que secuestraron. No me puedo creer que haya sucedido en este preciso instante.

—¿Que ha llamado Dorothy? —pregunté sin dar crédito.

—¿Dorothy? ¿Quién es Dorothy? No, la chica dijo que se llamaba Lisa Yyland.

—Osa rosa —musitó Lola.

—¿Perdón? —quiso saber el jefe de policía.

—Olvídelo, olvídelo. ¿Ha dicho usted Lisa Yyland? —inquirí.

—Sí, puede escuchar la grabación. Llamó hace tres minutos. Yo lo he estado llamando a usted. Dijo que fuésemos al antiguo internado. Está esperando. Dijo que no usáramos sirenas, que las pondríamos en peligro, a ella y a otra chica.

Otra chica. Otra chica. Apuesto a que se trata de Dorothy.

—¿Quién es Lisa Yyland? Si usted está buscando a Dorothy, ¿lo sabe usted?

—Lo sabemos, sí. Un equipo fue a examinar la casa de Lisa cuando desapareció de New Hampshire hará cosa de un mes. Una semana después de que desapareciera Dorothy, la chica cuya pista seguimos. Lisa cogió una mochila grande la mañana que desapareció, con ropa, una caja del tinte de pelo de su madre, un montón de comida y otras cosas. Pensaron que el contenido de la mochila apuntaba a una única conclusión: sospecharon que se había escapado de casa. El caso acabó en manos de otro equipo, basándose únicamente en esos datos. Los putos parámetros y esos malditos modelos informáticos. Sabía que formaba parte de los casos en los que estamos trabajando. —Me sequé la frente con el puño y apreté los dientes, reprimiendo un gruñido prehistórico.

—Vamos, Roger. Vamos a ese sitio ahora mismo —instó Lola al tiempo que me tiraba del doblado codo.

Lola tenía el tacto de llamarme Roger, en lugar de Liu,

delante de otras personas, algo de lo que yo me daba perfecta cuenta. Además, nunca me llamaba Roger a menos que quisiera sacarme de mi ensimismamiento.

—Jefe, ¿nos puede llevar a ese sitio?

—Cuente con ello. Nos llevaremos el Volvo de Sammy. Sammy es nuestro operador. Nadie sospechará de ese trasto oxidado. —El jefe señaló a un hombre gordo que se estaba comiendo un dónut, apoltronado en una silla, no muy despierto, delante de una centralita empotrada en lo que parecía un armarucho. El gordo Sammy asintió, mientras seguía masticando, y le dio al jefe las llaves sin decir palabra. El azúcar glas que tenía pegado en los labios y la barbilla, además del hecho de que a la camisa de su uniforme le faltaran dos botones, me recordó que estábamos en una población pequeña, muy pequeña.

Nos subimos al Volvo color naranja de Sammy, el jefe de policía, su ayudante, Lola y yo. A los pies de Lola y a los míos, en la parte de atrás, rodaron vasos de café de gasolinera y comida para perros de una bolsa abierta de Purina. Teníamos las armas cargadas, amartilladas en la funda, y estábamos listos para un baño de sangre. Lola sacó la nariz por la ventanilla, siguiendo el olor de algo por el camino. Tenía los músculos crispados, los dedos con una rigidez cadavérica sobre los muslos en tensión. Mis emociones se correspondían con el mensaje físico que transmitía mi compañera.

14

El Día 33 continúa

Al volverme y dejar de mirar a Dorothy vi al gemelo de mi captor, y al hacerlo fui consciente en el acto de que tenía el deber de proteger a cuatro personas: a mi futuro hijo, a la histérica Dorothy, al futuro hijo de Dorothy y a mí. Calculé el valor de las lágrimas, como lava en ebullición, que salían de sus ojos inyectados en sangre. Una humedad fangosa le caía por la cara, una especie de corrimiento de tierras, como si la piel se le estuviese deshaciendo. Preocupada de que estuviese delirando y presenciando el derretimiento de una figura de cera, miré con más atención y me percaté de que el llanto le abría surcos, como la marea cuando baja en la blanda arena, y le emborronaba el maquillaje. *¿Maquillaje? Sí, maquillaje. Vaya.* Poco después los enormes poros que quedaron a la vista pusieron de manifiesto al gemelo idéntico al hombre al que yo acababa de matar. Su respiración profunda era de las que nacen de un dolor insondable.

Como un toro hambriento al que hubiera picado una abeja, prácticamente hundía los pies en la madera del suelo, preparándose para embestir y ensartar.

Saqué cuatro rápidas conclusiones:

Brad ha encontrado a su hermano;

Brad tenía su propio juego de llaves de nuestros calabozos: colgaba flojo de su mano. Por suerte yo me había guardado el mío en el carcaj que llevaba a la espalda nada más entrar en la habitación de Dorothy;

Brad no había levantado el vuelo;

Brad tiene intención de hacernos mucho daño: más incluso que antes.

—¡Mi hermano! —chilló, poniéndose a andar de un lado a otro en el cuarto de Dorothy y abalanzándose hacia mí—. Mi hermano, mi hermano, mi hermano —decía sin parar, dándose media vuelta y yendo arriba y abajo y moviendo los brazos.

En su tercera arremetida de gruñidos, reparé en una mella en uno de los cuatro botones dorados de la manga derecha de la un tanto extravagante americana de terciopelo azul marino. *Su aspecto es tan impecable, pese a su amargura. Pero esa mella...*

Cuando me dio un revés en la sien izquierda como si yo fuera una pelota de tenis y su antebrazo la raqueta, me figuré que quizá la mella no fuese sino una visión futura, porque estoy segura de que fue mi cabeza la que la hizo. Quizás en mi continua evaluación y planificación de cada minúsculo paso preparase a mi cerebro para que anticipara acciones en un futuro próximo. Como es natural, no puedo demostrar esta teoría, pero algún día me gustaría estudiar el fenómeno con neurocientíficos.

Con el golpe, todos los interruptores de emociones cuyo encendido pudiese haber permitido, aunque ninguno de ellos estuviese realmente encendido, se apagaron. Un grato vacío me invadió al caer al suelo. Me convertí en un recipiente. Un robot. Un autómata. Un androide asesino.

Con un ojo entrecerrado vi que una de mis flechas caseras se salía del carcaj. La cogí al tiempo que echaba mano del arco en la posición en la que me encontraba, boca abajo. Situándome de costado en el cuarto de Dorothy, encajé la flecha en el arco y esperé a que mi nuevo, inquieto carcelero se volviera de cara a mí, todo lo cual ocurrió tres segundos después de que me diera con el brazo en la cabeza. Práctica. Práctica. La práctica hará que seas así: separa tus actos físicos de una realidad pavorosa. Preguntadle a cualquier soldado en cualquier guerra.

Dorothy estaba de pie en el colchón, gritando como una posesa como la *prima donna* en una ópera que tratara de la agonía y el horror, escrita por completo en Do séptima. Quizás incluso se hiciera añicos el aire con ese tono ensordecedor. Con mucho gusto habría sustituido su voz por mi radio de mercadillo y el leve pianísimo de las llaves. No me dispuse a calmarla: no tenía tiempo. Estaba tendida en el suelo delante de ella, ella destrozándose las cuerdas vocales detrás, en la cama, yo apuntando con una flecha a nuestro enemigo mutuo. El ojo cercano al golpe se me hinchó, un hilo de sangre me cegaba por ese lado. Sin embargo, mi tercer ojo estaba ileso, no tenía sangre, veía con claridad y no sentía dolor alguno.

El gemelo giró sobre sus talones hacia mí. Con mi presa atrapada a poco más de un metro, le apunté con la flecha a los ojos. Y, sin darle la oportunidad de que retrocediera o tan siquiera de que tuviera tiempo de dominarse, solté la flecha tirando sencillamente de la cuerda.

Vamos, flecha. Ve y clávate en él.

La flecha tembló en el aire, pero igual que un misil termoguiado, subió y continuó en línea recta, manteniendo la velocidad. Dio en el blanco: acertándole en la sensible sima situada entre el cartílago de la nariz y la parte ósea de la mejilla izquierda, unos dos centímetros y medio por debajo del párpado inferior, la resuelta madera se hundió lo bastante para no soltarse. *Si hubiese podido practicar con una bala de heno, podría haberle atravesado el ojo y posiblemente el cerebro.*

Se oyeron unos gritos espantosos. El gemelo se llevó una mano a la cara y se arrancó la flecha, en mi opinión, la más estúpida de las reacciones. «Si te apuñalan, no retires el cuchillo. Ve a buscar a un médico. La hoja cauterizará la sangre —me enseñó mi padre en una ocasión, mientras me hablaba de la herida que tenía en el flanco derecho, infligida cuando estaba en el Ejército—. Caminé más de quince kilómetros con el cuchillo de cocina del rebelde en los oblicuos. Si me lo hubiese sacado, ni tú ni yo estaríamos hoy aquí.»

Un chorro de sangre brotó de la mejilla de Brad, escurriéndose por la chaqueta de terciopelo al suelo. Una gota grande, que se movía demasiado deprisa, se estrelló y me salpicó en las manos. Dorothy, bendita fuera, dejó de chillar y, saltando de la cama, se situó a mi lado y empezó a lanzarle libros a la cabeza sangrante de Brad. *El guardián entre el centeno*, *El desayuno de los campeones*, *Cien años de soledad*, *La feria de las tinieblas*, y otros clásicos que se suelen estudiar en el instituto —J. D. Salinger, Vonnegut, Márquez, Bradbury—, todos ellos pasaron a ser armas en nuestra guerra. *Recurso colectivo n.º 39: literatura.*

Brad, reducido a un pelele lloroso, salió andando como un pato al pasillo y, con una mano presionando con fuerza el orificio sanguinolento de su cara, cerró de un portazo, torpemente, dejando caer las llaves. A mí me preocupaba menos volver a ser prisionera y más tener que vérmelas con un animal herido. Los animales heridos, enloquecidos por el dolor y vulnerables, no tienen nada que perder y a nadie que los haga entrar en razón.

De manera que tenía a una hiena rabiosa fuera de la habitación y a una adolescente histérica dentro: Dorothy había vuelto a la cama emitiendo un sonido de dolor espeluznante. Mi mariposa negra, aunque yo estaba tendida de lado en un deslucido suelo de madera, en un suelo que parecía estar hecho para pasearse por él, y escudriñé la ventana triangular y supliqué para que apareciese aleteando, no se presentó.

¿Cómo no contaste con la posible presencia de Brad? ¿Cómo demonios cometiste semejante error de cálculo?, me eché en cara.

Reconozco que mis expectativas con respecto a mí

misma siempre han sido demasiado altas, poco realistas. Espero ser omnisciente, aunque sé perfectamente que no lo soy. Es un deseo, supongo, el deseo de poder controlar todo el conocimiento del universo y hacer buen uso de una inteligencia colectiva. Resolver todas las teorías sobre el espacio y el tiempo y la materia *versus* la materia oscura. El origen de la vida. El sentido de todo.

Con humildad, como siempre que algo me recordaba mis limitaciones humanas, simplemente espero más de mí misma, sin hacer concesiones nunca a la realidad.

Di una vuelta al perímetro de mi nueva cárcel, recordándome que había llamado a la policía. *Esto acabará pronto, relájate, relájate, respira. Deberían llegar de un momento a otro. Será mejor que lleguen antes de que vuelva a subir Brad. Será mejor que trace un plan por si algo se tuerce. ¿Y si el que me cogió el teléfono está en el ajo?*

Dorothy estaba en la cama, aovillada como un cervatillo moribundo. Sus gemidos interrumpieron el desarrollo de mi plan. No estaba acostumbrada a incluir a nadie en mis estrategias personales, ya fuese en el laboratorio que tenía en casa o ahora que estaba encarcelada. Tampoco estaba acostumbrada a mantener, menos aún a iniciar, una conversación con una chica de mi edad. En casa no tenía amigas. Mi único amigo era Lenny, mi amigo desde que tenía cuatro años, mi novio desde los catorce. Lenny era poeta, las emociones lo desbordaban, y descubrimos que, cuando se juntaba conmigo, ambos quedábamos compensados. Lenny tenía un dominio asombroso del inglés; no tardaba nada en ver patrones en un listado de palabras aparentemente inconexas; nuestros profesores siempre estaban intentando desafiarlo. En quinto metieron a Lenny en una clase especial, para él solo, y un especialista del Consejo de Enseñanza Superior del estado de New Hampshire acudía una vez a la semana para ponerle tareas estimulantes. Personas con doctorados en Filosofía y en Medicina y en otras ciencias mencionaban la palabra «erudito» igual que si lo tildaran de sufrir un Trastorno por Déficit de Atención. Sin embargo, creo que fue mi abuela, conocida simplemente como Nana, la que proporcionó el mejor diagnóstico de todos.

Mi abuela cogió un avión a New Hampshire desde su finca, en Savannah, unos ocho meses antes del Día 33. Mis padres habían ido a Boston a ver una obra de teatro de «Broadway en Boston», así que mi abuela, Lenny y yo estábamos jugando al Scrabble en la encimera, acomodados en los taburetes altos con el respaldo tapizado. Naturalmente Lenny ganaba por unos demoledores setenta puntos, y yo había llegado a la conclusión de que no tenía sentido seguir jugando.

—Nana, ¿por qué no hacemos dulce de azúcar? No tiene sentido seguir —afirmé—. He hecho los cálculos y es imposible que ganemos, así que podemos dejar de jugar. O ¿te apetece una partida de ajedrez? A Lenny se le da fatal la estrategia bélica, podemos destrozarlo.

—Quieres decir que tú nos puedes destrozar a nosotros dos —puntualizó ella.

—Bueno, vale, visto así... —repuse. Había encendido mi interruptor del afecto, así que abrí mucho los ojos y sonreí a mi abuela, y ella respondió guiñándome un ojo de pobladas cejas. Me gustaban la suavidad y la blancura de su arrugada piel, tan blanca como su pelo blanco, rizado. A mis ojos era un fantasma luminoso: un espectro alegre en mi vida. Su blusa roja con flores verde lima, su falda larga, de pana roja con un lazo de seda rosa a modo de cinturón, sus zuecos de piel rojos con tiras púrpura —el pelo y la cara blanquísimos, y sin embargo tan llenos de color—, era como si un arcoíris envolviera su ser.

Mi abuela era una escritora que publicaba una serie de novelas policiacas que gozaban de gran popularidad en la región. Su público eran señoras de su edad que, a diferencia de ella, se pasaban la jubilación meciéndose a orillas de un lago o en hogares de ladrillo. A diferencia de su público, Nana nunca hacía concesiones a la edad: escribía y cosía, cosía y escribía, y hacía dulce de azúcar cuando venía a visitarme.

Esa noche en concreto, ocho meses antes del Día 33, Lenny y yo acabábamos de empezar nuestro tercer año de instituto. Era un viernes de mediados de octubre, hacía un día caluroso para esa época del año, y por las ventanas de la cocina, abiertas, entraba una brisa cálida, que hacía aletear los visillos drapeados del fregadero de piedra natural. Mi abuela se bajó del taburete para acallar el hervidor de agua, que habíamos puesto al fuego para preparar té, cuando empezó a silbar.

—¿Sabes qué? —observó—, Lenny es igual que nosotras. La diferencia, querida mía, es que él es el afortunado huésped del parásito literario que sufría Dickens, fuera el que fuese, o del que sufre Bob Dylan. Una tensión gloriosa que los simples mortales no somos capaces de embotellar. Ojalá estuviese yo aquejada de ella.

Mientras cubría el asa del hervidor con un agarrador acolchado, miré a Lenny como ausente, una de esas miradas que según él le dan miedo.

—Lisa, no empieces —pidió mientras hacía chasquear los dedos para romper el hechizo. Pero mentalmente yo ya me había ido, me hallaba perdida en un escondite solitario, invisible, en modo estudio.

Cuando Nana redujo el don que Lenny tiene para la literatura a una enfermedad microbiológica, algo en mí hizo clic, alguna cuestión de carácter científico me despertó la sed de evaluación. Quizá su cordial comentario debiera tomarse con la ligereza con la que sin duda mi abuela lo había hecho, un ritmo humorístico para nuestra canción del fin de semana. Quizá no debiera haber elevado su teoría a biología probada, pero, mezclada con la mentalidad pervertida de una adolescente, me sorprendí inmersa en un arrebato hormonal de ciencia y deseo. Sí, quizá quisiera contraer la enfermedad de las palabras de Lenny. Quizá fuese yo la causante del fallo de nuestra protección amorosa: la cuestión es que nuestro hijo fue concebido esa noche, en el coche de Lenny, después de ponernos morados del dulce de azúcar de mi abuela. Estaba pensando cien por cien en la inoculación microbiana y cero por ciento en la ovulación. Ciencia ficción *versus* medicina consolidada. El único desliz que me permití: un desliz que fue posible debido a mi breve tropezón en la batalla con las hormonas. No me gustaba ser adolescente. No me gustaba nada.

En cuanto tuve mi siguiente periodo, que llegó y se fue sin que me hicieran falta Tampax, decidí que no volvería a permitir que un prosaico deseo físico nublara mi habitual pensamiento preciso. Pedí perdón a Lenny y prometí que no haría descarrilar su vida, prometí que yo sola asumiría toda la responsabilidad. Estábamos sentados una vez más en los mullidos taburetes de la cocina de mi casa cuando le di la noticia y le ofrecí mis disculpas. Mis padres estaban en el trabajo, y mi abuela, de vuelta en Savannah. Cuando mencioné que yo cargaría con la responsabilidad, el emotivo Lenny rompió a llorar.

—Ni hablar —espetó.

—Lenny, no, esto es culpa mía.

—No, es culpa mía. Yo lo quería.

—¿Que lo querías?

—Cásate conmigo, Lisa.

Calculé deprisa la edad que teníamos y lo que nos esperaba en la adolescencia y la veintena. El silbido del hervidor anunció una vez más un cambio profundo en nuestra vida, de modo que cuando dejé la encimera para quitar el utensilio del fuego, di una respuesta veraz y calculada.

—Sí. Pero dentro de exactamente catorce años, cuando tengamos treinta, cuando nos hayamos licenciado y yo sea científica y tú escritor.

—De acuerdo —me respondió, secándose los ojos con la manga y cogiendo un bolígrafo para plasmar su revuelo interior en un poema escrito con letra prácticamente ilegible en una servilleta de papel.

Para mí eso era el colmo del romanticismo. Para Lenny, no tengo ni idea. Se pasó el fin de semana encerrado en la biblioteca investigando poetas que habían escrito sobre sus hijos y el lunes fue a clase con los ojos rojos y prácticamente dando saltos.

A mi abuela le daría algo cuando supiera que su caprichosa analogía me había empujado a hacer lo que había hecho, así que no se lo contaría. Incluso diecisiete años después me estremezco al escribir esto, temiendo que a sus ochenta y ocho años acabe descubriendo la verdad sobre su bisnieto.

Entonces, en la celda de Dorothy, me vinieron a la memoria mi abuela y la noche de sus proféticas palabras ocho meses antes. Me acerqué a la cama de Dorothy, su cuerpo doblado hacia mí como un cruasán deforme, con masa abultada en el centro. No sabía cómo consolarla, y contarle que había matado al otro secuestrador en mi celda probablemente la enajenara. No creo que tuviéramos los mismos gustos en materia de justicia.

Brad estaba abajo, yendo de un lado a otro y tirando cosas, completamente fuera de control, a juzgar por los gritos de loco que pegaba. Una silla o una mesita debían de haberse estrellado contra una pared, teniendo en cuenta el ruido sordo que llegó hasta nosotras, en la tercera planta.

Esto acabará pronto. ¿Dónde está la policía? La policía vendrá. Y nos salvará. ¿Dónde demonios se mete? Debería llegar de un momento a otro. ¿No debería estar ya aquí?

Sabía que podía forzar la cerradura de Dorothy en un abrir y cerrar de ojos, ya había evaluado ese recurso al entrar: cerradura vieja, fácil de abrir, Recurso n.º 38. Pero no tenía sentido hacer nada hasta que llegaran los polis o, en caso de que no fuera así, hasta que Brad saliera de la casa. Por suerte, era más fácil oír cualquier cosa que pasara fuera o abajo en el ala de Dorothy. Estaba segura de que si no hacíamos ruido, encontraríamos el momento adecuado para forzar la cerradura y salir de allí. Así que en lugar de pasearme por la habitación y seguir evaluando cosas, mi única misión consistía en tranquilizar a Dorothy. Tendríamos que aguzar el oído, escuchar, esperar y, si la poli no venía, armarnos de paciencia —Recurso n.º 11— y confiar en que Brad se marchase. Y después, después, tendríamos que darnos prisa.

Dorothy tenía convulsiones, y fue entonces cuando reparé en su vestido color púrpura, arrugado y sin forrar, algo que mi madre jamás me habría dejado poner: vamos, confeccionado en serie y de mala calidad. Contemplé, por primera vez desde mi cautiverio, lo que llevaba puesto yo: mis pantalones negros premamá, cosidos a mano en Francia, sorprendentemente seguían conservando la forma y no tenían muchas arrugas. Mi madre me compró dos pares el día que se enteró de que estaba embarazada. «No hace falta que pasemos por esta prueba de manera incivilizada, Lisa. Irás bien vestida. Basta ya de estas ridículas prendas anchas. Tu aspecto es importante por muchas razones, dichas y no dichas, personales e impersonales —aseguró mientras se quitaba una migaja invisible de la almidonada camisa y se enderezaba los gemelos de diamantes, que descansaban bajo sus iniciales bordadas—. No tiene nada que ver con la riqueza. Te podría haber comprado diez vestidos premamá baratos por el precio de estos dos pantalones, como haría la mayoría de las mujeres embarazadas, pero la calidad es la calidad. Y desde el punto de vista económico es una estupidez anteponer la cantidad a la calidad. Es tirar el dinero.» Apartó el aire con los dedos como para relegar la ruina financiera a un rincón polvoriento, fuera de su exaltada vista. Entonces me pregunté por qué le preocupaba más mi estilo que mi embarazo, pero ahora entiendo que no era más que su forma de sobrellevar la situación.

En la calidad de mis pantalones no se hallaba la respuesta a cómo calmar a Dorothy: las costuras bien cosidas del tejido, mezcla de algodón francés, no me dieron la solución al problema. Dorothy empezó a tener arcadas de tanto sollozar, y acto seguido empezó a desvariar y aporrear el colchón con los puños. A mí me daba un bote la cabeza con cada uno de sus golpes. Una vez aliviada la tensión, la pobre Dorothy perdió el control mental que pudiera tener antes. Supuse que si me hubiera mirado a los ojos, habría visto que las pupilas le daban vueltas, como esos ojitos de plástico blancos y negros que se pegan de las tiendas de manualidades.

¿Dónde demonios están los polis? Ahora sí que están tardando. Me he acordado de mi abuela. Me he acordado de mi madre. Estoy sentada en el suelo, me sale sangre de la cara. Algo no funciona. Algo va mal. Tengo que arreglar esto. Tenemos que salir de aquí.

Un objeto pesado se estrelló contra otro objeto pesado abajo, después se oyó un aullido capaz de hacer que a uno le estallara la cabeza, algo como: «Nooooooo, mi hermanooo.»

Vete olvidando de que vaya a venir a salvarnos alguien. No cuentes con nadie. Cuenta solo contigo misma. Céntrate en Dorothy. Que esté tranquila. En algún momento Brad tendrá que salir. Ir por una herramienta o algo. Saldrá, y entonces tendremos que estar preparadas. Tranquiliza a Dorothy.

La única tranquilidad que podía ofrecer a Dorothy consistió en sentarme con las piernas cruzadas a lo indio y apoyar una mano junto a su almohada. La otra la tenía en alto, para restañar la sangre que seguía manando de mi cara. Pensé que tener la mano tan cerca de ella le permitiría cogérmela a modo de asidero, eso si lograba centrarse en las cosas que tenía alrededor en la realidad. Sin embargo, por mi parte ese gesto no era más que un remedo de algo que vi hacer a mi abuela por mi padre cuando su hermana, la hija de Nana, murió. Mi abuela también lloraba, pero estaba tan agotada que solo le pudo ofrecer ese pequeño gesto mudo a mi padre. Mi padre estaba muy unido a la tía Lindy. Se llevaban nueve meses, y su cáncer fue veloz e implacable.

Mi madre y yo consolamos a mi abuela y a mi padre a nuestra manera. En lugar de llorar, elaboramos un itinerario sumamente pormenorizado para pasar un mes recorriendo Italia los cuatro: mi madre, mi padre, mi abuela y yo. No estoy segura de que mi madre y yo hayamos hablado nunca directamente de la muerte de la tía Lindy. Seguí su ejemplo en lo tocante a la emoción que había que mostrar guardando silencio en casa y me centré en la planificación minuto a minuto de museos, iglesias y restaurantes. Echaba de menos a la tía Lindy, claro, pero llorar su muerte no ayudaría en nada a mi padre, ni tampoco sería de utilidad para analizar las muestras de sangre de Lindy, que había podido extraer cuando las enfermeras no miraban. La tía Lindy me puso en la mano uno de sus viales y me dijo al oído: «Con ese cerebro tuyo, encuentra una cura o lucha contra la injusticia en el futuro, hija. No permitas que tu cerebro se eche a perder. —Tragó saliva con dificultad, haciendo un esfuerzo para continuar a pesar de la continua sequedad de su boca—: Y que les den a esos médicos que te dan el tostón con lo de las emociones. La única que importa es el amor, y creo que a esa emoción le has echado el lazo y tienes sus riendas.»

¿Era amor lo que debía permitir que aflorara para esa chica que estaba tendida en la cama? ¿A esa pobre desgraciada que se hallaba sumida en algo que a mí se me escapaba? Alguien que se encontraba en el mismo estado que yo, pero que se hallaba experimentando una emoción que yo era incapaz de comprender en ese momento. Poniendo una mano poco entusiasta en la sábana de algodón con bolas, noté el calor que desprendía la mejilla de Dorothy. Estudié sus escuálidos brazos y me pregunté si habría comido algo desde que estaba encerrada allí. Desde luego la comida no: yo había matado al que se la llevaba.

En ese punto el sol no era más de un borrón de un blanco granulado detrás de unas nubes ennegrecidas: un fracaso de día. Las sombras en la fría habitación de Dorothy me recordaron que la noche se avecinaba, aunque no podía ser mucho más de mediodía.

Los sonidos eran distintos en esa parte del edificio. La naturaleza se dejaba oír fuera: los mugidos de vacas y de algún que otro cencerro a lo lejos. Además, dado que alguien había tirado una piedra o alguna otra cosa y había hecho un agujero en la alta ventana triangular, se colaba un aire cortante, que traía consigo un olor a hierba y estiércol. A tamaña sobrecarga sensorial se venían a sumar los ruidos que hacía abajo nuestro agitado captor al tirar objetos y soltar imprecaciones. Un animal enjaulado; los barrotes: su propia locura.

La poli no va a venir. Diseña otra escapatoria.

Sin embargo, pese al incesante ruido, Dorothy logró desasirse de sus emociones cuando apoyé la mano cerca de su cabeza. Me apretó los dedos con tal fuerza que se me pasó por la cabeza que yo debía de ser el precipicio, y ella la escaladora que había caído, sus uñas clavándose en un saliente rocoso, suspendida en el filo del mundo. No obstante no me atreví a moverme ni un centímetro, ya que con una respiración más pausada y profunda, inexplicablemente los ojos se le fueron cayendo poco a poco hasta quedarse dormida. En el último pestañeo, sus grandes y humedecidos ojos azules se clavaron en los míos. Nuestras caras estaban a menos de medio metro de distancia. En ese momento Dorothy M. Salucci se convirtió en la mejor amiga que había tenido en mi vida. Encendí el interruptor del amor —expresamente para ella— con la esperanza de que esa emoción me motivara a desarrollar un nuevo plan para salvarnos a las dos, a los cuatro.

El amor es la emoción que más fácil resulta apagar,

pero la más difícil de encender. En cambio, las emociones que se encienden con más facilidad, pero cuesta más apagar, son: el odio, el remordimiento, la culpa y, la más fácil de todas, el miedo. El enamoramiento es algo completamente distinto. A decir verdad, el enamoramiento no se debería considerar una emoción. El enamoramiento es un estado involuntario causado por una reacción química mensurable, que provoca un ciclo adictivo que la parte física de uno desea mantener constantemente. Hasta el momento, solo me he enamorado una vez: el día que una vida minúscula palpitó en mi cuerpo. Menudo día para mí: la conmoción de ser consciente de ello, un sentimiento que se disfrazó de emoción, abriéndose paso hasta mi corazón y enterrándose allí. Haría cualquier cosa para proteger y prolongar esta adicción al amor supremo, un amor que irrumpió en mi vida y para el que no había interruptor que valiera.

El amor corriente y moliente, por otra parte, es, sin duda alguna, una emoción, una que viene con un interruptor obstinado, aunque productivo, cuando está encendido. Y fue ese el interruptor al que yo le di mientras veía descansar a Dorothy, su mejilla mojada sobre mis dedos, ahora sin sangre.

15

Agente especial Roger Liu

A veces, cuando pienso en ese día, me entran ganas de estrangular a la persona que tenga más cerca y lanzar un ladrillo a la primera ventana que vea. Qué frustrante, estar tan cerca y tan atados de pies y manos.

El centro de Indiana es como el norte del estado de Nueva York, solo que más llano. Es decir, más llano que llano. La población que constituía nuestro punto de destino estaba atravesada en línea recta, literalmente recta, por una exasperante carretera de cuatro carriles con mil millones de semáforos, que debían de haber sido instalados para cabrear a los que tenían que pasar por allí, pero no a los habitantes de la ciudad, que dan la impresión de ir de paseo de un sitio a otro encantados, parando por completo cuando estaban en ámbar. El alquitrán de esa arteria principal era de un gris gastado, desvaído, un color atribuible al millón de días de un sol de campo que caía a plomo, de esos días en que ejércitos de escarabajos invisibles chirrían al unísono. Sin embargo el día del que hablo ya nos habría gustado que hiciese un calor achicharrante; no, el día del que hablo era un día frío de primavera, y aunque el insufrible asfalto gris seguía estando desvaído, había manchones de un color más oscuro debido a las intermitentes gotas de lluvia que escapaban de las negras nubes del cielo.

Atravesamos la localidad como fantasmas silenciosos, dejando atrás las gasolineras y los aparcamientos desiertos de pequeñas ferreterías y establecimientos de todo a cinco centavos. Un par de mujeres empujaban carritos de la compra por el borde de la carretera, aunque no había ningún supermercado a la vista. Nos deslizábamos en silencio, conscientes en el interior del vehículo de nuestro deseo de no poner sobre aviso a los delincuentes que pudiesen ser cómplices de la trama que pretendíamos desenmarañar. El Volvo color naranja en el que íbamos, no obstante, era una sirena en sí mismo; el ausente silenciador, una sirena de niebla que anunciaba nuestra presencia.

Pasamos por un edificio abandonado donde llamaba la atención la delatora atalaya de un KFC. En las ventanas entabladas habían pintado con espray azul ELEC, con una flecha que apuntaba hacia abajo, a una presunta red de cables subterránea. Me pregunté por qué ese ELEC no estaría pintado de naranja, un pensamiento indulgente, dado lo que nos esperaba.

Con el ruido de fondo del escacharrado Volvo de Sammy, el jefe intentaba hablar conmigo y con Lola, en la parte de atrás. Me eché hacia delante, apoyando una mano en la esquina de su envolvente asiento.

—¿Qué? —chillé.

Me desabroché el cinturón para acercarme más, pero ni siquiera así era capaz de oír lo que decía el jefe de policía. A mis oídos, el runrún del motor era como si estuviese en el escenario en un concierto de Led Zeppelin.

El jefe apartó la vista de la carretera y volvió la cabeza para mirarnos a Lola y a mí. Me eché hacia atrás, pero no me volví a abrochar el cinturón. Miré a Lola, que se apretaba los muslos con más fuerza si cabe. Debía de tener los dedos azules.

—¿Llevan mucho tiempo con este caso, agentes? —quiso saber el jefe.

—Ehhh... jefe... —dijo Lola, apuntando delante.

Yo también me volví, pues tampoco estaba pendiente de la carretera.

No estoy seguro de si grité al ver el camión que venía de frente o de si Lola gritó al ver la velocidad de vértigo a la que conducía el camión, que iba directo hacia nosotros. Recuerdo que el jefe de policía volvió la vista al frente de nuevo y dio un rápido volantazo para evitar chocar. Curiosamente, recuerdo imágenes congeladas de acciones que sucedieron después, como que extendí el brazo a un lado para agarrar a Lola, que llevaba el cinturón de seguridad puesto, justo cuando ella hacía lo mismo conmigo, y que el ayudante del jefe se sujetó el ala del sombrero, como si temiese que se fuera a desatar un vendaval en el asiento de delante. También me acuerdo de que me pregunté por qué el ayudante no gritó al ver al descontrolado camión, pero la otra imagen fija que recuerdo es de él levantando la cabeza del mapa que leía apoyado en el regazo.

Hay quien dice que un choque se vive a cámara lenta y que el sonido se escucha a modo de notas individuales, que se van desplegando una por una, un acordeón que se abre despacio. Por mi parte, experimenté un dolor punzante en los oídos del estampido sónico que se produjo cuando el motor del Volvo de Sammy se estrelló frontalmente contra una farola que custodiaba la entrada de un centro comercial alargado. Durante un instante, cuando me di con la cabeza contra el techo, lo vi todo negro. Lo siguiente que supe era que Lola me metía los brazos bajo las axilas para sacarme heroicamente del vehículo. Hollywood habría dicho: «Claqueta final», ya que cuando los tacones de mis zapatos golpearon la calzada, la farola cayó encima del pobre coche de Sammy, destrozándolo más aún.

Allí estábamos, Lola y yo tirados, resollando, agarrándonos las ensangrentadas cabezas; el jefe y su ayudante, a los que también había liberado Lola, inconscientes. Conseguí sentarme haciendo un esfuerzo, apoyándome en los temblorosos brazos, e inspeccioné el campo de batalla. El jefe de policía estaba tendido en el suelo, boca abajo, en el lado del conductor, los hombros dislocados y, a todas luces, los dos brazos rotos, a juzgar por el ángulo, propio de una muñeca de trapo. El ayudante estaba en el lado del copiloto, asimismo boca abajo en la calzada. En la frente tenía un tajo que le bajaba por el ojo derecho, cerrado, le atravesaba la mejilla y terminaba por debajo del mentón. Le sangraba. *Le quedará una cicatriz tremenda,* pensé. El sombrero que toqueteaba había ido a parar dado la vuelta a metro y medio de su tobillo izquierdo, que tenía torcido hacia donde no debía. El zumbido de estática del walkie-talkie del jefe me dijo que Sammy-el-operador-traga-dónuts había salido Dios sabía adónde. Estábamos solos.

Con el jefe y su ayudante malheridos, el operador ilocalizable, el resto del endeble cuerpo de policía a dos horas y media asistiendo a un funeral y mis refuerzos, a los que llamé cuando salimos de comisaría y tenían la dirección del internado Appletree, igualmente a dos o tres horas, solo podía hacer una llamada.

—Lola, mi teléfono, ¿dónde está mi teléfono? —pregunté mientras me sentaba más recto y cerraba los ojos al hablar. La sangre que se me agolpaba a la cabeza latía ruidosamente, exigiéndome que dejara de hablar—. Lola, mi teléfono, mi teléfono, búscame el teléfono.

Con los ojos entrecerrados, vi que gateaba como podía por el sitio, las manos apoyadas con fuerza en las piedrecillas sueltas de la capa superior del alquitrán. Entró de nuevo en el aplastado coche, que emitía sonidos metálicos, las puertas aún entreabiertas de cuando nos sacó. Pensé que quizá volviera a cuatro patas con la antena de mi teléfono en la boca, como el perro de caza que cobra un pato muerto.

Empecé a ver vagamente a otras personas con el rabillo del ojo. En el interior del coche se oyó un golpeteo, lo cual me obligó a mirarlo con más atención. Del humeante capó salían llamas, el motor incendiado. Unas llamas anaranjadas urgentes se extendían y se replegaban, dedos abrasadores que buscaban desesperadamente tocar piel y dejar cicatrices. Bajo el maletero serpenteaba un reguero de gasolina que se acercaba cada vez más a mi pie.

—¡Lola! ¡Sal del coche ahora mismo! ¡Fuego!

No creo que me oyese, porque a decir verdad no creo que estuviera gritando. Me sentía atrapado en uno de esos sueños, intentando chillar a pleno pulmón, pero incapaz de proferir ningún sonido.

Probé de nuevo:

—¡Lola! ¡Fuego! —Me puse de pie, las piernas temblándome, y nada más hacerlo, la vi salir de espaldas. Se irguió, me tiró el teléfono a la cara y salió disparada hacia el jefe y su ayudante, que seguían inconscientes y demasiado cerca del motor.

Dejé que el teléfono cayera al suelo y me acerqué como pude al jefe y su ayudante. Haciendo mi parte del trabajo, tiré del ayudante en la dirección opuesta a la de Lola, que arrastraba al jefe, lo bastante lejos y lo bastante deprisa para evitar la pintura llameante que empezó a llover sobre la escena cuando el coche explotó y salió despedido por los aires.

Una vez a salvo, me recosté en el suelo y contemplé el infierno fascinado, como hipnotizado. El fuego se propagaba con saña, daba la sensación de que se sentía furioso por haber sido liberado, como si hubiese estado embotellado durante siglos bajo el capó del Volvo de Sammy.

Y siempre me pasa lo mismo cuando veo un fuego, pues recuerdo la vez que mi padre le prendió fuego a nuestro granero, cuando yo tenía cinco años. El día que incendió el granero, justo cuando llevábamos una semana en posesión de las gallinas y mi madre y mi hermano pequeño habían salido a hacer la compra, mi padre me pidió que entrara en casa por unas Pepsis frías. Con independencia de lo rápido que fuera, tardara lo que tardase en entrar en casa con mis pies de cinco años, abrir la nevera, coger las dos botellas y salir corriendo con mi padre, eso mismo tardó la hierba seca que mi padre había rastrillado para hacer una hoguera en prenderse con una ráfaga de viento procedente de los Grandes Lagos que se introdujo por las grietas de las tablas secas del granero. Allí estaba yo, sin poder hacer nada, con las Pepsis en las manos como si estuviese estrangulando a dos gansos. Una barrera de temible fuego se alzaba hacia arriba, del suelo al cielo, sin llamas laterales, sin dudar un instante en la dirección, las llamas subiendo y subiendo y empujándome, pegándome a la casa.

«¡Ve dentro! —debió de gritarme mi padre, moviendo los brazos como un loco—. ¡Ve dentro! —debió de repetir chillando a pleno pulmón.» Pero yo lo único que oía era el silbido fragoroso de las llamas rojas y anaranjadas, que insistían en que no apartara la vista de ellas. Muchos años después, en el centro de Indiana, mientras hacía lo mismo —mirar sin pestañear cómo ardía el Volvo—, sobre mi cabeza se dibujó una sombra. Una de las mujeres que empujaba un carrito de la compra a la que habíamos dejado atrás escasos momentos antes intentaba protegerme con un paraguas de las irregulares gotas de lluvia.

—¿Está usted herido? ¿Oye lo que le digo? —quiso saber. Yo no oía lo que decía.

—Mi teléfono —le pedí, señalando el sitio donde lo había dejado caer, a unos tres metros.

—¿El qué?

—El teléfono. Mi teléfono. Por favor, está ahí, mi teléfono.

La mujer, de unos cincuenta y tantos años, con una permanente apelmazada de un rubio sucio, una bata y unas zapatillas con manchas de la carretera, fue hacia donde le indicaba, se inclinó como si fuese una abuelita anciana, volvió y me dio el teléfono con la boca abierta.

Empezaron a oírse gritos procedentes del centro comercial, pero solo como una masa colectiva de sonido en movimiento, que apagué o bien porque se me habían reventado los tímpanos o porque tenía que centrarme en la llamada que debía hacer. Lola estaba sentada, recuperando el aliento, con la muñeca del jefe en las manos, tomándole el pulso con ayuda de su reloj Sanyo. A juzgar por lo dilatado de sus orificios nasales y su nariz moquiteante, supe que le preocupaba el silencio que se hacía entre latido y latido.

Estoy seguro de que tenía el juicio nublado cuando realicé la llamada. Estoy seguro de que infringí deliberadamente todos los códigos de los departamentos, pero en ese momento sentía que no tenía elección.

—Boyd —dije cuando respondió—. Me temo que al final voy a necesitar su ayuda.

16

El Día 33 continúa, vete

And I know it seems useless,
I know how it always turns out
Georgia, since everything's possible
We will still go, go

THE INNOCENCE MISSION,
Go

Dorothy, esta es la imagen que conservo de ella, como una vieja y preciada Polaroid que llevara en el bolso, la foto cambiada únicamente por la pátina del tiempo, pero así y todo y por siempre jamás la misma en cuanto a su nostalgia desgarradora. Dorothy, durmiendo apaciblemente, en *shock* por cortesía de sus captores, enferma por cortesía de sus captores, los rizos rubios subiendo y bajando al ritmo de su respiración. Quería acompasar mi respiración a la suya para convertirme en una bella durmiente como ella. Tener a alguien que velase por mí, que me protegiera de los lobos, de los dragones; sin embargo, solo la dulce Dorothy, mi nueva amiga, mi única amiga, la que más comprendía mi deseo de tener un hijo, solo ella era digna de esas consideraciones. Solo Dorothy merecía hacer una pausa antes de la tormenta. Yo, yo no era más que un arma.

¿Cómo podía dormir? Lo entendía, de verdad que lo entendía. En cuanto le di la mano en la almohada, probablemente se permitiera sucumbir a la batalla contra el insomnio y la fiebre que estaba librando. Yo debía salvarla. Había depositado su destino en mis manos.

Y yo tenía cosas que hacer. Y aunque había encendido el interruptor del amor por Dorothy, no tenía ningún otro interruptor encendido. Ni siquiera el del enfado. Había abandonado toda esperanza de que fuese a aparecer la policía, así que aparté de mi cabeza la posibilidad de que apareciese.

Los gemidos de Brady carita agujereada empezaron a alejarse, fuera, yendo hacia mi ala y la cocina y su hermano muerto, electrocutado. Me figuré que no tardaría mucho en volver. Y supuse que probablemente recuperase del cadáver de su hermano algún útil o aparato o artefacto de carácter sentimental demente y después volviese a la cocina. Una vez allí no tardaría en darse cuenta de que yo había utilizado el teléfono, en cuanto viera que había dejado el sobre con la dirección bajo el cable colgando. Dándose con la mano en la frente como un zopenco y diciendo: oh, no, acabaría cayendo en que había llamado a la policía. No estaba dispuesta a subestimar al más listo de los gemelos tontos. La durmiente Dorothy y yo teníamos cuatro minutos para escapar y llegar hasta la furgoneta.

Cogí y me guardé el Recurso n.º 40 —las agujas de hacer punto de Dorothy— en el carcaj que llevaba a la espalda mientras zarandeaba a Dorothy para que despertara. Acto seguido le quité del pelo el Recurso n.º 41, la horquilla, y me acerqué a la puerta cerrada. Solo dos meses antes me las había apañado para darle unos primorosos puntos en la afeitada piel de la pata con una aguja minúscula a *Jackson Brown*, que se había herido con el borde de un tejado dentado cuando perseguía a una paloma arrulladora. Así que, dado que por dentro me sentía una cirujana, forzar la cerradura de la puerta de la celda de Dorothy fue tan fácil como abrir una lata de caracolas de canela de Pillsbury con el extremo plano de un tenedor. Pop.

Con la puerta abierta, despertar a Dorothy pasó a ser una responsabilidad y un deber. Volví a su cama y, nada más llegar, me incliné hacia ella, que levantaba la cabeza. Con una mano, la que tenía manchada de la sangre del ojo, le tapé con fuerza los secos, agrietados labios mientras la miraba a los ahora asustados ojos.

—Dorothy, no digas nada. Y me refiero a que no hagas un solo ruido si quieres seguir con vida. Ven conmigo, deprisa. Levanta, deprisa. —No quité la mano, porque no estaba muy segura de si me entendía—. ¿Entiendes lo que te digo? Si haces un solo ruido, estamos perdidas. Tienes que estarte calladita y seguirme. ¿Entendido? —El carcaj me daba contra el hombro inclinado haciendo que las agujas de hacer punto, las flechas caseras y las llaves tintinearan.

Dorothy movió la cabeza para indicar que entendía.

Retiré la mano despacio, y ella se limpió mi sangre de los labios.

¿Ahora somos hermanas de sangre? ¿Será eso lo que significa tener una amiga íntima?

Para.

Pon fin a estos ridículos pensamientos. Ve a la furgoneta.

Sinceramente, cualquiera diría que había secuestrado yo a la chica. La tenía que ir empujando por detrás, dándole con los dedos índice y corazón en la espalda como si fuese un arma. Las piernas, la esquelética y la hinchada, le temblaban de cansancio y vomitona emocional, y no paraba de volver la cabeza para lanzarme miradas inquisitivas con sus ojillos de cachorro de perro.

—Date la vuelta y sigue andando. No hagas ruido —le decía una y otra vez.

Paso a paso cruzamos el umbral. No se decidía a bajar la escalera, me miraba constantemente con una expresión que decía: ¿estás segura?, ¿estás segura? Empujé con más fuerza con la pistola que formaban mis dedos. Tenía la espalda agarrotada y tensa, en lugar de carnosa, que era como debería, dado su avanzado estado de gestación.

Puesto que había llovido, el denso olor a cerrado y humedad de la escalera nos lanzó un gancho rápido a la nariz, tanto más intenso que cuando hacía sol. Igual que si de sales se tratase, el moho debió de espabilar a Dorothy, ya que pegó un bote y se quedó helada. La empujé de nuevo.

No estaba enfadada con Dorothy. Apenas tenía emociones. Lo único que quería era que se centrase y acelerara el lento ritmo. Dorothy en sí no era un recurso, estaba claro. Pero era mi amiga instantánea y ahora se hallaba bajo mi protección, y habíamos forjado unos lazos tácitos que nadie más podría entender, ni siquiera yo misma. Así que aunque le daba instrucciones a gruñido limpio, también me detuve en dos ocasiones para darle unas palmaditas en la espalda y decirle: «Vamos, ahora tienes que ser fuerte. Puedes hacerlo», que es lo que mi madre le dijo a mi padre cuando este tuvo que echar la primera palada de tierra sobre la tumba de la tía Lindy.

Íbamos por la mitad de la escalera, no faltaba mucho para llegar al último tramo. Agarré a Dorothy del grasiento pelo para que no siguiera bajando y retenerla. Temiendo el regreso de Brad, agucé el oído para captar sonidos de pasos en el alquitrán y las piedrecitas de fuera, la respiración superficial de Dorothy llenaba la escalera de una estática sorda, como una anciana con neumonía, los cortos silbidos cargados de flema. Al cogerle la muñeca, me di cuenta de que el corazón le latía demasiado deprisa; cuando le toqué la frente con la mano ensangrentada, noté que casi le ardía. Me miró una vez más a los ojos, y en ese segundo instante en que reforzábamos los lazos que nos unían, sin necesidad de que ella dijera nada, repuse: «Lo sé.»

Según mis cálculos, disponíamos de alrededor de un minuto y medio para llegar a la planta de abajo, salir del edificio, cruzar el pequeño aparcamiento y enfilar el camino que llevaba al bosque antes de que Brad saliera de mi ala. Había visualizado el mundo exterior y el sendero que conducía a la furgoneta desde el primer día que pasé en ese infierno, aun cuando tenía los ojos vendados y la bolsa en la cabeza al llegar. Conté los pasos, grabé en mi cerebro la elasticidad del suelo, sentí el aire para ver qué tiempo hacía y volqué esos detalles a una memoria visual del terreno, la topografía y la temperatura. Realicé mentalmente el recorrido de la furgoneta al edificio y del edificio a la furgoneta cien mil veces. Y ¿sabéis qué? Aparte de que el edificio fuera un edificio blanco —un antiguo internado— y no una granja blanca, di en el clavo en cada detalle. Lo que demuestra de lo que son capaces los sentidos y la memoria, los conocimientos previos y la confianza si uno es capaz de despojarse de las improductivas distracciones del miedo y las expectativas. Escuchar. Oler. Probar. Ver. Vivir. Evaluar. En tiempo real.

La mayoría de la gente tan solo percibe un uno por ciento de los colores dentro del vasto espectro de los matices. Los pocos que ven más de ese uno por ciento o bien hablan de la decepción que sufren con la pobre percepción de la vida que tiene el resto de la gente o bien afirman haber visto el cielo en sus sueños. Esos seres afortunados cuentan con un supersentido.

Un artículo reciente publicado en la revista *Scientific American* me recordó el supersentido que experimenté durante el tiempo que pasé en la prisión de Appletree. Resumiendo la investigación publicada en el *Journal of Neuroscience* sobre la neuroplasticidad de modalidad cruzada de los sordos y los ciegos, el artículo sostenía: «Esta investigación... sirve para recordar que en nuestro cerebro descansan superpoderes ocultos.» Para los que no sabéis lo que es la neuroplasticidad de modalidad cruzada: básicamente es la capacidad que tiene el cerebro de reorganizarse en aquellas áreas en las que una persona pueda hallarse privada de algún sentido. Por ejemplo, que «los individuos sordos perciben estímulos sensoriales, lo cual hace que sean susceptibles de captar una ilusión perceptual que quienes pueden oír no experimentan». Me gustó mucho el párrafo introductorio del artículo de esa publicación, que afirmaba, de un modo bastante sucinto a mi modo de ver: «La experiencia moldea el desarrollo del cerebro a lo largo de la vida, pero la neuroplasticidad varía de un sistema cerebral a otro.»

Como una persona sorda, una persona ciega, una persona privada de diversos sentidos, una persona que, como yo, con la práctica, construyó unos modelos de realidad, una dimensión de sentidos distinta que se superpusieron al mundo de una manera muy veraz. Quizá las emociones no sean más que otro conjunto de sentidos, y su ausencia contribuya a que se tengan un oído, tacto, olfato, vista, imaginación precisos.

Quizá.

Quién sabe.

Al no oír pasos, bajamos la última escalera y salimos al exterior. Tras mirar a izquierda y derecha y no ver ni rastro de Brad, empujé a Dorothy en diagonal por la zona alquitranada hacia el claro desde el que arrancaba el camino a la furgoneta. Estábamos tan cerca que nuestros cuerpos prácticamente eran uno. La sombra que proyectábamos era de dos montañas unidas con dos barrigones, que estudié impresionada cuando llegamos al principio del camino.

¿Somos una única chica? ¿La misma chica? ¿Somos todas iguales a los dieciséis años? Tan dispuestas a vivir la vida, y sin embargo tan jóvenes. Tengo que salvarnos a las dos. A los cuatro.

Me eché hacia delante para hablarle al oído a Dorothy mientras sacaba las llaves del carcaj. El calor que emanaba su cuerpo me hizo pensar que podía entrar en combustión; la cara se me puso roja. No me di cuenta de que llovía hasta que el agua me refrescó, llevándose consigo el calor de Dorothy.

—Dorothy, camina en línea recta un minuto exactamente. Corriendo tardarías menos, si puedes. Confía en mí, sé que meterse ahí dentro asusta, y sé que estará oscuro, pero al final verás un campo grande con vacas y un sauce enorme. Debajo del árbol hay una furgoneta. Cogeremos la furgoneta. Tengo la llave. Vamos.

Dorothy asintió despacio, como si sintiera náuseas, y dio un paso hacia el bosque. Yo iba detrás, pegada a ella. Nuestros pasos estaban sincronizados e iban tan a la par que era como si caminásemos con las piernas atadas, el sonido de una puerta que se cerraba a nuestra espalda se vio ligeramente ahogado por el golpeteo de nuestra pisada doble.

—Ah, cielo santo, ¡no! Chicas, deteneos ahora mismo. —La aguda voz de Brad rezumaba demencia y depravación.

Le di el llavero a Dorothy.

—¡Vete, ahora! Haz lo que te he dicho. Un minuto. ¡Corre! Vete, vete, vete. La llave de la furgoneta es una que pone Chevy. Vete. Vete.

Esas fueron las últimas palabras que le dije a Dorothy M. Salucci.

Yo eché a correr directa a Brad, una aguja de punto en una mano y una flecha en la otra.

17

Agente especial Roger Liu

—Me cago en la puta. Lola. ¡Mecagoenlagrandísima-
puta! —exclamé tras bajar la tapa de mi enorme móvil
y estremecerme de dolor debido al incesante pitido que
tenía en los oídos.

Boyd cogió el teléfono, y creo que accedió a ir a echar
un vistazo al internado y llevar el arma, pero no lo oí.
Luego llamó él, creo que a los cinco minutos: lo supe solo
porque había puesto el teléfono en vibración. Sus palabras me llegaban fundidas en unos sonidos amortiguados, lo cual se me debió de notar en la cara, porque Lola
pasó por delante del coche en llamas, cogió el teléfono,
aunque yo no le había dicho ni palabra, y escuchó lo que
quiera que Boyd le estuviese diciendo. Me transmitió las
noticias de Boyd —una vez más, sorprendentes y rozan-
do lo increíble— garabateando un resumen en la libreta
que llevaba en el bolsillo de sus pantalones de hombre.
Esto es lo que decía la nota:

«B encuentra a DSaluc en la furgoneta. ?? ¿Bosque? No a Lisa. B dice: "Ni rastro de la otra chica. Aquí no hay nadie." B utilizó el teléfono de la cocina del internado. B dice: "Aquí hay algo que huele muy mal, viene de arriba. Huele como a muerte."»

A esta nota, bastante oportuna, digna de ser archivada, Lola añadió lo que ella pensaba en otra hoja mientras pronunciaba las palabras despacio, para que pudiera leerle los labios:

—Y ¿cómo rayos se supone que sabe Boyd lo que es un olor malo? Ese pollero que apesta a mierda.

El FBI exigía que todas nuestras notas y observaciones, en particular las que poníamos por escrito, se incluyeran en el expediente oficial, pero ¿a ver quién era el listo que intentaba impedir que Lola dijera siempre lo que pensaba? Arranqué la segunda nota, deseando que no se explayara tanto.

—Con los coches en llamas y la gente (como tú y tu estúpido culo) que tengo que salvar, no me des la tabarra con lo de que digo lo que pienso, Liu —me espetó cuando tiré su nota hecha pedazos al ahora resbaladizo suelo.

Supe lo que había dicho, sobre todo porque le leí los labios; el pitido, ese pitido, cómo había subido de volumen el espantoso pitido. Era un hombre sordo furioso, que pugnaba por volver a oír bien. Tenía la sensación de que seguía soñando, corriendo deprisa, moviendo las piernas con más y más ganas, el pecho subiendo y bajando con la tensión de avanzar, pero yendo a ninguna parte, un centímetro por hora. Pii, pii, pii, el pitido lo ahogaba todo, desdibujando el mundo. Ahuequé las manos, me tapé las orejas, busqué en el cielo bajo otro sentido, cualquier color, pero lo único que me encontré fue el gris moteado de un telón al desplegarse, y las sombras de negrura, también ellas cayeron como fantasmas. Las nubes se habían fundido con un cumulonimbo rizado y sin embargo, pese a la inquietante oscuridad, no descargaban mucha agua, como para torturarnos a todos en el aparcamiento de ese centro comercial. Y al fuego le daba lo mismo: no había líquido que valiera capaz de apagar su ira. El Volvo de Sammy, despojado de gran parte de su pintura, se transformó en una caja retorcida de acero quemado. Solo quedaban manchones anaranjados en las partes que no habían tocado las llamas.

Una de las irritantes gotas de lluvia, una gorda, me dio en el caballete de la nariz, desde donde resbaló hasta caer a la izquierda, bajando por la oquedad de mi mejilla y yendo a parar al borde superior del labio. La fricción causada por el movimiento del agua me provocó un picor que me causó una irritación insostenible, así que me froté la cara deprisa, con fuerza, con la mano de la mojada chaqueta gris. El pitido pareció atenuarse cuando me fijé en ese otro sentido.

Tras leer la desdeñosa opinión de Lola sobre lo que decía Boyd del olor a muerte, la miré como diciéndole: «¿en serio?», mientras me tapaba los dos oídos como si de ese modo pudiera apagar más aún las quejicosas campanas. Lola retrocedió.

Una ambulancia y un camión de bomberos llegaron hasta nosotros, hasta el lugar donde se había producido el accidente, la ambulancia prácticamente deslizándose sobre dos ruedas. En ese momento, Lola y yo estábamos de pie, vigilando por separado al jefe y a su ayudante. Los curiosos formaban un semicírculo detrás de nosotros, todos ellos a raya gracias a las feroces órdenes y los gritos que había dado Lola. Mientras ella se ocupaba de que los límites se respetaran escrupulosamente, yo escudriñé el gentío en busca de alguien con pinta de tener un vehículo todoterreno.

Reparé en una mujer con un chaquetón acolchado de Carhartt, más alta y con las espaldas más anchas que el resto. Tenía el pelo largo y abundante típico de una ranchera, y debajo del chaquetón llevaba una camisa de franela abrochada hasta arriba y metida por dentro de unos pantalones vaqueros desgastados. En la punta de las botas, con una gruesa suela de goma, se veía barro. Calculé que tendría cuarenta y tantos años. Aparte de la talla vikinga, era bastante atractiva.

—¡Señora! —grité, señalándola.

—¿Es a mí? —dijo, si bien no la pude oír. Ahora al pitido sordo se unía un huracán auditivo.

—¿Tiene usted un todoterreno? —grité.

—Una Ford F-150 —repuso. Me acerqué y le puse el oído directamente en la boca. Ella señaló una reluciente *pickup* Ford F-150 negra, en efecto, justo detrás. Lentas gotas de lluvia bajaban dibujando líneas por las empañadas ventanillas.

—¿Tracción a las cuatro ruedas?

—Claro —dijeron sus labios, la mujer reprimiendo cierta indignación. Un hombre con unas patillas enormes cruzó los brazos y asintió mirándome mientras volvía la cara hacia ella e hizo un gesto con la nariz como diciendo: «¿de qué va este tío?».

—Señora, necesitamos su coche —intervino Lola cuando se percató de mis esfuerzos y de lo que pretendía.

Me acerqué más aún y, apartando a la vikinga para que nadie me oyera, añadí:

—Y ya puestos, ¿podría decirnos cómo llegar al antiguo internado?

La mujer volvió a mostrar cierto desdén, pero esbozó una sonrisa de incredulidad.

—Vaya. Mmm —me dijo Lola después de que la mujer comentase: «Di clase allí veinte años, hasta que ejecutaron la hipoteca. Me he estado preguntando qué demonios se cuece ahí arriba, en Appletree. Sí, claro que le puedo dar la dirección.»

Eché atrás los hombros, haciéndolos rotar y contrayéndolos con la intención de acallar el viento estridente que azotaba en mis destrozados oídos. Lola se hizo cargo, aunque por su forma de arrugar constantemente la nariz también parecía angustiada. La peste a metal y cuero quemado probablemente resultara insoportable a su superior sentido del olfato.

18

El Día 33 continúa

—Tranquilita, baja esa cosita que llevas en la mano
—ordenó Brad con su extraña forma de hablar. Y a continuación, no de forma extraña, sino sumamente delibe-
rada, me apuntó a la cara con una nueve milímetros.

Paré en el camino de acceso a la casa, la aguja de hacer punto de Dorothy y mi flecha aún listas para ser utilizadas. Nos quedamos plantados allí, en un singular
punto muerto: yo, embarazada y jadeante, con mis armas a lo MacGyver; él, arrebujado en una americana
manchada de sangre y con un arma en ristre. Aunque
nuestra versión del clásico enfrentamiento distaba mucho de ser una película del Oeste en condiciones, cada
vez que me acuerdo pinto la escena con matojos que
avanzan rodando hacia ninguna parte y cruzan la línea
que nos separa.

¿Dónde están los putos polis?

Pero nada. No venía nadie.

Seguíamos allí plantados, sin movernos.

Más allá, por la furgoneta, se oyó una cacofonía de gritos, sin duda no el sonido que yo esperaba, como el del motor de la furgoneta. Lo que llegaba a mis oídos eran los agudos alaridos de Dorothy y después un coro de gritos masculinos más claro. Cometí el error de girar sobre mis talones para oír lo que estaba sucediendo al otro lado de los pinos.

—¡Boyd! ¡Boyd! Cógela, que se cae —oí decir a un hombre.

Deben de ser los polis.

Al dar tan viva muestra de vulnerabilidad, permití sin darme cuenta que Brad salvara la distancia que nos separaba. Me agarró por un costado, obligándome a tirar los recursos que sostenía en las manos, y me llevó a rastras, inclinada. El tacón de las zapatillas iba abriendo dos trincheras finas como el papel en la película de polvo del camino.

¡Qué perra tienen los hermanos con lo de llevarme a rastras de espaldas!

Brad contuvo la respiración mientras realizaba el esfuerzo sostenido de meterme en su VW escarabajo de dos puertas, un modelo antiguo color blanco perla. Me metió de un empujón, el arma en la sien. Y sin apartar el cañón de mi cara, se desplazó como los cangrejos hasta el motor del coche. La lluvia había llenado el parabrisas de manchurrones, y cuando dio la vuelta al coche, el filtro hizo que Brad pareciese una acuarela.

Me planteé abrir la puerta y tirarme por un terraplén cuando alcanzásemos los 25 kilómetros por hora, y habría probado suerte con la física de la velocidad y el movimiento descendente para lanzarme sin ningún percance, pero llevaba en mi cuerpo a un niño de ocho meses, y me había prometido que no se le despeinaría un solo cabello de su pelo en ciernes. De hecho, salir corriendo hacia Brad escasos minutos antes no era más que una estratagema para distraerlo y que Dorothy pudiera escapar: tenía pensado girar a la izquierda y echar a correr por la parte de tierra del largo camino de acceso con la esperanza de que los polis me interceptaran el paso. Pero Brad, veloz como una pantera, truncó mi engaño sacando el arma, que, sospecho, es la que fue a recuperar arriba, donde estaba su hermano.

Debería haberme llevado el arma.

Bajamos por una pista de tierra que discurría por el bosque, en la misma dirección que la cantera, y contigua a la senda estrecha, sinuosa, que mi captor me había obligado a enfilar escasos días antes.

El apático cielo ofrecía una lluvia poco entusiasta, pero los árboles impedían que la mayoría de las gotas alcanzara al coche. Yo miraba al frente, contando los robles que íbamos dejando atrás, los pinos que íbamos dejando atrás, el precioso abedul y un par de arbolitos jóvenes cuyo nombre desconocía. El bosque, a pesar de estar oscuro debido a los nubarrones, se hallaba en todo su esplendor con su profusión de hojas nuevas, hojas color lima y esmeralda. De haber estado al mando el sol ese día, estoy segura de que pinceladas de luz habrían acentuado las vivas tonalidades verdes y hecho bailotear las sombras en un bosque caleidoscópico, convirtiéndolo en un lugar mágico... para los que pudieran ver tales cosas.

Pero aquí me tenéis, describiendo la belleza de un bosque frío cuando en realidad estoy relatando un trayecto pavoroso. Sin embargo, lo cierto es que me paré a considerar cómo podría plasmar la escena en un cuadro y cómo podría reducir el juego de sombras a tonalidades grises y verdes oscuras y contrarrestarlas con toques de verde lima y amarillos sol. De manera que si parte de esta narración intenta transmitir cómo piensa en una situación así alguien que carece de emociones, no hago sino contar los hechos mentales y físicos tal y como eran.

El accidentado paso de los neumáticos por un riachuelo seco me hizo mirar hacia él. Brad tenía los orificios nasales dilatados, los ojos brillantes de tanto llorar, y del orificio de la cara le caían gotas de sangre que iban a parar a la americana de terciopelo. Cuando notó que lo miraba, gruñó y dijo:

—Zorra, hoy mismo saco a ese niño.

Fijé la vista al frente, concentrándome en los anillos negros de un abedul blanco y la forma en que complementaban las pequeñas hojas verdes y amarillas. El árbol me recordó a uno del bosquecillo que crecía detrás de mi casa, al árbol donde escondí a *Jackson Brown*. Ese recuerdo en ese preciso instante me dio la determinación de endurecerme aún más, desarrollar más fuerza incluso. Bajé llaves en mi cerebro con tanta brusquedad que aniquilé cualquier atisbo restante de miedo. Sí, la práctica que había llevado a cabo en mi celda me preparó para eso: para la desafortunada, inevitable realidad. Quizá cometiera un error de cálculo con respecto a los patrones de viaje de Brad, pero lo que no había dejado de hacer era no estar preparada para lo peor.

El abedul me permitió calibrar un firme dominio de mí misma, activar el modo guerrero. Me senté con la espalda más recta, como si me apoyase en el sólido tronco del árbol.

Brad, que al parecer esperaba que le suplicara clemencia, pegó un frenazo, y yo me doblé por la cintura y puse las manos deprisa en el salpicadero para no golpearme la cabeza. Sin embargo, me frenó el cinturón de seguridad, que me había abrochado. El bosque nos rodeaba, a excepción de la pista de tierra que teníamos detrás. Delante el camino seguía otros quince metros y finalizaba bruscamente en un montón de madera muerta que señalizaba la meta. No se podía continuar en coche, a no ser retrocediendo. Fin de trayecto.

—Ronny me dijo que eras una zorra fría. Te llamaba «zorra pirada». Una puta zorra pirada. Ah, me voy a llevar a tu hijo. Y pagarás por lo que hiciste. Ahora nadie sabe dónde estás, y nadie encontrará la salida que he tomado, zorrita pantera.

Qué elocuente. ¿Qué poema estás citando, Walt Whitman? ¿Qué salida? No hay salida. No dices más que gilipolleces. Tú solo has caído en una trampa. No sabes qué hacer. Veo el baileteo en tus nerviosos ojos. Idiota. Eres estúpido, tan estúpido como tu hermano. Ni siquiera desarrollaste un plan de emergencia para escapar si surgía algún imprevisto. Qué estupidez. Qué infantilidad.

—Sé lo que estás pensando, zorrita pantera. Piensas

que necesito al médico para que te saque a ese niño. Ja, ja, ja. —Se rio alegremente, y con su voz grave especial, patentada, añadió—: ¿Quién crees tú que rajaba a esas chicas antes de que apareciera? ¿Eh? ¡Yo, zorra! ¡Yo! Y mi hermano. Tengo todo lo que necesito en el maletero. Te sacaré al niño, te tiraré a la cantera y me iré de aquí sin que nadie me vea.

De acuerdo, puede que ahora esté diciendo la verdad. Puede que este sea el plan.

Fruncí la boca y puse cara de desaliento, dando a entender sin querer que estaba ligeramente impresionada con su estrategia. A punto estuve de decir: *touché*. Pero preferí aumentar la apuesta, subir a otro nivel nuestra partida de Crazy Poker.

—¿Sabes qué, Brad? Es un buen plan, sí, pero no creo que hoy te sientas con ánimos para ver más sangre —aseguré al tiempo que guiñaba despacio un ojo a modo de complemento perfecto de mi sonrisa pícara—. Me refiero a que ese agujero que tienes en la cara tiene muy mala pinta, te va a dejar una cicatriz fea en esa linda carita tuya, querido. —Y acto seguido le tiré un beso.

Llegados a este punto debo admitir una cosa. Es importante que lo haga. No quiero que os llevéis una impresión equivocada. No quiero que penséis que soy valiente por decir algo así. A decir verdad me divierte bastante ser mala. Es así, punto. Esto es lo que quería admitir ahora. Sinceramente, en mí hay cierta maldad, una noción que no puedo apagar del todo, una sensación de placer que se produce cuando alguien se incomoda en mi presencia. No se lo contéis a los médicos que hasta la fecha han coincidido en no tildarme de sociópata, por favor.

Debí de asustarlo —que es exactamente lo que pretendía—, ya que aunque jugando a las estatuas lo había pillado y se había quedado inmóvil, clavó la vista en mí, sin pestañear. Dejó de llorar, pero las lágrimas que ya había derramado le rodaron por la mejilla y, mezclándose con la sangre, formaron una babilla rosada que se concentró en la barba del mentón.

Querido Brad, tienes tan mala cara... Ji, ji, ji.

Seguía mirándome y mirándome. Las esporádicas gotas de lluvia tintineaban en el capó del coche, aquí y allá, el leve golpeteo prácticamente acallado por el ronroneo del motor. Por lo demás reinaba el silencio, ni siquiera la estatua de Brad decía nada. Tin. Rrr rrr. Silencio. Rrr rrr. Silencio. Tin.

¿Lo veis? Un hombre escalofriante, con la cara manchada de sangre, temblando, desenroscándose, mirándome con sus ojos saltones. Me despierta cuando estoy profundamente dormida, diecisiete años después. Pego un salto en la cama, el mundo aún ensombrecido por su causa. Me fijé en la hora que era en el reloj analógico del coche cuando paramos: las 13.14. A las 13.34 Brad seguía mirándome.

De manera que le sostuve la mirada.

Intenté asustarlo mirándolo con ferocidad, pero estoy segura de que si alguien se hubiera tropezado con nosotros en el bosque y a Brad no le hubiese agujereado la cara una flecha afilada de fabricación casera, habría pensado que estábamos a punto de enamorarnos, las pu-

pilas dilatadas y nosotros dos prácticamente sosteniendo una rosa entre los dientes, a juzgar por la intensidad
con la que nos mirábamos.

Dicen que mirar a los ojos a un animal es señal de
agresividad y una forma segura de invitarlo a atacar, pero
hacerle eso mismo a una cobra es una manera de amansarla, que es algo que había visto solo una semana antes
de que me secuestraran. La noche que mi madre descubrió que estaba embarazada y, por tanto, la noche antes
de que decidiera que me sometiese a un reconocimiento
médico, me escondí en su despacho y vi que visionaba
un vídeo de su bufete de abogados. Ella no sabía que yo
me encontraba allí, ni tampoco que estaba embarazada.
Esa sería la noche en que efectuaría la cruda revelación.

Mi madre, mi padre y yo acabábamos de terminar de
cenar, chuletas de cerdo fritas acompañadas de salsa de
manzana. Celebrábamos que mi madre había vuelto a
casa después de pasarse cuatro meses en Nueva York, trabajando en un proceso que, naturalmente, ganó. En la cocina, en nuestra mesa para cuatro personas, era difícil
saber quién ocupaba la cabecera. Así y todo escogí el rincón menos iluminado y me enfundé el gastado jersey de
la Marina de mi padre, que hacía cuatro meses, antes de
que se me empezara a notar el embarazo, me quedaba
enorme. Puesto que a esas alturas era materialmente imposible ocultar la verdad poniéndome ropa amplia, me
eché por encima un edredón verde y rosa, sorbiéndome
la nariz y haciendo como que tosía y afirmando que tenía doloridos los músculos.

Después de cenar me fui a mi habitación, terminé de

hacer algo de cálculo avanzado e inspeccioné mi redondez en un espejo de mi cuarto. Tras quitarme el jersey de la Marina de mi padre, bajé la escalera de puntillas y me escabullí sin hacer ruido en el despacho a oscuras de mi madre, que estaba trabajando allí. El resplandor del televisor la envolvía en una luz azul eléctrica, sentada en una de sus sillas tipo trono de Drácula. Se hallaba inmersa en la burbuja de luz que emitía el televisor, y yo me encontraba fuera de esa burbuja, bien oculta entre las sombras que proyectaban las estanterías de caoba y los paneles de madera, asimismo de caoba, que revestían el despacho.

En el pasado me había metido en ese mismo rincón en sombra para estudiar los pensamientos íntimos de mi madre y también para recabar datos sobre cómo reaccionar —reaccionar de manera creíble— a determinadas situaciones sociales, dado que allí era donde a veces veía películas que mi padre consideraba «de chicas». Siempre que Patrick Swayze se fundía en el intenso beso de Demi Moore en *Ghost*, mi madre se llevaba las manos al cuello, se acariciaba la piel y empezaba a respirar profundamente. Me figuré que eso era lo que yo debía hacer cuando me besara Lenny, y así lo hice. Dio la impresión de que Lenny apreciaba el gesto, de manera que me permitía expresar momentos de dicha cuando mis sentidos físicos se encendían con los apasionados abrazos de Lenny.

En esa ocasión en particular en que la espiaba, mi madre no estaba viendo una película, sino más bien las imágenes sin montar de un programa de televisión de animales: el cliente de mi madre, y propietario de los derechos, era un conglomerado del megaentretenimiento. El programa, el canal, el productor, por favor, todo el mundo había sido demandado por los herederos de un experto en fauna que gozaba de cierta fama. Este hombre, según se alegaba en la demanda de muerte por negligencia, fue «presionado, incitado y amenazado» para que se acercara a una cobra durante un malhadado viaje a los exuberantes canales de la India.

Mi madre estaba sentada en su despacho, viendo el vídeo del incidente. Nuestro tarzán se pone en marcha, con sus botas perfectas de tarzán y sus pantalones caqui con raya y su chaleco con profusión de bolsillos y demás, todo lo cual estaba grabado, el material en estado puro, sin editar. Mi madre se echó hacia delante en su silla, dejando de tomar notas, cuando el experto se tumbó boca abajo entre la hierba alta de la India para mirar a los ojos a una cobra arqueada e hipnotizada. Los separaba un metro y medio de distancia. Mi madre consultó su reloj de cuco antiguo, anotó la hora que era y siguió estudiando a la estrella televisiva de su cliente momentos antes de que muriera. Mi madre se llevó una mano a la boca y empezó a darse unos golpecitos con un dedo en los dientes, como si estuviera nerviosa, y sé, porque lo sé, que sus labios dibujaron una leve sonrisa, sencillamente entusiasmada con las expectativas. En ese momento pensé que mi madre se había resignado al poder supremo de la muerte, de manera que también yo acepté la muerte como un hecho. Sin embargo, no me permití sentir el placer que parecía sentir ella al presenciar el carácter irreversible de la muerte. Me pasé una mano con suavidad por la barriga, calmando al niño que llevaba dentro.

El hombre del vídeo estuvo mirando fijamente a la serpiente mucho tiempo, un cálculo que no es sino una estimación aproximada, puesto que a mi madre le aburrió la espera y empezó a pasar deprisa la cinta. *Play*. Avance. Salto. Rebobinado. Rápido. *Stop*. *Play*. Un movimiento repentino de la cobra hizo que la estrella de la jungla también hiciese un movimiento repentino, si bien no dejó de mirar a la serpiente. La cobra reculó despacio en un principio, bajando la cabeza, pero después se echó hacia atrás deprisa y, curiosamente, emitiendo un extraño y veloz silbido, desapareció debajo de su piedra. Justo entonces un tigre saltó fuera de cámara y apareció en la imagen, aterrizando en la espalda de nuestro hombre e hincándole los dientes en el cuello.

Mi madre pegó un respingo en la silla; las notas y la pluma cayeron al suelo. «Pero qué rayos...»

Viendo cómo presenciaba mi madre el ataque, parpadeé unas cuantas veces, como es habitual para humedecer los ojos cuando se ve un programa de televisión. Consulté el reloj, pensando que disponía de veinte minutos más antes de decidir qué ropa me pondría para ir al instituto y meterme en la cama.

El tigre, que se tomó su tiempo relamiéndose, destripó a nuestro tarzán: el truculento espectáculo quedó grabado en el vídeo, ya que el cámara soltó la cámara sin pararla y, como es evidente, salió pitando de allí.

«Qué animal más bello», comentó mi madre, hundiéndose en su asiento de piel.

Yo salí de las sombras.

—¿Cómo dices, mamá? —pregunté.

Ella se agarró a la silla, inmovilizando los codos cuando apoyó las manos en los brazos del asiento para mayor seguridad.

—¡Lisa! ¡Por el amor de Dios! ¡¿Se puede saber qué haces aquí?! Me has dado un susto de muerte. ¿Has estado ahí todo el tiempo?

—Sí.

—Me cago en la mar, Lisa. No me puedes hacer esto. Me cago en... Casi me da un ataque al corazón.

—Ah. Bueno, yo, no pretendía asustarte. Solo le estaba dando vueltas a lo que has dicho.

—No sé... ¿qué?

Aturdida, miró al suelo y se agachó para recoger los papeles y la pluma, parando después de coger cada cosa para sacudir la cabeza, señal de que estaba confusa, perpleja y enfadada conmigo.

—¿Has dicho «qué animal más bello»?

—Supongo que sí, Lisa —accedió, exasperada, pero con pasmo en la voz. Volvió a sentarse en el borde de la silla mientras me miraba de arriba abajo—. ¿Qué importancia tiene? —inquirió, mirándome el cuerpo con más atención.

—Bueno, me preguntaba qué o quién es ese animal bello del vídeo, nada más. ¿El hombre, la cobra o el tigre?

—El ti, el ti...gre. —La voz le tembló al alargar la palabra. Entrecerró los ojos, dirigiéndolos hacia mi cintura, abultada con la camisa blanca ceñida que llevaba puesta. Me puse tiesa como una bailarina a la espera de que pasara revista el *Premier Maître de ballet*. Echando atrás los hombros para adoptar una postura más perfecta, levanté la barbilla, como si el orgullo triunfara sobre la crítica.

—Pero el tigre mató al hombre. ¿Te parece bello?

—Mató al hombre, sí, pero el hombre entró en su territorio.

Mi madre se fijó en lo abultado de mi torso y en la bajada hacia la pelvis. Me acerqué a ella y a la burbuja azul. Un haz de luz lateral sirvió de improvisado foco, y la verdad se impuso en la habitación. Ya no era posible seguir negándolo.

Vacilante y con voz insegura, si bien continuando con su precisa respuesta —puesto que mi madre era reacia a abandonar el hilo de sus pensamientos—, continuó:

—Es bello por lo astuto de su estrategia y por su capacidad de insuflar miedo a la cobra.

Me erguí cuando ella me palpó el hinchado vientre.

Me sentí como un tigre cuando ella se puso de rodillas.

¿Era mi madre la cobra y la distancia de seguridad que nos separaba el hombre que había sido atacado?

Quizá la analogía sea demasiado forzada. O demasiado cierta. Así y todo no era mi intención amansarla, como tampoco lo era hacerle daño. No quería causarle ningún dolor a mi madre. Aunque supongo que esa es mi naturaleza: su debilidad, su punto débil y, por tanto, los míos.

Hasta que no me vi atrapada en el VW con Brad mirándome fijamente no fui consciente del daño que le había hecho a mi madre. Era distante, cierto, también ella se comportaba con frialdad. Nos parecíamos, creo. Aunque, que yo sepa, de mi madre nunca han dicho que sea un bicho raro psicológicamente hablando, y ella llora y cierra el puño cuando se enfada. Así que no creo que las emociones le supongan un desafío o un don desde el punto de vista de la medicina, como me sucede a mí. Todo lo que sé de su pasado es que tiene un pasado y que no podemos hablar de sus padres. Tengo una abuela, eso es todo: Nana, mi bondadoso fantasma literario.

Pese a sus altos muros y sus vastas fronteras, lo cierto es que mi madre procuraba tratarme con respeto.

No fue ese mi caso.

Mientras miraba a Brad decidí esforzarme más con mi madre. Ella no era la causa de la distancia que existía entre nosotras, sino yo. Tendría que habérselo dicho antes. Tendría que haber compartido mi embarazo, no para dejar al descubierto un aspecto vulnerable, sino para unirme a ella.

Cuando al poner la mano en mi palpitante barriga la asaltó la realidad del inminente hecho de que iba a ser abuela, mi madre probablemente concluyese que gritar no conduciría a nada. Probó un par de veces cuando yo era pequeña, y ninguna de ellas entendí yo lo que significaban las voces, así que me limité a echarme a reír, porque eso era lo que hacía la gente cuando se armaba jaleo en los programas de televisión que le gustaban a mi padre. Así que la noche de su descubrimiento, mi madre señaló la puerta para indicarme que me fuera y la dejase a solas. Cuando me levanté a la mañana siguiente, descansada y despeinada, la encontré en su despacho, con la misma ropa de la noche anterior, una pierna sobre un brazo de la silla y un zapato de tacón colgando del dedo gordo del pie. En la alfombra persa había tiradas dos botellas del mejor vino de mis padres. Mi padre estaba sentado en el suelo, a lo indio, enfrente de ella, la cabeza entre sus musculosas manos.

Mirar fijamente a una cobra la puede amansar, si se hace correctamente, así que seguía mirando al escalofriante Brad en el asiento delantero del maldito VW, en medio de un bosque de Indiana, atascados en el demente plan de Brad de matarme y robarme a mi hijo. Continuamos mirándonos, los minutos continuaron pasando, la lluvia continuó repiqueteando en el parabrisas, en el techo, tap, tap, tap.

Entonces Brad se volvió más escalofriante incluso.

—Panthertown.

Y dale con lo de pantera.

—Ay, querida mía, eres una panterita salvaje, con garras. Qué razón tienes. —Brad soltó una risita mientras se llevaba un pañuelo blanco que se sacó del arrugado bolsillo de la camisa a la sangre que le goteaba por la barbilla. Con la otra mano se quitó un hilito de la americana—. Mariposita, uy, quería decir panterita, mira qué pinta llevo. Qué desastre —afirmó con una voz cantarina, como de debutante, que bajó un centenar de octavas cuando se inclinó deprisa y aulló—: Puta asquerosa. Mi chaqueta es un puto asco. —Se retrepó riendo tontamente—. Ejem.

No volverás a disfrutar ni un solo segundo de tu vida por haberme llamado así.

19

Agente especial Roger Liu

Lola dio unas instrucciones aceleradas a los paramédicos sobre el jefe de policía y su ayudante, enseñó la identificación y me indicó por señas que hiciese lo mismo. El ruido persistía en mis oídos, imponiéndose a las voces de todo el mundo. La mujer de la bata que empujaba el carrito de la compra y había recuperado mi teléfono echó a andar hacia el otro extremo del centro comercial y se inclinó sobre un cubo de la basura, ajena a las sirenas y los gritos y el fuego y el humo que la rodeaban. Qué maravilla no existir en esta dimensión, pensé.

Lola guio mis pasos en falso, como si fuese un borracho al que hubiera rematado el último trago de la noche, hacia la F-150 de la vikinga. Mientras Lola metía primera, segunda, tercera y cuarta, vi que asomaba la nariz por la ventanilla del conductor como para orientarse por el olfato. Por extraño que pudiera parecer, ver así a Lola dio lugar a un vasto vacío, una ausencia de sonido prácticamente absoluta, que sustituyó el pitido de mis oídos. No me dejé llevar por el pánico. Permití que me invadiese el alivio y, al hacerlo, fui consciente de que mi vista se había vuelto a agudizar, era más aguda incluso que antes.

¿He mencionado que a principios de mi carrera me entrenaron para ser tirador de élite? ¿He mencionado que tengo una agudeza visual superior al 100%? Lola y yo juntos éramos un auténtico superhéroe de la vista y el olfato. Probablemente por eso nos emparejara la Agencia. De manera que sin la distracción que suponía el sonido, podría haber visto Tejas si no hubiera de por medio colinas y edificios.

Lola encorvó la espalda y arrugó la nariz como si le fastidiara enormemente estar viva. Yo intenté centrarme en cualquier cosa que no fuera el silencio, leyendo los letreros de los establecimientos y restaurantes solitarios por los que íbamos pasando en línea recta por la carretera recta. Nos acompañaba una lluvia molesta, fría, de esa que no se decide a parar o caer. Una lluvia melancólica. Aunque era mediodía, la oscuridad del cielo recordaba a la noche.

Un buzón con una bocaza como la de un róbalo me trajo a la memoria el barrio de mi niñez, pero, como de costumbre, todos los casos en los que trabajaba me traían a la memoria la infancia. Dada mi posible hipertimesia, que por lo general controlaba bastante bien —a diferencia de otros que padecían de verdadera hipertimesia—, mi «memoria excepcional» se hizo con el mando, y volví a ser esclavo de escenas que odiaba recordar. La repetición de un día en particular invadió mis pensamientos, una espiral cíclica en la que caía a menudo en mi vida. Está bien, descubramos el pastel, creo que os voy a contar un secretillo que os he ocultado hasta ahora. Ya os dije antes que decidí entrar en el FBI para «complacer a mis padres» o mantener a mi novia de la facultad devenida en prometida, pero cuando dieron comienzo estas memorias duales no nos conocíamos bien.

Cuando cumplí trece años, mi padre consiguió un empleo de planificador de centrales eléctricas para un gran grupo constructor en Chicago. Cambiamos los lujos de Buffalo por un chalé de ladrillo en un barrio residencial a unos veinte minutos al oeste del centro de Chicago llamado Riverside. Riverside está lleno de obras maestras de Frank Lloyd Wright, pájaros apacibles y árboles imponentes, calles tranquilas y una heladería adictiva llamada Grumpies.

Riverside es obra del mismo caballero que diseñó Central Park, Frederick Law Olmstead. Olmstead soñaba con crear un lugar donde desde cada casa se pudiera ver un parque. Por tanto las calles de Riverside son nudos entrelazados, circulares, interrumpidos por cuñas de pequeños cuadros de césped y parques a gran escala, como Turtle Park, donde se puede ver una tortuga de cemento pintada de verde.

Cuando era pequeño, debido a su diseño, los agentes inmobiliarios afirmaban que en Riverside no había mucha delincuencia: el laberinto de calles hacía que los atracadores no lo tuvieran muy fácil a la hora de huir. Si uno delinquía en Riverside, más le valía conocer la configuración del terreno, las vueltas de esas calles con forma de *pretzel* y los engañosos y sinuosos parques. Más le valía ser de allí.

Turtle Park estaba en medio de todo, rodeado de calles y más calles nudosas, como el centro de una corona hecha con ramas de parra. Fue allí donde algo muy significativo puso de manifiesto mi don, mi buena vista. Cuando digo significativo, me refiero a un suceso tan importante que da un giro a tu vida, se apodera de las emociones y los miedos arraigados, los coge y los saca fuera, engendrando otros miedos que jamás creíste posible, que después pasan a ser como una corriente submarina continua, la sintonía de cada minuto que uno pasa despierto.

Este suceso en concreto también instiló en mis padres la idea que les sobrevino a continuación: el deseo de que entrara en la Policía. Durante el resto de mi infancia, la adolescencia y la universidad, sin embargo, me defendí enterrando ese día a base de escribir comedias, crear tiras cómicas y actuar en obras de teatro.

Así y todo al término de mi último año en la facultad, el sacerdote jesuita de St. John's con el que jugaba al ajedrez me convenció de que hiciera frente a mis temores. Siguiendo su divino consejo a rajatabla, hice la cosa más drástica posible: pasé a formar parte precisamente de la sección cuyo recuerdo me perseguía desde hacía tanto tiempo: secuestros.

Allí estábamos nosotros: mi madre; mi padre; mi hermano, de ocho años, Reese, al que nunca llamábamos

Reese —lo llamábamos Mozi— y yo, que tenía trece años. Era un día de julio despejado, de un azul vivo, sin viento y caluroso, así que mis padres nos llevaron del chalé a Grumpies a comer un helado. Un paseo de unas ocho manzanas. Cuando volvíamos a casa hicimos una parada a medio camino en Turtle Park.

Mozi y yo ya nos habíamos recorrido el barrio en bici y corriendo, veinte veces, a veces con la canguro de día. Con mi fastidiosa memoria autobiográfica, había conceptualizado mentalmente cada centímetro cuadrado en maquetas tridimensionales. Sabía que la mansión de Frank Lloyd, la que se alza en una esquina de Turtle Park y parece una nave espacial rectangular, se hallaba a unos ochocientos metros de nuestra casa. Sabía que la piedra del tamaño de un balón de baloncesto que había junto al camino de acceso tenía diez marcas en la parte superior. Sabía que cinco viviendas de estilo victoriano, tres mansiones de piedra, dos casoplones de nueva construcción, una vivienda al estilo de las de Cape Cod, una con mansarda y un rancho destartalado rodeaban Turtle Park. La distancia que había entre casa y casa permitía que Mozi y yo echáramos carreras, todas las cuales podría haber ganado fácilmente, pero perdía de cuando en cuando para proporcionar a mi hermano pequeño, cuatroojos con gafas de culo de vaso, bajito, un mínimo de amor propio. Quería a Mozi. Qué poquito pesaba. Mi madre lo llamaba «bobito». Hacía reír a todo el mundo. Todo el mundo decía que acabaría siendo humorista.

Yo nunca sería como Mozi, y él nunca sería como yo. Pero, ay, cómo intenté imitar sus primeros años, resucitar para todos nosotros al niño dulce y risueño que fue en su día, hacía tanto tiempo.

Teníamos nuestro helado, que ahora goteaba por el cucurucho y se escurría por la muñeca, y nos instalamos como una familia de patos graznadores a la orilla de un lago, solo que nuestro lago era la tortuga de cemento de Turtle Park. Tras tirar a una papelera lo que le quedaba del reblandecido barquillo, Mozi propuso: «Vamos a jugar al escondite. Tú te la quedas, papá.» Y echó a correr y yo eché a correr y a nuestra madre le costó mantener el equilibrio cuando se levantó para sumarse a la diversión. Mi padre tiró su cucurucho asimismo a la papelera y repuso: «Muy bien», y cruzó los brazos y se tapó con ellos los ojos.

Entre Turtle Park y otro parque grande que incluía un campo de béisbol, una carretera con forma de U establecía una línea divisoria festoneada de pinos y robles. Mozi cruzó como un rayo la carretera en U y llegó al extremo del segundo parque, mientras que yo me quedé en el primero y me subí a un árbol para ocultarme entre la exuberante fronda. Veía perfectamente a Mozi, que se metió en una mata a unos doscientos metros.

En paralelo al segundo parque serpenteaba otra carretera, un estrecho lazo negro que contrastaba con el verde del herboso campo. Mozi se escondió a poco más de medio metro de esa carretera, con lo cual resultaba visible a los conductores, pero invisible a un padre que contaba con los ojos cerrados y a una madre que estaba oculta en unos columpios, bajo un tobogán, y miraba hacia el otro lado. Y aunque hubiesen estado mirando hacia Mozi, dudo que la vista les hubiera llegado tan lejos. Sin embargo, no era ese mi caso. Por aquel entonces no tenía conciencia de ser distinto, pensaba que veía lo que veían los demás.

Un Datsun marrón que estaba aparcado a unos diez metros de mi hermano empezó a bajar despacio por el borde del parque hacia el escondite de Mozi. La matrícula, que yo veía perfectamente, me resultó fuera de lugar de inmediato, pero familiar en el acto: Idaho, XXY56790. El oculista al que llamaron a testificar en el juicio para que corroborara mi declaración dijo que la mayoría de la gente puede ver lo que pone en una matrícula «a una distancia de entre tres y cuatro coches». Y si bien el árbol al que me había encaramado se hallaba a unos «cuarenta coches de distancia», mi «agudeza visual» era «mejor que la mejor de que se tiene constancia y prácticamente imposible de medir». El dato sirvió para que los abogados de la defensa refutaran mi testimonio, alegando que era imposible que hubiera visto la matrícula desde tan lejos. «Es evidente que ha sido aleccionado», adujeron. También protestaron cuando dije lo que había visto decir al conductor del Datsun.

Cuando el coche llegó hasta donde estaba Mozi, las puertas del conductor y de uno de los pasajeros se abrieron. Dos hombres vestidos de chándal, uno rojo y otro negro, se bajaron. El conductor permaneció junto a la puerta abierta para ver si había alguien mirando; no había nadie, a excepción de mí mismo, invisible en el árbol. El otro, el del chándal negro, se acercó a Mozi, lo sacó del arbusto y echó a correr con él debajo del brazo, tapándole con fuerza la boca. Lo metió en el asiento de atrás del Datsun y se subió a su lado, sin quitarle la mano, para que no gritara. El conductor dijo (le leí los labios): «Medianoche.» Y salieron disparados.

Me bajé del árbol de un salto, aterrizando sobre los dos pies, las rodillas doblándose bajo mi peso. Eché a correr como pude a toda velocidad, gritando a mis padres, que estaban a mis espaldas, ajenos a lo que había sucedido: «Mozi. Se han llevado a Mozi. Se han llevado a Mozi. Se han llevado a Mozi.»

Sin esperar a que me alcanzaran o me entendiesen, seguí corriendo y seguí chillando: «Se han llevado a Mozi. Se han llevado a Mozi.» No tenía tiempo para pararme a explicar que había visto antes el Datsun en el que lo habían metido, que sabía cuántas ventanas y puertas tenía la casa delante de la que solía estar aparcado, de manera tan inofensiva.

Estoy casi seguro de que no respiré durante las cuatro manzanas que me separaban de nuestra casa. Abrí de golpe la puerta lateral, utilizando la llave que mis padres tenían escondida debajo del felpudo, bajé en picado la escalera que llevaba al sótano, cogí mi pistola de aire comprimido y una caja de balines, salí volando fuera y tiré el arma y la munición al otro lado de la valla del patio del colegio que había junto a nuestra casa y a continuación salté yo. Oí que mis padres, a una manzana, me llamaban, pero no llegaron a verme saltar la valla, y yo no me detuve un solo segundo para dejar que me dieran alcance.

Di la vuelta al colegio, crucé el patio y bajé y dejé, dejé

y dejé varias calles sinuosas, bordeadas de árboles hasta llegar a las afueras, donde en lugar de los chalés acomodados, la nave espacial de Lloyd Wright y las casas victorianas del centro se alzaban casas de dos plantas y pequeños ranchos. Nuestra niñera nos había llevado de paseo a ese sitio tres veces, porque su novio vivía en esa zona en particular.

Me topé con un callejón sin salida de tres casas de dos plantas dispuestas en semicírculo en torno a una medialuna de hierba central, que los vehículos rodeaban y los niños recorrían con sus cochecitos de juguete trazando un círculo perfecto. El garaje donde vivía el novio de la niñera se hallaba dos calles más allá, y para llegar hasta allí dejaría de ver la casa que necesitaba vigilar, dado lo sinuoso de las calles y las copas de los robles y los sicomoros, que se unían formando un entramado impenetrable. Curiosamente en la distancia que había que salvar hasta llegar al callejón sin salida no había nada, ni casas con una línea clara de tiro hasta el objetivo ni casas en o al final de la recta que desembocaba allí. Y un solar vacío con una construcción abandonada me separaba más aún del lugar al que quería llegar para pedir ayuda. El sitio hacia el que me había dirigido era un lugar extraño, apartado, muy diferente de la aglomeración de viviendas del resto del barrio. Las tres casas del callejón sin salida constituían un trío arquitectónico, a todas luces construido por el mismo promotor. Una casa, un dúplex blanco, parecía desierta, a juzgar por los periódicos que se acumulaban. Otra, blanca con el tejado marrón, anunciaba a voz en grito que se hallaba desocupada, pues se veían perfectamente el salón vacío, dada la falta de cortinas, y el césped sin cortar. El precinto amarillo que rodeaba la ausente escalera confirmaba más si cabe el abandono de la propiedad. La tercera vivienda, la de la izquierda, pintada de azulón descascarillado con las contraventanas blancas, daba la impresión de no estar habitada, a excepción del Datsun marrón de la entrada. Exactamente donde lo había visto durante uno de nuestros paseos. La misma matrícula: Idaho XXY56790. La puerta con mosquitera de la azulona vivienda de dos plantas se cerraba despacio, segundos antes había sido abierta y franqueada.

Estadísticamente hablando, a casi todas las víctimas de un secuestro se las oculta o su cadáver aparece a escasos kilómetros de donde las raptaron.

Un dilema: por una parte, no podía entrar en la casa, por miedo de que los dos hombres adultos me placaran y me cogieran también a mí. Además, me preocupaba que pudiera haber más hombres dentro. Por otra parte, no me atrevía a apartar los ojos de la casa, no fueran a decidir huir con mi querido Mozi. Albergaba la pobre esperanza de que la referencia a «medianoche» significase que tenían pensado marcharse a medianoche, momento ese en el que yo estaría listo para tenderles una emboscada. Tenía una alternativa: tendría que esperar escondido en el sicomoro que crecía frente a la casa, apuntar con mi arma a las salidas lateral y frontal y abrir fuego en cuanto llegara la medianoche y ellos se fueran a marchar.

Solo era mediodía.

Solo Dios sabe lo que tendría que soportar Mozi dentro.

Ese día en el árbol. Ay, ese día en el árbol.

Si al leer esto le estáis dando vueltas a la cabeza, le estáis gritando a la página que hay otra forma de salir de este lío, una solución más sencilla y obvia, me alegro por vosotros. Yo tenía trece años, no sabía tanto como vosotros de la vida.

Subí por el tronco deprisa, la pistola colgando a la espalda, los balines en el bolsillo. A unos tres metros una rama recta, perfecta, una rama que Dios tenía prevista para afianzar un columpio, me permitió levantar una pierna y luego la otra. Me senté en la bendita, gruesa rama y me apoyé de lado en el tronco, sujetándome a otra rama más pequeña, torcida, de arriba para mantener el equilibrio. Y esperé. Y esperé.

De vez en cuando tenía que mover el trasero, nalga izquierda, nalga derecha, izquierda, derecha, para que la sangre volviera a la hormigueante carne. Después los pies, las piernas, los brazos y las manos, la misma operación. Ese día la mayor lucha que libré consistió en mantener despiertos mis músculos en tan reducido espacio. Como francotirador principiante, pero que aprendía deprisa, sin embargo, averigüé cómo aumentar el flujo de sangre con la más sencilla de las maniobras, y practiqué la puntería y el tiro sin tener que estabilizarme. Cuando anocheció, me gradué en Tirador experto en un árbol. También me convertí en ornitólogo, un observador docto de las idas y venidas de una madre cardenal que daba de comer a sus polluelos en un nido situado a un metro y medio de mí, en una rama cubierta de hojas. En un momento determinado sentí celos de su pequeña familia a salvo, que comía lombrices y gorjeaba de manera jactanciosa, gritando a los cuatro vientos lo libre del mal que se sentía. Cómodos y calentitos en su pequeño, pequeñísimo hogar fabricado con ramitas, asomaban la cabeza de bola de chicle y se movían arriba y abajo, al parecer instándome a reír con sus gorgoritos. Es posible que los apuntara con mi arma, enfadado con su felicidad. Pero me lo pensé dos veces antes de cometer semejante sinsentido y concentré mi odio en el hombre del chándal negro y en el del chándal rojo.

A alrededor de la hora de cenar, vi señales de actividad en el piso del novio de mi niñera. Mis padres llegaron y, armando un buen alboroto, en medio de muchos abrazos y llanto, se reunieron con mi niñera y su novio, y todos ellos encendieron velas y cogieron linternas. No logré oír nada de lo que dijeron, tan solo puertas que se cerraban y se abrían, así que no grité pidiendo ayuda, y no estaba dispuesto a dejar a Mozi ni un solo instante. Por si acaso. ¿Y si cogían el coche y se iban? *¿Y si se marchan y no lo volvemos a ver?* Tenía que seguir donde estaba, pensé.

Ahora, con la distancia que proporciona el tiempo y con mayor sentido común, sé que podría haber hecho un millón de cosas. No pasa un solo día que no me regañe por lo mal que resolví el problema ese día.

Algún tiempo después de la cena, un enorme coche verde metalizado dio la vuelta al círculo. El conductor, un anciano, giraba el volante despacio, cantando abiertamente una canción para sí y completamente ajeno al muchacho que estaba encaramado al árbol encima de él.

Una ardilla se acercó demasiado hasta que la espanté para que se fuera.

La oscuridad aumentó, y se encendieron las farolas. En el callejón sin salida había una farola a la derecha, que daba una luz como de vieja calle londinense, tiempo atrás, cuando las velas regían el mundo. La luna era un paréntesis inútil, la luz que arrojaba apenas servía para que uno pudiera atarse los zapatos. Las piernas se me habían dormido por décima vez, y empecé a sacudirlas, con cuidado, agarrándome bien a la rama de encima. Me había resignado a no sentir el trasero hacía horas.

En torno a las diez vislumbré a Chándal Negro y Chándal Rojo a través de las cortinas medio echadas de la ventana del salón que espiaba. Chándal Negro atravesó el salón y salió a un pasillo contiguo, y Chándal Rojo fue detrás, llevaba una mochila. Fueron de un lado a otro los dos, de un lado a otro con bolsas y papeles y cosas. Estaban recogiendo y preparándose. Busqué y busqué a Mozi, pero no lo vi. Con las luces de la casa encendidas, todo lo que había dentro y alrededor resultaba visible, como una estrella solitaria en un cielo negro. El contraste hacía que ver a los objetivos resultara sencillo.

Aunque estuve esperando nada menos que doce horas, vigilando y sin perder de vista la espantosa casa azul, me tensé del susto cuando la puerta lateral finalmente se abrió y salió Chándal Negro, con una mochila colgando de cualquier manera del hombro izquierdo y una bolsa de viaje en la mano derecha. Examinó el perímetro del jardín delantero en busca de algún enemigo escondido tras las matas. Mi reloj digital de G.I. Joe marcaba las

00.02. Acto seguido me tapé la boca para no gritar con lo que vino a continuación.

Mozi, andando torpemente y demasiado sumiso, pues caminaba tranquilamente detrás de Chándal Negro, salió por la puerta lateral, Chándal Rojo empujándolo para que se diera prisa. Los hombros caídos de mi hermano me dijeron que lo habían drogado a base de bien. Los tres iban en fila india hacia el Datsun, de cara al mundo parecían hermanos refugiados, una familia extraña, disfuncional, que se disponía a cruzar la frontera al amparo de la noche.

Levanté el arma, apunté al ojo derecho a Chándal Negro y disparé. Di en el blanco. Le di de lleno. Cayó de rodillas en el camino, pegando alaridos. Chándal Rojo cogió a Mozi como para usarlo de escudo humano, pero mi hermano era tan bajito que el torso y la cabeza del conductor, aunque gacha, quedaban bien a la vista. Disparé de nuevo, esta vez al ojo izquierdo de Chándal Rojo. Di en el blanco. También le di de lleno.

—¡Mozi! ¡Mozi! ¡Corre, ven! ¡Ven conmigo! ¡Corre, Mozi! —chillé mientras bajaba del árbol. La segunda vez que saltaba de un árbol ese día. Esta vez mis dormidas piernas me fallaron, y al aterrizar el arma se me soltó. Pero la adrenalina... ay, la adrenalina, qué gran amiga. Luchando contra el instinto de sucumbir a la debilitante quemazón que sentía en las piernas, me puse de pie, tambaleándome, cogí el arma y apunté nuevamente a los hombres, que aullaban ante la casa.

—¡Mozi, Mozi, corre, hermanito!

Pero daba la impresión de que Mozi estaba demasiado drogado y disperso. Avanzó vacilante, como si me viera, siguió titubeando. Estaba a menos de medio metro de Chándal Negro y Chándal Rojo. Tenía que acercarme.

Echando a andar como un soldado resuelto y sanguinario que se aproximara a un enemigo desarmado, amartillé el arma y, con ella en ristre, no hice advertencia alguna. Volví a disparar, dando a un brazo aquí, a una pierna allá, cualquier parte vulnerable a mis disparos. Ellos se retorcieron de dolor bajo mi poder. Uno de ellos se volvió hacia mí de lado, de manera que apunté a la oreja y le metí un balín por el oído. Estoy seguro de que ese disparo le dolió más incluso que el del ojo. O quizá no. Pero a quién le importa.

—Mozi, ven comigo, ¡ahora! —chillé.

A mis espaldas por fin alguien se dio cuenta de que algo iba mal.

—¿Qué demonios pasa ahí? —gritó una mujer detrás de mí.

—¡Llame a la policía! —pedí—. ¡Llame a la policía!

Más adelante me enteré de que había salido a pasear a su caniche y su collie.

Los dos hombres se dirigieron deprisa al Datsun, cojeando, y sin tan siquiera cerrar las puertas antes de recoger sus cosas, salieron del camino, salieron del callejón sin salida y salieron de la ciudad. La policía cogió a los dos idiotas en un fallido tiroteo en un MacDonald's en la cercana ciudad de Cicero.

Mozi se cayó en la hierba, y yo corrí con él y lo abracé. No sabía lo que estaba pasando. Esa noche. Afortunadamente esa noche Mozi durmió ajeno a todo, gracias a las pastillas que le dieron los médicos.

Mi hermano no ha hablado nunca del día que pasó con esos cerdos asquerosos. Jamás ha contado lo que pasó en esa casa. Pero Mozi no volvió a ponerse la graciosa capa roja. No volvió a cantar una canción graciosa. Estoy seguro de que no lo he visto sonreír en todos estos años. Después de su segundo intento de suicidio y de su tercer fracaso matrimonial, Mozi se fue a vivir con mis padres y se negó a volver a poner un pie en su sótano, en ningún sótano.

En una ocasión me llevé a Mozi de viaje a Montana para pescar con mosca, con la esperanza de extraerle el veneno que le corría por las venas. Lo único que hizo fue pescar. Y una noche oí que lloraba en su tienda. No quería que se sintiera violento, así que me quedé fuera sin poder hacer nada, dando vueltas alrededor del fuego que habíamos encendido, mirando las llamas como lo suelo hacer, mordiéndome las uñas de los pulgares, sin saber qué medidas tomar. Recé para que la cremallera bajara y él saliera en mi busca y me hablara. Quería entrar a toda costa en esa tienda de campaña y abrazarlo. Hacer que olvidara los malos recuerdos. Pero no salió.

A día de hoy aún se me parte el corazón cuando Mozi entra en un cuarto en zapatillas, tras él una inmensidad que le chupa cualquier energía que pudiera tener. Sus ojeras, sus párpados caídos, son las señales de las noches que se pasa en vela.

Así que cazo. Cazo a esos don nadie deplorables, despreciables, esos pedazos de carne vacíos que no merecen nada, esos demonios que se llevan a niños y merecen menos de lo que le daríamos a una rata rabiosa.

Mis padres se fijaron su siguiente objetivo, una esperanza implacable de que a sus hijos no se los volviera a llevar nadie, una responsabilidad que depositaron en mí. Me llevaron a rastras al campo de tiro, insistieron en que me dedicara al tiro con arco. En sueños me susurraban que me preparara para entrar en la Policía. Yo debía cumplir su deseo, era su forma de enfrentarse al horror. El don de mi vista había sido desvelado, y me convertí en la persona con más récords regionales en blancos hechos con tiro con arco y en partir en dos la primera flecha con una segunda.

Pero bueno, qué más da.

Lo que quiero decir es que puedo efectuar cualquier disparo. Cualquier puñetero disparo.

En un primer momento los del FBI intentaron imponerme el programa de francotiradores, pero yo insistí en secuestros. O bien se ablandaron ante mi perseverancia o se pusieron de acuerdo para no darse cuenta voluntariamente de que los test psicológicos advertían de lo contrario. Al final me asignaron a Lola de compañera o problema, según se mire. Yo, sin duda, dije problema cuando la conocí, pero poco después vi en ella a una compañera en todos los sentidos.

De manera que mientras Lola y yo atravesábamos el centro del llano estado de Indiana en una F-150 prestada, y mientras mi vista se agudizaba y mi oído se apagaba, puse la mira en disparar a alguien ese día. Todo el que se llevaba a un niño y se mofaba de mí, también se llevaba a Mozi, asustaba a Mozi, le arrebataba su humor una y otra vez. Y a mi modo de ver, todos y cada uno de ellos debían sufrir un dolor terrible y una humillación insoportable.

Giramos allí donde la propietaria de la *pickup* que llevábamos nos había dicho que girásemos. Los neumáticos, aptos para todas las estaciones, despedían piedrecitas en una pista de tierra que tenía unas partes asfaltadas y otras no. Manzanos sin podar, nudosos y dentados debido a la edad, bordeaban el camino, y a lo lejos se extendía el campo de vacas más grande que había visto en mi vida. Qué pintoresca pensé que sería la llegada del otoño para los alumnos en los días de gloria de esa escuela rural. Ahora se encontraba sumida en la decadencia, en el frío y el abandono, atormentada por la lluvia letárgica, que apenas se molestaba en caer en ese lugar dejado de la mano de Dios. Allí reinaban la negrura en el cielo y el mal en el edificio.

20

El Día 33 continúa

Tenía el recurso por antonomasia en el VW de Brad: su arma, Recurso n.º 42, si lograba quitársela de los dedos manchados de sangre. Cuando me insultó, mis ojos empezaron a moverse con nerviosismo y revolverse con fuerza. Esto me pasa muy raras veces. Se trata de un estado involuntario al que me lleva mi cerebro cuando mi descomunal córtex cerebral empieza a funcionar a toda marcha. Es como un estado de trance, y la sensación de ligereza, actividad, energía en mi cerebro es increíble: como un subidón perfecto con el mejor vino, solo que el pensamiento se agudiza en lugar de embotarse, como sucedería con el alcohol. La sensación es bastante adictiva, pero no se puede forzar; sencillamente hay que esperar y dejar que se imponga el hormigueo.

Lo único que necesitaba era que algo distrajera a Brad por la izquierda. Si volvía la cabeza, el brazo derecho —el más próximo a mí y el que sostenía el arma— se movería hacia atrás. Si yo actuaba en esa décima de segundo en que sus músculos estarían en reposo dándole un empujón en el hombro derecho, el codo se le clavaría en el asiento y el antebrazo se le debilitaría. Y aflojaría la mano. Con mi otra mano, y contando con que el factor sorpresa haría que ejerciese aún menos presión en la pistola, le podría quitar el arma. Dispondría de un segundo para efectuar el movimiento cuando se produjera la distracción.

Pero ¿qué distracción?

Estábamos parados en mitad del bosque. Atrapados al final de lo que debía de ser el camino de una explotación minera.

Llovía, de nuevo, intermitentemente. El débil goteo ni siquiera era lo bastante ruidoso para traer a la memoria el episodio del tiroteo de primaria.

Quizás una ardilla saltara de árbol en árbol. Quizás un pájaro saltara de rama en rama. Esos movimientos no suponían una verdadera distracción. Fuera del coche no tenía ningún recurso. O no que yo supiera en ese momento.

Podía haber dicho: «anda, mira, un oso polar». Y puesto que Brad era un psicópata tarado, quizás hubiese estirado el cuello. Pero primero me cuestionaría, aunque fuese durante tan solo un nanosegundo, y al hacerlo empuñaría con más fuerza el arma. Necesitaba un buen susto que lo obligara a volverse, ya que eso lo pondría física y mentalmente donde yo quería. Una impresión y unos músculos temblorosos. Eso era lo que necesitaba.

Puesto que no pude encontrar distracción alguna

cuando escudriñé el bosque que rodeaba el VW, mis ojos siguieron moviéndose, sopesando opciones, calculando y uniendo puntos, trazando líneas, diseñando un nuevo plan. El coche estaba repleto de recursos. Y mientras los iba catalogando, los ojos revolviéndose, Brad se mofaba de mí diciéndome barbaridades.

—Zorrita pirada, estás loca perdida. No hay más que verte —afirmó, haciendo una mueca de asco.

Un destornillador en el suelo del asiento trasero, a medio metro de mi mano izquierda, abajo, en ángulo izquierdo, Recurso n.º 43.

—¡Deja de mover los putos ojos!

Un rollo de cinta americana en la palanca de cambios, Recurso n.º 44.

Un bolígrafo en el suelo, junto a mi pie derecho, dándome en el lado del dedo pequeño de la Nike, Recurso n.º 45...

La corbata que lleva al cuello, Recurso n.º 46.

Su teléfono, en el portaobjetos, Recurso n.º 47.

—Pantera, me estás asustando. Sigue intentándolo, ay, ja, ja.

Continué moviendo los ojos, si bien el parpadeo era cada vez menos natural y cada vez más forzado. Pensé que fingir que estaba loca quizás hiciera que se sintiese seguro en su propia demencia. Daba la impresión de que se estaba distrayendo. Asía con menos fuerza el arma, cosa que yo veía en las arrugas que se le formaban en los depilados nudillos.

Y entonces...

Como un regalo magnífico, cuando estaba a punto

de considerar muy seriamente el destornillador, para mi sorpresa se produjo una distracción en el exterior. De no contar con tanta práctica y estar tan vacía, probablemente me hubiese quedado pasmada.

—Levanta las putas manos —gritó un hombre al otro lado del coche.

Yo ni siquiera alcé la vista. Brad se volvió hacia la voz que resonaba en el bosque, justo como escasos segundos antes yo esperaba que hiciese, y simultáneamente le empujé el hombro derecho contra el asiento. El codo se le fue hacia atrás, la mano se le abrió y yo le quité la puñetera pistola.

Al levantar la vista me topé con un hombre mitad asiático, mitad caucásico con las piernas abiertas y el arma en ristre. Su traje gris anunciaba a voz en grito que era del FBI.

Tras el coche había una mujer gorda con el pelo corto y una nariz masculina. Sus pantalones grises y su camisa blanca también decían a los cuatro vientos que trabajaba para la Agencia. Asimismo apuntaba con su arma a Brad. A su lado reparé en alguien que no parecía un agente, sino un señor mayor con pinta de granjero que apuntaba con un rifle amartillado.

—Sal del puto coche ahora mismo, capullo hijo de puta —ordenó la mujer.

—Lola, ponte a cubierto, yo me ocupo. Boyd, no se mueva de ahí. Sí. No se mueva, amigo mío —dijo el agente, con demasiada calma. Entrecerró los ojos para apuntar, y creo que me guiñó un ojo a mí, como si estuviese encantado de matar por mi causa.

Supe que quería hacerle daño a Brad.

Me cayó bien en el acto.

Yo me eché hacia atrás con la intención de salir del coche, pero me di cuenta, demasiado tarde, de que seguía teniendo el cinturón de seguridad puesto. Entonces Brad optó por cometer la locura que yo había sopesado, pero descartado, porque me parecía demasiado descabellada, incluso para él. Antes de que pudiera bajarme del coche, pisó a fondo el acelerador, bajando a una velocidad mayor de lo apropiada el breve tramo de camino que quedaba. A punto de darnos contra los árboles que dejábamos atrás, de pronto pegó un volantazo a la izquierda y se salió del camino. Unas ramas bajas arañaron los lados del coche mientras continuamos subiendo por la pendiente de granito del extremo inferior de la cantera.

Fuimos directos al agua.

El arma quedó fuera de mi alcance.

21

Agente especial Roger Liu

Nada más llegar a Appletree, Boyd salió como una exhalación por la puerta de una de las alas. INTERNADO APPLETREE, decía el desvaído letrero que se veía en un costado. Boyd se colgó el rifle del hombro y nos hizo señas para que nos bajáramos de la *pickup* y fuéramos con él. Empezaba a recuperar la audición en oleadas, una desconcertante ondulación de ruidos que se extinguían y volvían. Un siseo, un chisporroteo, una serie de palabras inconexas, el volumen subía y después se debilitaba deprisa.

Las palabras de Boyd me llegaron en avalancha.

—Venga, vengan. Bobby está casi seguro de que han tomado la pista de tierra que va a la cantera. Seguro que están atrapados allí. Probablemente se hayan escondido. Bobby ha venido corriendo a decírmelo y luego se ha ido corriendo al hospital con la otra chica. La otra chica dice que hay otra chica. La chica es Dorothy, la que se ha llevado Bobby. ¿Tiene sentido, señor Liu?

—Sí, Boyd. ¿Adónde vamos?

—Vengan, les enseñaré el camino.

Según el procedimiento, tendría que haberle confiscado el arma a Boyd y pedirle que nos indicara el camino, insistir en que no se moviera del internado y llamar a otras autoridades de la zona.

Que le dieran al procedimiento. Lola y yo necesitábamos refuerzos, y yo no podía perder tiempo esperando a que otros se movilizaran.

Resulta que Boyd es un cazador de primera. Lleva toda la vida cazando. En su día ostentó el título del estado de Indiana del mayor ciervo cobrado de un único disparo. De manera que Boyd sabía caminar sin hacer ruido por la hojarasca. Verlo casi resultaba balsámico, deslizándose de puntillas como Fred Astaire por el bosque. A Lola y a mí nos habían entrenado para seguir huellas y aproximarnos al objetivo sin que se nos oyera, y eso fue lo que hicimos. Aunque, francamente, como yo no oía gran cosa, tampoco sabría decir si fuimos muy silenciosos. Mi audición se limitaba ahora a un viento sordo. Solo captaba fragmentos de lo que me susurraba Lola.

—Liu... ahí... huele... coche... gasolina... motor en marcha.

A mí no me olía a coche alguno. Para mí el único aroma era el del bosque, las hojas mojadas, la corteza húmeda, el vivificante olor de la tierra empapada de agua. Creo que esos son exactamente los olores que percibirían casi todos los mortales al caminar por un bosque. Pero puesto que Lola era la experta a ese respecto, seguí su nariz.

Boyd asintió en señal de aprobación, dado que de todas formas iba por el mismo camino.

En efecto, nos tropezamos con el culo de un Volkswagen parado. Del tubo de escape salía un humo claramente visible en el frío aire.

Me acerqué sin hacer ruido y fui por el lado del conductor. Y con la misma nitidez como si la tuviese a tan solo treinta centímetros de mí vi a Lisa, como en trance, moviendo los ojos frenéticamente. Era clavada a la foto del instituto que habían escaneado para incluirla en su expediente, el expediente que entregaron al equipo que no era. Quien yo pensaba que era Ding Dong se hallaba de cara a ella, no a mí. Daba la impresión de que le gritaba. Qué estampa más singular, la víctima y el secuestrador sentados en un coche en medio del bosque, mirándose fijamente.

Le ordené a voz en grito que levantara las putas manos.

Lola asimismo le ordenó algo. Yo solo oí «hijo de puta».

Vi que Lisa dejaba de mover los ojos cuando el hombre se volvió para mirarme. Vi que le empujaba el hombro y le arrebataba el arma.

¿De verdad acaba de hacer eso? Me quedé desconcertado al ver que una niña hacía algo así. Pero lo había visto, estaba completamente seguro. Solo me encontraba a diez metros. Vi exactamente lo que vi como si estuviese en el coche con ella y viera lo que hacía en una repetición a cámara lenta. *La niña le ha quitado el arma.*

Así y todo no dejé de apuntar al tipo.

Creo que en mi interior debía de anidar algo. Una calma que no había sentido nunca. A decir verdad, creo que no sentía nada, lo cual era reconfortante. Quizá solo sintiera alivio por poder volver a rascar ese picor que me acompañaba siempre, ser capaz de mutilar de nuevo a un ser humano abyecto. Contaba con muchos cómplices que podían serme de ayuda: Lola, Boyd e incluso la víctima. Había leído su expediente, sabía que era superdotada, recordé que tenía problemas con las emociones. Parecía de lo más tranquila en ese coche cuando le quitó el arma.

Incluso la vi sonreír ligeramente cuando sostenía la empuñadura. Vi su mirada de orgullo.

Yo llamo y llamo y me abres.

En efecto, el diablo es diablesa.

¿Por qué no le disparé cuando tenía ocasión? ¿Por qué no le reventé el cráneo? Sí, desde luego que podría haberlo hecho. Y todo habría terminado mucho antes. Pero desde donde me encontraba, el único disparo que podía hacer habría sido mortal. El hombre estaba tan bajo en el bajo asiento del VW, y la puerta era tan alta que lo único que asomaba en el cristal era su cabeza de ojillos brillantes. Dispararle en la cabeza habría supuesto el final, sin lugar a dudas. No es que me importase matarlo; ese no era el problema. El problema era que quería con todas mis fuerzas que sufriera durante el resto de su vida. Quería verlo desfigurado, sufriendo y encerrado en una celda de aislamiento, o mejor incluso, mezclado con los presos de una cárcel estatal. Puede que yo fuese un agente del FBI que cumplía una misión del FBI, pero movería los hilos que hiciera falta para ofrecer su caso en una bandeja de plata al estado. Una prisión de Indiana con escasa provisión de fondos sería tanto mejor para ese pedazo de carne, sobre todo si me las componía —y me las compondría— para informar a los demás internos de los delitos que había cometido contra niños. Vaya si lo haría, y Lola también, pero solo después de que se hubiera ocupado de él personalmente. En privado. Mientras tanto yo me haría el tonto.

¿Por qué Lola es como es? Muy bien, os contaré su historia, y, qué coño, os desafío a que intentéis sonsacársela a la propia Lola. Yo lo único que sé es que las familias de acogida por las que pasó hicieron mella en ella, y eso es todo lo que he conseguido sacarle, incluso después de todos estos años. Pero, vamos, que si queréis curiosear, adelante, Barbara Walters.

Ahora sé que podría haber disparado, y habría entrado en razón y lo habría hecho de haber dispuesto de tan solo dos segundos más para sopesar lo que estaba haciendo. Sí, con tan solo dos segundos más mi querida Sandra me habría susurrado al oído, solo por el hecho de recordarla. Sin embargo, salí de mi introspección cuando en un abrir y cerrar de ojos el tipo pisó a fondo el acelerador. La sacudida hizo que Lisa se pegara al asiento, abandonando el juego al que sin duda estaba jugando, y pugnara por no perder el equilibrio. Y aunque me alivió ver que seguía con vida, cuando desaparecieron entre los árboles y al otro lado de la elevación, no sentí sino el más absoluto pavor.

Boyd nos llevó por la izquierda hasta un sendero sinuoso que discurría por el bosque. No nos dijo una sola palabra, se limitó a guiar a una comitiva obediente bajo una bóveda de árboles fríos. El cielo era de un gris oscuro con manchones negros, un moho canceroso allí donde antes se veía un azul bonito, combativo.

En un claro, se amontonaban losas de granito describiendo un círculo. Ante nosotros surgió una cantera, y de pronto mi experiencia me obligó a aceptar que lo que quisiera que Boyd estaba a punto de enseñarnos echaría por tierra el alivio, por leve que fuese, que experimenté al encontrar a Lisa con vida. Lola señalaba algo como una loca, corriendo como una posesa hasta el borde de la cantera. Delante de mí se volvió y, a juzgar por cómo se le hinchaban las venas del cuello, gritó algo. Sin embargo, un extraño silbido acalló sus palabras, y después un siseo, y de repente el sonido volvió y el borboteo del agua me llegó a los oídos. Corrí con Lola y Boyd hasta el borde de la cantera y llegué a tiempo de ver cómo se hundían los pilotos traseros del escarabajo bajo la superficie negra. Olas de agua rompieron contra las paredes graníticas, pero, por extraño que pudiera parecer, de manera lenta y con poca fuerza, como si el agua fuese densa como el sirope y, por tanto, le costara desplazarse.

Lola y yo nos quitamos los zapatos y buscamos a toda prisa un punto bajo desde el que resultara más fácil entrar.

—No se metan ahí. No se les ocurra entrar ahí —advirtió Boyd, deteniendo nuestro rápido avance.

—¿Qué coño está diciendo, pollero? —gritó Lola, la frente arrugada de dolor. Apuntó con su arma a Boyd, y yo hice lo mismo. Por lo general, ni Lola ni yo nos fiábamos de nadie. Solo nos hacía falta el más mínimo motivo.

Boyd dejó el rifle en el suelo y levantó las manos. Yo bajé el arma, aliviado de que mi avicultor fuese un buen hombre y mis sentidos siguieran intactos.

—Está bien, está bien, solo quería decir que tuvieran cuidado, eso es todo —se apresuró a añadir—. Esta es una mina que abandonaron hace unos cuarenta años. Antes de que este sitio fuese una escuela. Mi padre y el padre de Bobby solían cazar en esta propiedad. Dicen que ahí dentro tiraban coches viejos. Chatarra. Trastos. Si se meten ahí es probable que se les enrede una pierna y se ahoguen.

¿Veis como seguir un procedimiento de la Agencia podría habernos causado la muerte a Lola o a mí? A veces fiarse de la gente del lugar puede ser de gran ayuda. Aunque vete tú a decirles a los que dirigen la Agencia que te has pasado por el forro el plan de acción. Que has pasado de los puñeteros parámetros. Venga, decidles que lo que debería primar es el instinto y los sentidos aguzados. A ver si llegáis muy lejos. Y después venid a hablar con Lola y conmigo.

Sandra probablemente me parara los pies en este punto con una dulce mirada de advertencia, una mirada de reojo y un leve movimiento de cabeza. Me pondría la mano —una mano que olería a crema de rosas—, en el brazo para tranquilizarme sin necesidad de decir nada. Diría que me calenté un poco e hice algo que no es propio de mí cuando recordara y refiriera todo esto. Y tendría razón, como casi siempre. Entonces, antes de entrar en la cantera, intenté encontrar un elemento cómico en el panorama que me rodeaba, de verdad que lo intenté.

Pero después pensé, ¿por qué iba tan siquiera a pensar que es apropiado plantearme la comedia ahora? Quizá solo estuviera haciendo un esfuerzo supremo para que Sandra me salvara, sintiéndome desprotegido al estar tan lejos de ella, allí, pasando frío, adentrándome en la oscuridad, tratando de salvar a una niña y a su hijo antes de que se ahogaran. Lo que quería era una cadena de salvamento: que Lisa salvara a su hijo, que yo salvara a Lisa, que Sandra me salvara a mí. Pero Sandra no estaba allí. Sandra nunca estaba conmigo cuando bajaba al infierno.

Con cuidado, con cautela, tanteando con los pies, pero lo más deprisa posible, me metí en el agua. Ahí fue cuando reparé en la cuerda que había atada al lateral de la pared.

22

El Día 33 continúa

Tenía el cinturón de seguridad abrochado; Brad, no. Cuando fuimos de cabeza al agua, calculé que la caída tenía un ligero ángulo de unos diez grados. Por suerte estábamos en el extremo bajo de la cantera. Al otro lado la pared medía unos diez metros de altura desde la superficie hasta el saliente; una caída desde ahí habría tenido un impacto mucho mayor. La nuestra se produjo desde tan solo metro y poco, así que en realidad fue más como bajar por una rampa para embarcaciones. Así y todo, aunque corto, nuestro descenso fue bastante rápido, de modo que entramos en el agua con fuerza.

Escasos días antes mi captor ahora muerto, pero entonces vivo, me había informado de que la cantera tenía más de diez metros de profundidad en algunos puntos, de manera que me preparé para seguir cayendo más y más. Sin embargo, frenamos en seco prácticamente cuando el coche se hundió, de morro. En resumidas cuentas, yo diría que nos encontrábamos a unos tres metros de profundidad. No era para tanto, por lo que a mí respectaba. Así y todo no había que minimizar la situación: la gente se ahoga en tan solo cinco centímetros de agua. Prueba A, el hombre en mi celda.

La parte posterior del VW empezó a hundirse, y nos quedamos en posición horizontal. Habíamos aterrizado en un risco de la cantera, y supe que era un risco porque aunque levantamos un montón de sedimentos y el agua estaba turbia, ante nosotros el agua era más clara en la parte superior y más oscura abajo, mucho más oscura abajo. Lo que significaba que delante de nosotros el agua descendía en picado hacia un infierno más profundo.

Además, ante nosotros flotaba algo unido a una cuerda, y la cuerda parecía descender por debajo de donde se encontraba el coche. Yo sabía exactamente lo que había en esa cuerda, aunque era preciso que la arenosa agua se asentara para poder ver mejor.

A mi lado Brad se desplomó sobre el volante y perdió el conocimiento debido al golpe que se dio en la cabeza o bien a la impresión que le causó su propia estupidez, no lo sé. En cualquier caso di gracias por no tenerlo haciendo payasadas a mi lado. Recurso n.º 48: Brad inconsciente.

El agua empezó a subir en el coche, entraba por las puertas y por las ventanillas, a pesar de estar subidas. Cubrió mis Nike demasiado grandes, luego las espinillas. Subía, subía, seguía subiendo, ya me llegaba por la cadera. A nuestro alrededor el agua se volvió más y más clara; me maravilló la rapidez con la que se recuperaba la cantera, como si lo único que hubiera hecho fuese engullir a una víctima más, otro montón de metal en su vasto, oscuro estómago. «Ay», parecía gruñir su líquido cuerpo.

El lecho de la cantera era una chatarrería: una varilla doblada, un tractor de metal de niño boca abajo, cubos, ladrillos, cadenas e incluso una valla de tela metálica que emergió de las profundidades delante del coche y subió hasta el risco, como si fuese una lengua larga, ondulada, salida de la boca de un demonio.

El agua seguía entrando igual que líquido a presión por unos dientes apretados. Me cubrió las caderas, la abultada barriga, a mi hijo. Permanecía sentada inmóvil.

Delante de mis ojos la imagen era poco nítida, pero la chica resultaba visible, flotando en la tabla, la cuerda alrededor del rajado torso. Se mecía levemente en su tumba submarina, amarrada y suspendida en la muerte, el pelo dibujando lentas ondas con el leve movimiento del agua. Juntos, ella y su armatoste parecían un globo desinflado que volaba inexplicablemente por encima de un concesionario de vehículos desierto, en algún lugar del Oeste, en algún lugar por donde ya no pasa nadie, a menos que se haya perdido y se haya quedado sin gasolina. Esperando a los buitres.

A mi derecha el agente empezó a dar con las manos en mi ventanilla, aporreando, aporreando, aporreando con las palmas. Pum, pum, porrazo tras porrazo, y con los golpes volvió el pistolero del colegio, abriendo fuego. El ruido seco, los gritos, los golpes, el repiqueteo de las balas en el aula.

Puse todo mi empeño en impedir que se me encendiera el interruptor del miedo. Mantuve la calma; seguí sentada inmóvil. Cerré un puño y me lo agarré con la otra mano. Me volví hacia el agente, que seguía golpeando la ventanilla con saña —los golpes amortiguados por el agua— y tirando de la puerta, sus esfuerzos frenados por la gravedad del agua. Ni que decir tiene que todo fue en vano.

Levanté una mano para pararlo, moviéndola en abanico contra el cristal. Como el agua aún no me había cubierto la cabeza, aunque me llegaba por el cuello, y podía respirar, dije:

—Primero es necesario que el agua se haya nivelado en los dos lados. Entonces la presión se compensará y la puerta se abrirá. Tranquilícese.

¿Es que nadie recuerda nada de la física que estudió en el instituto?

El agua me tapó el pelo. Me desabroché el cinturón, cogí el llavero de Brad, que colgaba del contacto, y miré al agente, que seguía dando golpes tontamente en mi ventanilla como un pistolero demente que abre fuego en un colegio.

¿Me perseguirá siempre este ruido? ¿Me recordará siempre a ese día? ¿A quién puedo dar caza para que ponga fin a este estruendo infernal? ¿A quién puedo torturar con este sonido?

Miré al agente y levanté las manos para indicarle: «Y bien, ¿se puede saber a qué está esperando?»

Probó de nuevo a abrir la puerta y lo logró.

Nadé los tres metros que me separaban de la superficie.

23

Agente especial Roger Liu

Seguí a Lisa para asegurarme de que llegaba a la superficie y a los brazos de Lola. Cuando la supe a salvo, bajé de nuevo, y aunque a regañadientes, rescaté al conductor de lo que debería haber sido su lecho de muerte en el agua de la cantera. Lo subí a la superficie, y el grandullón de Boyd lo sacó por las axilas. Solo Boyd tuvo los arrestos para practicarle el boca a boca, que a pesar de ser granjero, sabía hacer. No sé cómo. Y lo cierto es que me da lo mismo. Yo no le habría puesto los labios encima a ese tío.

El conductor tosió y cobró vida agresivamente, chillando y lloriqueando y dejándose caer en las rocas graníticas. Lola se acercó a él y le dio un puntapié en un muslo. Yo estaba doblado en dos, intentando recuperar el aliento, y cerca de Lisa.

—Vas a desear que te hubiéramos dejado ahí abajo, cerdo asqueroso. Cierra el pico. Cierra el puto pico o te arranco los dientes uno por uno. —Y volviendo la cabeza hacia Boyd, añadió—: Pollero, sujétele las manos a la espalda.

—Se llama Brad —informó Lisa a voz en grito, tranquila, pero con absoluto desagrado, como si Brad fuese un nombre irrisorio, bochornoso.

—Tiene derecho a permanecer en silencio... —Le informé de cuáles eran sus derechos deprisa, de manera monótona, dándole a entender lo mucho que me inquietaba tener que leerle unos derechos que no merecía. Se los tuve que leer yo, porque Lola no lo habría hecho. Ella se limitó a esposarlo sin miramientos, y como el tipo no paraba de resollar y de quejarse por todo, se sacó un pañuelo de la blusa y le tapó la boca con fuerza. Después solo se siguió oyendo un gruñido apagado.

Boyd retrocedió y apuntó a Brad con su rifle.

—Mierda, pollero, no le pegue un tiro. Me gusta la idea, pero no podemos matarlo ahora —dijo Lola, perdiendo su reserva inicial con él.

—Señora, no le pegaré un tiro a este malnacido a no ser que intente huir. Eso sí, como lo intente, sepa usted que a mi pared le hace falta otro trofeo —repuso Boyd, sin perder de vista a Brad en ningún momento—. Vaya, vaya, muchacho, conque te gustan los niños. Pues deja que te diga una cosita: tengo el récord del estado por cobrar una presa de un solo disparo. Ajá. Así que hasta me gustaría que salieras corriendo. Adelante, adelante. Echa a correr como un conejo.

Lola sonrió a Boyd, y yo también. Definitivamente ahora formaba parte de los nuestros. Lisa, de pie y con los brazos cruzados junto a la cantera, acercándose a la cuerda que yo había visto atada a la pared, levantó una comisura de la boca, asimismo una sonrisa, como no tardé en aprender. De manera que allí estábamos los cuatro, una nueva banda de justicieros. Al menos teníamos la legitimidad que nos conferían nuestras placas, la de Lola y la mía, para cubrirnos las espaldas. Me planteé cuán extraña había sido la coincidencia de que Boyd le vendiera la furgoneta a nuestro secuestrador y el secuestrador aparcara la susodicha furgoneta en la propiedad de la familia de Boyd, a kilómetros de donde había comprado el vehículo. Dentro del espectro de la verosimilitud, seguro que a otros este hecho les resultaría sospechoso en uno de los extremos e imposible en el otro. Sin embargo recordé las palabras de la mujer que vio lo del ESTADO HOOSIER en la matrícula y que ella y su marido habían visto *Hoosiers: más que ídolos* la noche anterior. «Una bendita coincidencia», dijo. Pues sí, una bendita coincidencia. Era como si nos hubiese proporcionado una pista o una premonición, quizás el punto de partida de toda la investigación.

Me acerqué a Lisa, que temblaba de frío. Reprimiendo el frío que también sentía yo debido al agua, replegué la cabeza en los hombros, como una tortuga en su caparazón, y sacudí primero una pierna y luego la otra. De mi cuerpo salió agua como si fuese una esponja a la que hubieran escurrido. Mi empapado traje gris tenía bolsas en los codos. Habría estado bien tener un termo de café caliente, un bien cotidiano que pasó a ser un lujo poco realista en ese momento. Venía a ser como desear que un unicornio descendiera de un árbol y nos llevara al País de los Juegos para ir en busca de pastillas de goma y regaliz.

Lisa se abrazaba y frotaba la abultada barriga, al parecer para calentar al niño. No daba la impresión de estar dispuesta a salir corriendo de ese sitio, como imagino lo habría estado cualquier otra víctima. Tampoco estaba histérica, ni lloraba ni llamaba a sus padres a gritos. No pedía lo que se solía pedir, ni un médico ni ninguna otra cosa. Vio que me acercaba a ella y no dijo nada, aparentemente tomando en consideración mi zancada, posiblemente contando mis pasos. Con Lola y Boyd apoyando al esposado Brad contra un árbol, traté de ir a por Lisa para poder salir de ese bosque.

—Soy Lisa Yyland. No se le ocurra llamar a una puta ambulancia ni decir nada por la maldita radio. Quiero coger a los demás cabrones que hicieron esto.

Su mirada carente de alma me atravesó los huesos. Su desconexión con la escena, su determinación, su poder, todo en ella me abrumó. Caí en un estado de estupor. De *shock*. Levanté una mano de espaldas para advertir a los otros, giré únicamente la cabeza y, como si estuviese poseído por ella, repetí sus palabras: «No se os ocurra llamar a una puta ambulancia ni decir nada por la maldita radio.»

—Cogeremos al resto hoy, y ustedes no llamarán a mis padres aún. Es preciso que nadie sepa que me han encontrado. Y si necesita ver algo convincente, si cree que quizá debiera llamar primero a mis padres, o poner sobre aviso a algún superior, deje que le enseñe una cosa. Desate esa cuerda, siéntese detrás de esa piedra y tire.

La cuerda. Había evitado mirar hacia ella cuando estaba debajo del agua. Sabía que en el otro extremo de esa cuerda había algo horrible. Hice exactamente lo que me pedía Lisa: desaté la cuerda, me senté detrás de una piedra y tiré.

Bien, a lo largo de mi carrera he visto muchas cosas horribles, espantosas. Que os ahorraré. Baste con decir que, a esas alturas de mi vida, no deberían impresionarme los cuerpos sin cabeza y las cabezas sin rostro y los cuerpos aplastados, quemados, apaleados y fracturados hasta quedar irreconocibles. Pero algo en esa cantera negra, los árboles trémulos que nos daban la espalda, el cielo acerado, el aire vacuo, vacío y la sonrisa congelada con la que Lisa miró la borboteante agua hizo que me dieran arcadas al ver la tripa abierta de una chica cuando su cadáver salió a la superficie. Imaginé a Lola en el futuro, en alguna comida que picotearíamos en silencio después de este día horrible: «Liu, con lo que me toca ver en sótanos y cuartuchos y canteras abandonadas, no me des la tabarra con lo que como o con lo que fumo o con lo que bebo o con lo que eructo»; o con lo que quiera que hiciera para aplacar sus espinosos recuerdos.

Lisa miraba a la chica muerta fijamente, como hipnotizada. Tenía una mano sobre el abultado estómago, y la otra en el mentón, como si estuviera dando una sentida charla filosófica en una universidad, el pelo mojado pegado a la cabeza y la cara.

Solté la cuerda cuando Lisa apartó la mirada del agua. El cuerpo y la tabla se precipitaron hacia las profundidades de la cantera. Lisa fue bordeando la cantera por arriba, bajó por el otro lado y se unió a Boyd, Lola y Brad. Cuando le guiñó un ojo a Brad al pasar y le disparó a la cara con una pistola imaginaria, soplando un humo invisible que le salía del dedo levantado, deseé que fuera hija mía. Bajó por el sendero por el que nos había conducido Boyd, sin invitarnos a seguirla, aunque de todas formas lo hicimos, naturalmente, pisando en sus mojados pasos e intentando darle alcance, empujando al lloriqueante Brad a punta de pistola para que avanzara.

Lola y yo sabíamos que debíamos seguirla sin más. Nos llevamos un dedo a la boca para indicar a Boyd que no dijera nada. Desandamos el camino hasta llegar al internado, cruzamos una pequeña zona destinada a aparcamiento y bajamos un sendero bordeado de árboles, al final del cual se extendía un espacio abierto bajo un sauce. La embarazada Lisa caminaba como un gato airado, y cuando Boyd fue a decir algo, lo hice callar.

Fuimos nuevamente en pos de nuestra soberana adolescente por el camino bordeado de árboles hasta llegar al internado. Ahí nos detuvimos, a la espera de recibir instrucciones, todos mirando a Lisa, delante de una de las alas. Lola había dejado a Brad, esposado y con las piernas atadas a un gancho, en la caja de la F-150.

—No sé dónde trabaja el Médico. ¿Dónde está Dorothy? Debió de huir en la furgoneta. —Me dijo Lisa.

—¿A qué te refieres? ¿Quién es el Médico? —pregunté.

—Es el que se ocupa de los partos —aclaró ella.

—¿La otra chica es Dorothy? Mi primo la llevó a Urgencias.

Lisa hizo una señal de confusa aprobación.

Me disponía a formular más preguntas cuando, con el rabillo del ojo, vi que Lola cruzaba olisqueando otra puerta de otra ala. Parecía embelesada con algo que había al otro lado de la puerta, habiendo entrado en el edificio sin indicarme ni a mí ni a nadie que la siguiéramos.

—Probablemente huela al capullo al que electrocuté en mi celda. Dígale que no toque el agua. Puede que aún esté electrificada.

A mi espalda Boyd corroboró:

—Ah, sí, el olor del que le hablé. La puerta de arriba está cerrada.

Lisa me dio las llaves, que tenía en la mano.

Corrí con Lola.

Lo que encontramos en la tercera planta supera cualquier historia de cualquier oso de un circo vestido de rosa.

Después de que Lola y yo viéramos lo que vimos en lo que supe había sido la celda de Lisa, Lisa no dijo nada más para defenderse. Lo único que añadió fue:

—Agente, les tenderemos una emboscada esta tarde. Yo los atraeré y ustedes los cogerán.

Lola ya estaba convencida, asentía a Lisa, accediendo a hacer cualquier cosa que pidiera nuestra joven madre. Lola olía sangre, y quería engullirla con avidez.

—Agentes, se suponía que hoy le haría compañía a la chica de la cantera. —Lisa se pasó la mano por el vientre, abrazando al niño—. No puedo explicar lo mucho que odio a esa gente. Ya han visto de lo que soy capaz, lo que le hice al matón arriba. Quiero acabar con ellos. Y lo haré. Les daré caza y los envenenaré lentamente a menos que accedan a ponerles una trampa para detenerlos a todos hoy mismo. Yo seré el cebo, es la única manera. Lo he pensado un millón de veces.

No me cupo la menor duda de que era así.

—Lisa, cuéntanos tu plan —pidió Lola.

Con lo que, según supe más tarde, equivalía a una ancha sonrisa en esa chica que carecía de emociones, Lisa enarcó las cejas y levantó ligeramente la barbilla hacia Lola. Una señal de respeto. Una señal de agradecimiento.

Lisa detalló su plan, que en realidad era sencillo: dijo que tendríamos que obligar a Brad, poniéndole una pistola en la sien, a que llamara al Médico y le dijera que ella se había puesto de parto. «Da la impresión de que el Médico se mueve con el Matrimonio Obvio, así que los traerá con él, se mueren de ganas de llevarse a mi hijo. Los pillaremos a todos juntos. ¿Entendido?» Convinimos en que mis refuerzos, que estaban a punto de llegar, vigilarían el hotel del Matrimonio Obvio y la consulta del Médico —que confirmaríamos primero, antes de dejar que Brad hiciera la llamada—, por si alguien avisaba a sus cómplices. Quería que el plan de Lisa funcionara, cogerlos a todos en Appletree, por unas cuantas razones:

Appletree era un lugar apartado, de manera que ningún civil saldría herido si se producía un tiroteo.

El hecho de que fuesen a ese sitio cuando Brad los llamara constituiría una prueba sólida de que se hallaban involucrados.

Lisa había pedido, y yo estuve de acuerdo en que se lo merecía, verlos cara a cara, sin las restricciones que se impondrían en una sala de justicia o una cárcel. Sin testigos.

Después me facilitó bastantes detalles para entender a quién se refería con lo del Médico y el Matrimonio Obvio. También me explicó que Brad no era el «Ron Smith» —Ding Dong— que yo pensaba que era, sino su hermano gemelo. Evidentemente sorprendido, tenía un millón de preguntas que hacerle, pero en ese momento me limité a decir: «Vale. Repasemos tu plan una vez más.» No pensaba inmiscuirme en la guerra de Lisa; de pronto era su soldado. Lola, ejerciendo de francotiradora agazapada en un manzano del manzanal contiguo, levantó alegremente el arma, y yo le recordé de mala gana que no debía disparar si el grupo al que esperábamos iba desarmado. La aleta izquierda de la nariz vibró como si fuera a ladrar, y su dedo apretó con más firmeza el gatillo. La dejé en el árbol con la esperanza de que obedeciera y la idea de respaldarla si no lo hacía.

Había llamado a mis agentes de refuerzo y les había pedido que se reunieran conmigo en la casa del primo Bobby para poner a Brad a disposición de un equipo y dar instrucciones al otro sobre dónde debía esconderse y apostar francotiradores. No les mencioné el fallido intento de Brad de escapar de la *pickup* donde lo teníamos atado y esposado; no mencioné el trato que hicimos con él, en privado. Un trato privado entre Brad, Lisa y yo. Tras quitarle el pañuelo que hacía las veces de mordaza a Brad antes de ponerlo en manos de los otros agentes

—que sí seguían el protocolo y no habrían amordazado a un detenido—, me vi obligado a escuchar sus histriónicos gimoteos sobre el orificio de la cara, que me hicieron desear haberlo dejado en el fondo de la cantera. Estaba como una auténtica cabra, alternando una voz aguda, de chica, con una de demonio demente, el tono cambiando constantemente mientras lo hacía avanzar a empujones a campo traviesa hasta la casa del primo Bobby. Cuando pasamos por delante de una vaca que mugía y él la miró y le dijo: «*Bessie*, bonita, no se puede ser más preciosa, *Bessie*, querida», y enseguida soltó un alarido: «Haré a tus hijos filetes, zorra», me preocupó que en su defensa alegara demencia.

Todo salió tal y como Lisa esperaba. El Médico llegó en un Eldorado marrón tirando a caramelo, con el Matrimonio Obvio de pasajeros. El Señor Obvio y su mujer, la Señora Obvia, se escondían en un motel de la localidad llamado The Stork & Arms —La cigüeña & armas, un nombre irónico, y horrible—, donde esperaban hasta que su bebé robado llegara al mundo. Tenían pensado huir a Chile, a su lujoso y arbolado refugio de montaña, que se alzaba entre cinco viñedos en el paradisiaco hemisferio sur. Unos niños rubios serían la obra de arte por excelencia en un prosaico castillo repleto de cuadros y esculturas. A Lola y a mí se nos permitió visitar la propiedad cuando un equipo fue a inventariar el lugar. Encontramos numerosas pruebas documentales que los relacionaban con nuestro delito y con algunos otros, tales como importantes robos de obras de arte; perdimos la cuenta de los cargos que se presentaron contra ellos.

El día que los cogimos, Lola saltó del árbol para echarles arena en los ojos por haberle arrebatado la posibilidad de pegarles un tiro, ya que se presentaron desarmados y engañados.

—Jaque —dijo Lisa mientras yo esposaba al Médico.

Puesto que juego al ajedrez, me pregunté por qué no había dicho jaque mate, como queriendo decir fin de partida, pero no tardé en saber que Lisa tenía otros planes para el Médico.

24

Incidente Posterior, Hora 4

Liu, menudo teatrero está hecho. Sé que os ha contado lo del susto que se llevó cuando era pequeño. Cómo llegó a ser lo que es. Creo que lo que hizo por su hermano fue directamente maravilloso. Propio de un genio. Cuando me contó su historia, decidí que sería mi mejor amigo para toda la vida.

Está claro que yo habría abordado la situación de su hermano, Mozi, de manera muy diferente. Pero no nos entretengamos dirigiendo críticas irrespetuosas. Además, habría que abogar por Liu por su superior agudeza visual y lo que intuyo son una amígdala y un hipocampo impresionantes, además de una extraordinaria conectividad entre los dos. En el caso de Liu el circuito entre estas partes de su cerebro probablemente sea una superautopista con enormes camiones neuronales yendo de un lado a otro cargados de experiencia sensorial y objetiva: memoria. Mi teoría es que la superior agudeza visual de Liu, sumada a una amígdala y un hipocampo mayores de lo normal, son los causantes de que recuerde tan espeluznante colección de detalles. Tendría que abrirle el cráneo y diseccionarle los ojos para estar completamente segura —no confío en la precisión de las resonancias magnéticas—, pero no voy a practicar una autopsia. A un amigo.

En cualquier caso, qué tenaz, qué calculador, qué heroico fue Liu por Mozi. Qué sangre fría. Encendí los interruptores del amor, la admiración y la devoción para Liu cuando me contó esa historia. Pero al principio, cuando me salvó, o mejor dicho, cuando ayudó a que me salvara, no encendí nada. Lo utilicé como si fuera otro recurso: agente Liu, Recurso n.º 49.

Liu me proporcionó la distracción que confiaba en tener, abrió la puerta del coche bajo el agua y me ayudó a pillar al resto del grupo. Así que, a mí, ese día me pareció bastante útil. Cuando terminó de esposar al Médico y al Matrimonio Obvio, él y «Lola» —así es como me han pedido que haga referencia a la compañera de Liu— me llevaron al hospital en una Ford, Lola embutida en el medio, porque yo abultaba demasiado para sentarme detrás de la palanca de cambios. Qué a gusto íbamos los tres, como una familia de granjeros camino de la siembra. En cuanto a llamar a una ambulancia, que quizás hubiera sido un medio de transporte más apropiado dadas las circunstancias, se negaron a dejarme en manos de nadie, no se fiaban, y de todas formas yo me negué a subirme a una.

Los otros agentes retuvieron al granjero, Boyd, en la

granja de su primo Bobby para que respondiera a algunas preguntas. A mí me encantó lo que le dijo Boyd a Brad cuando lo apuntó a la cara con el rifle en la cantera. Después le pedí a mi abuela que me bordara un almohadón con ese monólogo —y ¿sabéis qué?—, dada la sombría opinión que tenía del mundo, puesto que escribía novelas policiacas, y dada la alegría incontrolada que le produjo mi rescate, sopesó mi petición. Bromeó con utilizar hilo color púrpura y cursiva y añadir aplicaciones de conejos peludos, saltarines, que tropezaban con piedras en el bosque para plasmar la frase de Boyd: «Echa a correr como un conejo.» Al final, sin embargo, como yo sabía que haría, mi abuela se sirvió de nuestra conversación para enseñarme algo acerca de las reacciones emocionales adecuadas a situaciones muy estresantes. Realizó el almohadón únicamente con los conejitos superpuestos y bordando un «Te quiero» en la parte de delante. Quiero a mi abuela. Nunca apago el interruptor del amor para mi abuela.

Lo peor que he visto en mi vida —hasta la fecha— sucedió tan solo cuatro horas después de que friera a mi carcelero y cogiéramos a sus cómplices. Esta sangrienta imagen del Incidente Posterior, Hora 4, me afianzó en mi propósito de clamar más venganza aún. Una venganza triple.

Prácticamente después de que llevaran a la cárcel al Médico y al Señor y la Señora Obvios, me ingresaron en el hospital para someterme a observación. El agente Liu y Lola no se apartaron de mi lado en ningún momento. Ahora sé que Liu habría querido estar conmigo pasara lo que pasase. Por desgracia, entonces yo era una de tan solo cuatro niños desaparecidos que había encontrado con vida, sin contar a Dorothy, pero contando a su hermano. Cuando entró en la habitación del hospital tras sacar colas y Fritos para todos de la máquina expendedora, sonrió como pidiendo disculpas. Lola caminaba arriba y abajo junto a la puerta como un tigre enjaulado y sediento de sangre, rechazando a cualquiera que incluso se le pasara por la cabeza intentar hablar conmigo. Me caía muy bien. A mi madre le encantaría.

—Hola, soldado —me saludó el agente Liu.

—Hola.

—Dicen que estás muy bien.

—Sí, estoy bien. Pero ¿y Dorothy? ¿La puedo ir a ver ya?

—Dorothy no se encuentra muy bien. Si te llevo a verla, en fin, deberías estar preparada. El pronóstico no es muy bueno.

—¿Saldrá de esta?

—Sinceramente, tiene la tensión muy baja. No se encuentra muy bien. Ojalá hubiera dado con vosotras antes.

—¿Era el único que la estaba buscando?

—Por desgracia, sí, solo yo, y mi compañera, claro. —Volvió la cabeza hacia Lola, que soltó un gruñido.

—Es una pena, agente Liu.

—Es una puta vergüenza, eso es lo que es. —Hizo una pausa, inflando las mejillas y soltando el aire—. Lo siento. No debería decir tacos delante de ti.

—Bah, no se preocupe. Acabo de achicharrar a un hombre. Creo que puedo digerir algunas palabrotas.

Lola se rio y repitió «achicharrar», como si cargara la palabra en su vocabulario interno para usarla más adelante.

—Por cierto, ¿me podría prestar algo de dinero hasta que vengan mis padres? Me gustaría comprarle algo a Dorothy.

—Lo que quieras. —Se sacó la cartera y me dio dos billetes de veinte dólares.

Liu y una enfermera me ayudaron a acomodarme en una silla de ruedas, lo cual me resultó irritante e insultante, pero se negaron a dejar que fuese andando por el hospital, aunque me acababa de escapar de una cárcel y había salvado a otra chica. Supongo, ahora lo entiendo, que tenían sus razones: yo estaba embarazada de ocho meses, sufría una deshidratación grave, me encontraba exhausta, tenía una herida en la cara y, supongo, vale, quizá sea así, que físicamente estaba débil. Bien.

En la tienda de regalos le compré a Dorothy un ramo cuajado de flores en un delicado jarrón rosa, una combinación que a mi abuela le encantaría.

Cuando Liu y yo llegamos a la segunda planta y enfilamos el pasillo para ir a la habitación de Dorothy, me fijé en que había agentes de policía velando por su seguridad y en los que ahora sé son los padres de Dorothy y su abatido novio: al parecer había salido en las noticias con los padres pidiendo al mundo que encontraran a su amada Dorothy. A Dorothy se la llevaron a tres horas de algún lugar de Illinois, así que pudieron acudir a su lado en coche a la velocidad del rayo. Mis padres aún estaban esperando a coger el avión en Boston, en el aeropuerto Logan. Mi Lenny no haría el viaje: odia los aviones. Pensaba llamarlo después de ir a ver a Dorothy, lo que no significaba que no lo quisiera. Sabía que me estaba esperando. Ningún reencuentro apresurado, lloroso, cambiaría este hecho.

Los padres de Dorothy salieron corriendo hacia mí, expresando su gratitud y su dolor con abrazos y sollozos. Creo que todavía conservo el sabor de las saladas lágrimas de la señora Salucci, rodándome por la mejilla y depositándose en la comisura de mis secos labios.

Me dieron un abrazo largo y fuerte en el pasillo, impidiendo que viera a Dorothy.

Cuando estábamos a punto de deshacer el triple abrazo, el grito que pegó Dorothy nos heló la sangre e hizo que siguiéramos tal y como estábamos. Movimos la cabeza en su dirección, un dragón de tres cabezas.

Llegados a este punto es preciso que os ahorre detalles escabrosos. Lo que vi fue demasiado horrible, demasiado triste para repetirlo. A grandes rasgos, como podría revelar un cuadro impresionista descolorido por los años y cubierto de polvo, solo diré que derramó prácticamente toda su sangre y algo más y murió sufriendo unos dolores espantosos veinte minutos después.

Dijeron que padecía una leve preeclampsia, y le habría ido bien de haber contado con una atención médica mínima, que, aseguraron, proporcionaría hasta el peor de los tocólogos/ginecólogos. También dijeron que con la preeclampsia sin tratar, el enorme estrés que sufría y una infección que contrajo cuando se hallaba en cautividad, su cuerpo era un horno que ardía por dentro y provocó que le implosionaran la piel y los órganos, las venas y la vida, la suya y la de su hijo.

No, no hay palabras que puedan describir ese momento, porque lo que vi no fue sangre, sino la esencia en sí de la muerte. La muerte que ningún mortal llega a ver, salvo que haya sido condenado y en la hora suprema se encuentre en una casa de los espejos. Pero en esa habitación la muerte se hizo con el control, de forma espontánea y orgullosa, engullendo a las vidas que había dentro. Mirando a la habitación desde el pasillo me desintegré al ver cómo se extendía la muerte. La habitación de Dorothy se hallaba enmarcada por un negro pulsante. Al fondo la piel bullía. En primer plano se veía un río rojo —un río, un auténtico río rojo—, esta escena inundaba el espacio entero. Ni una pizca de luz, ni blanco, ni ángeles, ni una mano misericordiosa retiró una sola pestaña de este marco negro. Es posible que alguien me apartara de allí. Es posible que alguien pegara un salto cuando hice pedazos el jarrón de peonías.

Es posible que alguien tirara de mí, me empujara, me llevara a rastras mientras lloraba, me revolvía, me resistía, repartía puñetazos, gritaba. Es posible que alguien me calmara poniéndome a toda prisa una inyección en el muslo. Es posible que alguien, cualquiera, todo el mundo, hiciera esas cosas. No estoy segura.

Me desperté ocho horas después con cardenales, la voz bronca y puntos en el tobillo debido a un cristal que, según me dijeron, rebotó en el suelo cuando perdí los estribos con la muerte. Junto a mi cama estaba mi madre, cogiéndome de la mano; tras ella, mi padre, mirando por encima de su hombro, las lágrimas corriéndole por la cara. El agente Liu y Lola se cruzaban en la puerta, marchando cual centinelas, espantando a cualquiera que incluso se le pasara por la cabeza acercarse a mi habitación.

Quizá solo imagine la agonía de Dorothy, no lo sé. Lo único que sé es que lo primero que vi y su grito para mí siempre serán eternos.

Esta es la razón por la que uno no enciende el interruptor del amor a menos que sea absolutamente necesario.

25

El juicio

Sabía lo bastante de la *mens rea* para ser consciente de que era una locución peligrosa. Aunque es abogada civil y especializada en control legal, mi madre conservaba el *practicum* de derecho penal. El capítulo dedicado a la intención criminal, o *mens rea*, el hecho de que la mente sea culpable, me resultó fascinante. Lo leí cuando tenía catorce años y lo releí a los quince y a los dieciséis, cuando todo hubo terminado. Estaba obsesionada con *Ley y orden* y con documentales de crímenes que se habían perpetrado en la vida real. Para que se dictara pena de muerte o, como alternativa, cadena perpetua sin posibilidad de libertad condicional, me aseguraría, vaya si lo haría, de que no cupiera la menor duda en el cerebro de los miembros del jurado de que el Médico —el único que fue procesado— tenía *mens rea*. Al igual que hice con mi captor, mi plan de venganza para ese canalla disponía de un seguro triple. La recepcionista llegó a un acuerdo con la acusación. El Matrimonio Obvio hizo otro tanto. ¿Brad? Brad es otra historia, así que vayamos por partes.

Si estáis leyendo esto y sois unos estudiosos de las leyes, es posible que os desconcierte el hecho de que el gobierno federal no juzgara al Médico en un proceso federal y de que fuese Indiana el estado que se llevara el botín de guerra. Desconozco los detalles, la verdad, pero entre Liu, el FBI e Indiana se llevó a cabo un intercambio que permitió que fuera Indiana, el estado que creíamos estaba más comprometido con arrojar a los delincuentes a un sucio agujero, quien tuviera en sus manos las doradas llaves de la condena.

A pocos meses de que diera comienzo el juicio, el Médico hizo gala de una especial vileza, es el único que se negó a aceptar el oneroso acuerdo de la acusación o a probar el camino que había seguido Brad de someterse a juicio continuo y, por tanto, el único que insistió en que fuese juzgado por sus iguales. *¿Qué iguales?*, no paraba de pensar yo. *¿Cómo es posible que los tenga? Mató a Dorothy, pudiendo haberla salvado. No es humano. Ni siquiera es lo bastante bueno para ser un animal. Es una criatura inferior. No es nada. ¿Iguales?*

Puesto que me impidieron entrar en la celda que ocupaba el Médico con un machete, puse todo mi empeño en que fuese condenado. Que lo acusaran de complicidad en el secuestro y homicidio en grado de tentativa —delitos graves ambos— resultaría fácil, y dado que habían muerto personas durante la comisión de dichos delitos, su delito podía ser castigado con la pena de muerte. Hasta ahí, bien. Una muerte que se produce durante la comisión de un delito es un homicidio atribuible a todos los que han conspirado para cometer dicho delito, aunque no fueran ellos los que apretaran el gatillo, como dicen, o en mi caso concreto, empujaran a una persona a una cama-piscina para que se ahogara y se electrocutara o dejaran intencionadamente a una adolescente embarazada y su feto para que sufrieran una muerte que se podría haber evitado.

Como era de esperar, el Médico alegó que Dorothy habría muerto con independencia del delito, y no «por su causa». Una rata que está a punto de ahogarse se agarrará a cualquier trozo de madera que se encuentre flotando en el mar. No podía permitir que, con sus argumentos, el delito del Médico quedara impune, de manera que preparé mi declaración.

A decir verdad las salas de justicia son muy parecidas a lo que se ve en televisión. En la que yo testifiqué, las cuatro paredes, sin ventanas, estaban revestidas de oscura madera hasta unos dos metros y medio de altura. Los bancos para los asistentes, miembros de la familia interesados, adictos a las salas de justicia, medios de comunicación y dibujantes ocupaban unas diez filas. Frente a ellos, y al otro lado de una puerta batiente que llegaba a la altura de la cintura, había mesas alargadas, la parte izquierda para la acusación, la derecha para el capullo perdedor, la defensa. Delante, en una posición elevada, se situaba la jueza, a su lado un asiento para los testigos, y delante el taquígrafo del tribunal.

El juicio del Médico se celebró seis meses después de que me liberaran, por la vía rápida, a decir verdad, y yo ya había recuperado la talla que tenía antes del embarazo. El día que me llamaron en calidad de testigo principal esperaba sentada fuera, en una silla de madera, de esas que tienen como esculpida la forma de las nalgas, y movía los pies, enfundados en unos elegantes Mary Janes de piel. Mi madre se negó a dejar que la acusación me vistiera como si fuese una paria pobre, desaliñada solo para granjearme las simpatías del jurado. Dijo que semejante espectáculo alentaría una «predisposición contraria» o una «discriminación positiva», y era «una forma de actuar chapucera». Ah, no os preocupéis, mi madre había hundido sus garras con firmeza en la estrategia de la acusación, y sabía lo que hacía. Era el mejor abogado procesalista que podía confiar en tener cualquiera.

Mis zapatos negros hacían juego con mi sencillo vestido negro de manga corta con dos tablas rectas que salían de la cadera. Naturalmente, forrado. Naturalmente, italiano. Naturalmente, valía una fortuna. Mi madre me prestó sus mejores pendientes de diamantes, la única joya que me permitió llevar, para descontento de una de las descuidadas fiscales del estado, que quería que luciera un collar de inocentes perlas.

«¿Perlas? ¿Perlas? Por favor, señora mía, las perlas son para sosas de hermandades y esposas infravaloradas. Las perlas no son para mi hija, ella es mejor que eso.» Más tarde mi madre me dijo que las perlas también son para guarrillas idiotas que no saben de moda y creen que las perlas están bien solo porque «las llevaba Audrey Hepburn en *Desayuno con diamantes*». Tras expulsar aire por la nariz continuó: «Pero el cine es el cine, y ella es

Audrey Hepburn, y ese es el único ejemplo en la historia en el que las perlas tenían un pase.»

Así que allí estaba yo, sentada en la silla de madera del tribunal, con mi exquisito vestido negro, que me confería un aspecto fúnebre, pero distinguido, sin perlas que valieran, cuando me llamaron para entrar en la sala. Al hacerlo pasé por delante de la Señora Obvia, que acababa de dejar el estrado y se disponía a abandonar la sala, acompañada por un alguacil. La acusación le había ofrecido un trato a cambio de que testificara en contra del Médico, y también había solicitado que fuera vestida como solía hacerlo normalmente y que no entrara o saliera esposada, aunque se hallaba en prisión, a la espera de que se dictara sentencia contra ella. Los abogados de la acusación y mi madre no querían que nada de lo que vieran los miembros del jurado les recordara que la Señora Obvia era una delincuente. Los «iguales» del Médico sabían de qué pie cojeaba.

De manera que la Señora Obvia pasó a mi lado, y tenía un aspecto imponente en esa sala de justicia. Llevaba una blusa de seda rosa con una falda de cachemir negra, medias, zapatos de charol negros y, por supuesto, perlas. Unas perlas grandes, redondas, caras. La habían peinado para asistir al juicio y maquillado como si fuese a una gala. Rondaba los cuarenta años, de modo que era joven, y pese a ser un auténtico demonio, bastante guapa, con su pelo largo, de vivo color caoba, recogido, como para realzar los altos pómulos. Lucía unas uñas impecables, pintadas de un cereza oscuro, y su alianza debía de tener doce quilates. Caminando con aire de indiferencia, la espalda tiesa, la nariz ladeada, pasó a mi lado pavoneándose y me miró con desdén, como si me hubiese sacudido de la hombrera.

Me contuve para no guiñarle un ojo a mi madre, que estaba sentada detrás del abogado del estado, ya que fue ella la que predijo que la Señora Obvia haría eso y fue ella la que insistió en que hiciese mi entrada en el momento preciso. Mi madre y yo miramos a los miembros del jurado, y me percaté de que ellos también veían los aires de superioridad de la Señora Obvia. Un hombre atildado, con un jersey color salmón, dijo: «caray» y apuntó algo en su libreta.

Manipular detalles tan sutiles como este, predecir cuál sería la personalidad y los actos de otros, aglutinar todos los pormenores en una estrategia legal era el juego al que jugaban los abogados procesalistas, que no son más que maestros del teatro. Productores y actores protagonistas en uno. Casi me picó el gusanillo de dedicarme a ello a raíz de la experiencia, pero qué espanto tener que pasarte la vida en esos ataúdes sin ventanas a los que llaman salas de justicia.

Ya conocéis cuál fue mi interacción con el Médico. Os he contado que fue a verme tres días distintos: una primera visita solo, cuando tenía los dedos fríos, durante la cual no dijo nada; la segunda con el Señor Obvio, durante un minuto, en la que en realidad tampoco dijo nada; y la última cuando me violó con la sonda del ecógrafo para el Señor y la Señora Obvios y se refirió a mi captor como «Ronald». Eso fue todo. No sabía nada de él, salvo que había sido el causante de la muerte de Dorothy al negarse a tratarla. Ni siquiera sabía qué aspecto tenía hasta el día que le tendimos la trampa en Appletree. Ese día estaba borracho, desaliñado y gordo. Llevaba un chaleco barato sobre una camisa marrón clara con manchas de sudor en las axilas. Unos pantalones de pana marrones completaban el conjunto marrón. Parecía un leño. Cuando Lola lo esposó, me di cuenta de que tenía la cremallera bajada. Cuando le dije: «jaque», volvió la cabeza, de manera que pude mirarlo a los ojos, llenos de venitas rojas, y eructó.

Sin embargo, seis meses después, cuando franqueé las puertas batientes de la Sala 2A y me dirigí al estrado para testificar, me encontré con un hombre completamente transformado. La defensa le había dado un traje de rayas diplomáticas, una camisa blanca y una elegante corbata roja. Podría haber sido un político o un banquero. Tenía la cara bien afeitada y el cabello con ondas y engominado como el de Superman. Francamente, si no hubiese sabido que era un monstruo, y si permitiera que me influyesen las desenfrenadas fluctuaciones hormonales femeninas, es probable que me hubiera hecho tilín. Pero con los miembros del jurado a mi izquierda, incapaces de verme la cara, vuelta hacia él, le guiñé un ojo con la mayor sutileza del mundo y levanté las cejas, haciéndole saber que la partida seguía.

Él se puso rígido, respiró hondo y pegó los hombros a las orejas, dando la impresión de un gato temeroso de la luna llena.

No olvidéis que la defensa del Médico se basaba en que Dorothy habría muerto con independencia del delito, y no «por su causa». Y yo sabía todo eso porque mi madre no permitía que se me escapara nada.

Ocupé mi lugar, lista para testificar, y saludé con una inclinación de cabeza a la amable, pero firme, jueza Rosen, encaramada en su asiento, a una altura superior a la mía. Juré poniendo una mano en la Biblia, respondí a las preguntas de quién era y dónde vivía y otros aspectos básicos de mi vida, identifiqué al Médico como el hombre que me hizo un reconocimiento y después añadí los ingredientes que faltaban que necesitaba la acusación.

Con la mirada gacha, me sorbí la nariz de una manera concreta que he descubierto que me hace llorar. Cuando mis ojos estuvieron lo bastante humedecidos, miré a una abuela del jurado con pinta de comprensiva y expliqué que en dos ocasiones el Médico le dijo a mi captor: «A Dorothy le convendría ir a un hospital, pero ¿qué más da? De todas formas la arrojaremos a la cantera en cuanto dé a luz.» Añadí un ademán ostentoso a la mentira diciendo que soltaba una risita como la de un villano de dibujos animados siempre que decía eso. Acto seguido lo aderecé todo afirmando que también decía: «Esperaremos. Puede que se ponga mejor y el niño esté bien, y así tendremos a dos niños para vender. Si no, los tiraremos a los dos a la cantera, como teníamos pensado. Está claro que no la vamos a llevar al hospital. Si sigue debilitándose, no le sigáis dando de comer.»

El Médico gritó, interrumpiendo mi declaración:

—No es verdad. ¡Nada de eso es verdad!

Me hundí en mi silla y fingí tener miedo, mordiéndome el labio inferior mientras suplicaba con ojos saltones a la bondadosa jueza que me protegiera. Y tic toc, las lágrimas de cocodrilo corrieron.

—Señoría, es cierto. Es cierto —lloré.

—Siéntese y mantenga la boca cerrada en esta sala, señor —bramó la jueza—. Si vuelve a interrumpir, lo acusaré de desacato. ¿Me ha entendido?

Silencio.

—¡Que si me ha entendido!

—Sí, señora, sí, señoría —respondió el Médico, con la cabeza baja, al tiempo que se sentaba.

Pero entonces el abogado defensor se puso de pie, y su mesa pasó a ser el clásico juego de Whac-A-Mole, el de darle con un mazo a los topos: el Médico levantándose y sentándose, el abogado levantándose. Me tuve que morder por dentro y ladear la cabeza y mirar una mancha de agua del techo para no reírme con semejante bufonada. También repetí la consabida maniobra para que las lágrimas siguieran rodando por mi carita linda.

—Le pido disculpas, señoría, no volverá a pasar —aseguró el abogado.

Mi madre me dijo que eso sucedería. Me dijo que podía decir lo que quisiera cuando declarara, porque la defensa se mostraría reacia a llamarme mentirosa delante del jurado. A lo sumo cuestionaría mi capacidad para recordar detalles y sucesos con exactitud, pero no me llamaría mentirosa. Mi madre no sabía de antemano que iba a mentir. Yo no quería que cargara con ese peso. Por mi parte no tenía ningún problema en cargar con él.

Así y todo capté su mirada de escepticismo, que se convirtió en una sonrisa de orgullo, cuando supliqué entre lágrimas a la jueza que creyera mi testimonio. Mi madre sabe que no lloro, y me había oído contar mil veces lo que había sucedido durante mi reclusión, y durante esas veces había tenido la precaución de dar a entender que había oído decir ciertas cosas al Médico, pero lo cierto es que nunca le había facilitado los detalles. Preferí reservarme mis opciones con respecto al rumbo que podía tomar mi historia, asegurarme de que el relato fuese por donde la acusación quería. De manera que mi madre me conocía lo suficiente para mostrarse escéptica.

Todo el mundo se sentó, y la jueza Rosen le gritó al abogado de la acusación:

—Bien, puede continuar. Adelante. Quiero llegar a un buen punto antes de que hagamos un receso. —Y volviéndose hacia mí, me preguntó—: ¿Estás bien para continuar?

—Sí, señora —contesté con voz tímida, pero segura.

El abogado giró sobre sus talones, cogió un plato y dijo:

—Prueba 77. —El plato de Wedgwood de Dorothy.

—Sí, señor, ese es el plato. El tipo que me llevaba la comida también tenía su plato, al principio. Vi que tenía la letra «D» desde el principio. —Mentira. El abogado presentó la nota que encontré en la cocina con la letra D, «Prueba 78»—. Sí, esa es la nota. Debía de llevarme a mí la comida primero, pero alrededor de una semana antes de que me escapara, dejó de traer su plato cuando venía a mi habitación. A veces, antes de que pasara eso, lo veía por el ojo de la cerradura comiendo de ese mismo plato. En la papelera del cuarto de baño había Post-it con la letra D. Se comía la comida de Dorothy. —Mentiras todas—. Seguro que seguía las órdenes que le había dado el Médico de dejar que Dorothy muriera de hambre. —Lo más probable es que fuese mentira.

A la defensa casi le dio un ataque, protestó, prácticamente echando pestes, aduciendo «especulaciones» y «falta de fundamento» y bla, bla, bla, pero al mirar de reojo a los boquiabiertos miembros del jurado, supe que el daño estaba hecho. *No olvidarán mis palabras*, dije en la sutil mirada que lancé al Médico, que efectuaba anotaciones y susurraba ruidosamente cosas a su indefenso abogado defensor.

Jaque mate, cerdo.

Mentí despiadadamente y sollocé cuando estimé que debía hacerlo. Tres miembros del jurado, incluido un hombre, lloraron. Fue un día desastroso para el Médico. *Buaaah. Púdrete en el infierno.* No tengo remordimientos por haber dado falso testimonio. Todo lo demás que dije era verdad, y de todas formas creo que lo que declaré era cierto. Si adornando la realidad se conseguía la pena más dura posible y se evitaban los habituales y despreciables acuerdos entre los abogados, que así fuera. Se habría hecho justicia. Servida en un plato frío. De porcelana de Wedgwood con motivos.

Dragaron la cantera y encontraron a tres chicas y dos fetos. Localizaron al niño que sobrevivió, vivía en Montana con la pareja que lo compró. Su historia constituye otra saga legal. El Médico negó saber nada de la cantera, a voz en grito, así como su implicación en las «otras muertes». Afirmó que una semana en que se hallaba aturdido por las drogas durante una de las frecuentes juergas que se corría en Las Vegas conoció a la recepcionista a través de su corredor de apuestas, que lo metió en el ajo por la friolera de setenta de los grandes, adicto como era al juego y la cocaína. La recepcionista —que falsificó el currículo para conseguir empleo en clínicas rurales de todo el país— fue la que unió a la banda. De hecho la recepcionista le echó el ojo a Dorothy meses y meses antes de que la secuestraran, puesto que Dorothy intentó hacer las cosas bien y acudió al médico en cuanto se dio cuenta de que no tenía el periodo. Los delincuentes dejaron que su embarazo avanzara en casa y después la cogieron; para entonces la recepcionista, por desgracia, se había instalado en mi ciudad.

Sin embargo, el Médico «no tuvo nada que ver con» lo que quiera que pasara antes o durante la encarcelación de Dorothy, afirmó. «Me pidieron que interviniera porque habían hecho una chapuza con algunas cesáreas. Es posible que se encargaran ellos mismos de practicar las operaciones, no lo sé, o quizá contaran con otro médico», le dijo al agente Liu.

Como era de esperar, se acogió a la quinta enmienda. La acusación realizó un análisis forense de sus patrones y de sus historias y reunió pruebas no concluyentes de una implicación anterior. Debido a ello, la jueza Rosen prohibió hacer mención de los cadáveres hallados en la cantera, pero no del hecho de que existiera la cantera en la propiedad, dado que había supuesto una amenaza sobre la cual yo testifiqué. La buena jueza Rosen espetó a la acusación: «Una los puntos y presénteme otro caso con los otros asesinatos.» Yo no me sentía cómoda llevando mi invención evangélica a ese nivel, de modo que rehusé ser yo la que uniera los puntos. Podría haber declarado sin problema: «El Médico hizo referencia a "los cuerpos de la cantera" y dijo "arrojadlos ahí como hicimos con los otros".» Pero tenía mis dudas sobre su implicación en esas otras víctimas, y debía confiar en que la justicia acabara imponiéndose.

Al parecer D, Dorothy, llevaba en cautiverio una semana más que yo. Cuando los detectives registraron el internado, que Brad adquirió en una subasta pública dos años antes, encontraron una papelera de «objetos perdidos» y una sala de profesores. Supusieron que el estuche que me dieron había salido de esa papelera; y las agujas de hacer punto y los libros de Dorothy, de la sala. También especularon con la posibilidad de que fuera Dorothy quien tejió mi manta roja antes de que yo llegara y de que mi captor se la quitase. Yo prefiero pensar que la confeccionó con los dedos al rojo, dando puntos del derecho y del revés en un furioso intento de añadir un arma a nuestro arsenal.

¿Por qué iba a darle un captor unas agujas de hacer punto a su víctima? ¿Acaso no son puntiagudas? ¿No pueden causar daño? Puesto que sostuve a Dorothy, os puedo decir que era débil; tenía los brazos más delgados que los míos. Y también era más baja, mediría 1,55. Pero lo peor era que sufría muchos dolores, fue incapaz de bajar la escalera para pedir auxilio sin mi ayuda. Cabría pensar que el chute de adrenalina que se producía al ser liberado proporcionaría cierta fuerza. Pues no. Así que no, estoy segura de que a nuestro captor no le preocupaba que las agujas fuesen utilizadas contra él. Además, era idiota.

Por el agresivo interrogatorio al que fue sometido el Matrimonio Obvio nos enteramos del grotesco plan de que a mí me secuestraron a modo de póliza de seguro, por si Dorothy y su hijo no sobrevivían, y de que el Matrimonio Obvio criaría a ambos niños, en el caso de que vivieran los dos, como si fuesen hermanos gemelos. En sendas declaraciones idénticas, aleccionados por los abogados, insistieron por separado: «Juramos que jamás fue nuestra intención que mataran a las chicas. Nos dijeron que las mandarían a casa.»

¿En qué medida reduce este hecho su culpabilidad? El abogado de la acusación dijo que no los condenarían a muerte. Me enseñó la jurisprudencia e intentó convencerme de que lo mejor que podía hacer era intentar conseguir penas importantes. Le tiré el café por el lavabo de comisaría y le dije que se esforzara más. Mi madre me instó a que le diera un respiro.

Tiré mi chocolate caliente por el lavabo.

Ya os he dicho que era blanda. Aunque tuviera razón.

Supongo que me voy calmando con los años. Pero así y todo a veces, solo a veces, me sorprendo esperando a que los suelten. Debo reconocer que he desarrollado un plan a grandes rasgos, *o he esbozado un itinerario numerado y una progresión ordenada de medidas, he afilado las armas, he alineado mis recursos.*

En cuanto al Médico, me mostré implacable, insaciable, estaba como loca por vengarme. Conspirar para que se haga justicia no supone ninguna aberración de las leyes de la madre naturaleza, aunque puede que sí sea una aberración de unas leyes indignas, excesivamente generalizadoras dictadas por el poder legislativo.

Mi madre, que pidió un permiso en el trabajo, agotó todos los favores que le debían para que la asignaran ayudante del abogado de la acusación. Directores generales a los que había salvado de la cárcel —aunque fuese una cárcel para delincuentes de guante blanco—, cuyos hijos eran senadores, movieron los hilos que ella necesitaba que movieran. «No estoy dispuesta a permitir que un abogado de segunda pagado por el Estado lleve este caso», aseguró. Estaba hecha un demonio, igual que yo.

Lo intenté con ella, dicho sea de paso, justo antes del juicio. Estábamos, una vez más, en su despacho de casa, mi madre en su trono, absorta corrigiendo a conciencia las mociones *in limine* de la acusación, esto es, las diligencias preliminares que llevan a cabo ambas partes para intentar impedir que se presenten determinadas pruebas y determinados argumentos. Puesto que estábamos a principios de diciembre, y puesto que todo era de una perfección como de postal en nuestra casa de New Hampshire, en el vestíbulo contiguo las luces navideñas en nuestro árbol, cortado antes de tiempo, reflejaban un arcoíris de color en el suelo, encerado a fondo. Fuera, la luz de la ventana del despacho permitía ver la fuerte nevada que caía en la oscura noche. No tenía frío, estaba junto al crepitante fuego de la chimenea, esperando a que mi madre levantara la vista de la masacre que estaba llevando a cabo con el borrador de las mociones. Mi hijo roncaba arriba, la tripilla tan llena de leche y el pelele tan suave sobre su piel como la seda que pensé que podía pasarse durmiendo una eternidad con su sonrisa de haber eructado grabada en sus perfectos mofletes.

Observaba a mi madre, que no se ablandaba a la hora de poner marcas en las páginas, que pasaba enfurecida, farfullando cosas sobre lo que escribía el abogado como: «chorradas», «por el amor de Dios», «lerdo», «¿es que no sabes lo que son las comas?», «¿se puede saber qué rayos es esto?», «¿en serio?» y «creo que voy a tener que escribir esto desde el principio».

Mientras seguía corrigiendo y mutilando, me vino a la memoria el tiempo que pasé en el VW con Brad. Recordé que me prometí que lo intentaría con mi madre. Mientras me situaba de cara al fuego y acercaba las manos a las llamas para sentir más calor, continué observando a mi madre. Cómo movía la pluma Cross por el papel, mordiéndose el labio mientras leía párrafos nuevos, tachando algunos de ellos enteros, y me pregunté: *¿podría quererla? ¿Abiertamente?*

Encendí el interruptor del amor para mi madre, y al hacerlo recordé que ya lo había intentado antes. Y en su día el experimento no acabó bien, como tampoco creía que fuera a acabar bien esta vez. La emoción que sentía por ella era demasiado dolorosa. Se me formó un sudor lento en el cuello, y las náuseas me atenazaron el estómago. Era como si una mano me estrujara el corazón. Seguí intentándolo, pero con el intento, la ansiedad hizo que se me tensaran los músculos. *¿Cuándo se volverá a ir porque tiene otro juicio? Y ¿durante cuánto tiempo? ¿Levantará* en algún momento la cabeza y verá que estoy aquí, en su despacho? ¿Dejará de trabajar para dedicarme algo de tiempo? ¿Para jugar a algo conmigo? ¿Hablar conmigo de cualquier cosa, aunque no sea importante? ¿Bromear? ¿Contarme un chiste?

Seguí intentándolo. Seguí preocupándome. Mi nerviosismo se manifestó en forma de respiración profunda, y acto seguido me eché a llorar. En su despacho. Delante de ella. Y mi amor se vio acompañado de vergüenza.

—Lisa, Lisa. Dios mío, Lisa. ¿Qué te ocurre? —me preguntó.

Se levantó de un salto de la silla y atravesó la habitación más deprisa que si me hubiera metido en la chimenea para quemarme. Mientras me rodeaba con sus brazos, me besaba en la mejilla, no paraba de repetir: «Lisa, Lisa, Lisa.» No sé si ella se acordaría de cuando yo tenía ocho años y probé a hacer eso mismo y ella reaccionó igual, pero yo sí, y recordé que entonces apagué todos los interruptores, justo como me disponía a hacer de nuevo.

Para poder transmitir lo que de verdad sentía, decidí dejar el amor encendido un minuto más, aún temerosa de que mi madre me soltara y se pusiera otra vez a trabajar.

Llorando, dije:

—Mamá, te quiero, de verdad. Espero que lo sepas. Es solo que resulta demasiado doloroso...

—Lisa —repitió ella al tiempo que me acallaba hundiéndome la cara en el hombro de su jersey de cachemir—. Lisa, Lisa, Lisa. Soy tu madre. Y aunque me parte el corazón dejar que te muestres fría conmigo, sería demasiado egoísta por mi parte pedirte que me quisieras abiertamente. Lo entiendo. Si hay algo que he aprendido mientras crecía como persona al criarte es que lo entiendo. Eres más fuerte de lo que yo podría desear ser jamás, y lo cierto es que me gustas como eres. Tú eres lo que yo aspiro a ser, eres mi gran esperanza, mi amor. Así que si necesitas seguir siendo fuerte, haz lo que tengas que hacer para ser lo más fuerte posible. Me has salvado, te has salvado, y quiero que seas siempre como eres. Eres perfecta. Eres perfecta. Lo eres todo para mí. Algunos de nosotros nos vemos obligados a enterrar nuestro pasado en papeles, cariño. Algunos de nosotros, bueno, en realidad solo tú, somos lo bastante afortunados para poder apagar interruptores. Creo que eres afortunada. Eres afortunada, cariño. Te quiero. Ahora calla, no digas nada.

Dejé que el amor revistiera sus palabras de una cubierta de titanio, encerré también allí dentro su abrazo, almacené el momento entero encapsulado en las profundidades de mi banco de memoria y permanecí meciéndome con ella unos segundos más al amor del fuego. Y cuando se apartó para ver cómo tenía los ojos, sus manos en mis bíceps, apagué el amor, pero mantuve la gratitud bien encendida.

En cuanto a lo que hice mientras estaba en cautividad y a mis declaraciones en el juicio, por aquel entonces era una niña, pero ahora entiendo cómo funcionaba mi cerebro, aun cuando no tuviese aún las riendas de las razones subyacentes a mis actos. Mi captor amenazó con matarme o quitarme a mi hijo, y pensaba cumplir ambas amenazas. Por eso merecía morir a manos mías. Los otros, cómplices de esas amenazas, también merecían morir, o pudrirse en la cárcel mientras eran torturados. No me avergüenza haber buscado venganza o haber tenido que mentir para vengarme. Sin embargo, sí me avergüenza no haber logrado que esa venganza fuese más eficaz, haberlos quitado de en medio en un único acto. Mis recursos, aunque eran estupendos, no me permitieron semejante lujo.

Sobre todo me avergüenza lo absolutamente negligente que fui con el tiempo. Hay días en los que casi no me puedo mirar al espejo por haber practicado tanto para lograr la perfección cuando lo que tendría que haber hecho es actuar antes para salvar a Dorothy.

26

Prisiones personales

Hoy, a mis treinta y tres años, estoy en mi laboratorio y hago a un lado el análisis de huellas para escribir esta historia. En mi mesa de madera de deriva hay una foto de mi hijo, al que etiqueté... Es broma, al que *llamé* Vantaggio, que, por si no lo sabéis, significa «recurso» en italiano. Lo llamamos cariñosamente Vanty. Tiene diecisiete años. Es guapísimo. También es científico, gracias a Dios y a su ángel en forma de mariposa negra.

Vanty debería llegar del instituto dentro de nada. Vendrá por el camino de acceso metiendo ruido con el Audi negro de ocasión que se compró con sus ahorros: de esta guisa atraviesa el campus del instituto. Estoy segura de que todas las chicas de su curso y las de los cursos inferiores, las de segundo y primero, se mueren de ganas de enterrar la nariz en su cuello y la cara en su pelo rubio. Pero lo cierto es que a mí me da lo mismo que el resto del mundo piense que es tan mono; cuando termina el instituto trabaja conmigo en el laboratorio, así que más le vale llegar pronto a casa y más le vale acordarse de recoger el correo, al final de este largo camino que conduce a nuestra casa. De todas formas, ninguna chica es lo bastante buena para Vanty. Y no es que yo no sea objetiva; lo que digo es la pura verdad. Soy su madre. Mataría una y otra y otra vez y siempre por él.

Sobre un sillón rojo, en un rincón junto a la cámara de descontaminación, hay un fragmento de porcelana enmarcado. Lo robé antes de que la científica se lo llevara en calidad de prueba. Todavía hay una mancha de la sangre marrón de mi captor en ese trozo color marfil, que quiero pensar es su sangre y la sangre del maldito plato, unidas para siempre en el infierno. Cuando me casé, hace tan solo tres años y tal y como lo planeamos hace diecisiete, nos preguntaron si a Lenny y a mí nos gustaría incluir porcelana en la lista de regalos de boda. Casi me ahogo del ataque de risa que me dio. Lenny, que sabía que había trasladado el odio que me inspiraba la porcelana con escenas *toile* a la porcelana en general, contestó, asimismo entre risas: «Nada de porcelana, gracias.»

Hoy estoy contemplando esta obra de arte enmarcada sacada de la escena de un crimen, pensando en lo que debo echarme al bolsillo para mañana, el día en que Liu y yo iremos a ver a Brad a la cárcel.

Después de tan terrible experiencia, mis padres volvieron a contratar a Gilma, la fiel niñera que me curó del mal de ojo. Como Vanty nació en junio, terminé segundo —con un profesor particular que venía a casa— y tuve todo el verano para estar pegada a él. Sé que soy muy afortunada. Lo sé. Muchas otras chicas no han tenido tanta suerte. En homenaje a ellas dejo encendidos los interruptores que controlan los sentimientos de gratitud y alivio; los del miedo, los remordimientos y la incertidumbre los tengo precintados. Y aunque estoy segura de que la gente critica y la sociedad censura los embarazos en adolescentes, este relato no tiene por objeto pedir disculpas o dar lecciones a ese respecto.

Mis padres se gastaron un montón de dinero en terapia de familia y terapeutas personales para mí y para ellos y me apoyaron. Tuve suerte de poder contar con su amor incondicional. Pero también tuve suerte de poder contar con ellos por otros motivos. Desde el principio me proporcionaron los Recursos n.º 34 y n.º 35, un cerebro científico y desdén, respectivamente. De no haber sido capaz de distanciarme del aprieto en que me encontraba y abordar el episodio entero como si fuese un problema científico, me habría derrumbado bajo el peso del miedo. Y de no haberme considerado mejor que esos seres despreciables, quizá no hubiera pasado tantas horas planeando su muerte. A aquellos de vosotros que digáis que soy una sociópata por esa desconexión a prueba de bombas, permitidme que os haga una pregunta: ¿qué haríais si un hombre apuntara con una pistola a vuestro hijo y amenazara con apretar el gatillo? En ese caso quizás agradecieseis tener mi comportamiento y mi resolución. Quizá deseaseis contar con mi ciencia y mi fortaleza. Utilizaríais los recursos que tuvieseis a vuestra manera, claro, y no os juzgo por eso, como confío en que tampoco me juzguéis vosotros. Después de todo, cada cual quiere que se haga justicia a su manera. Yo quiero que se haga sin remordimientos.

El periodo imborrable que duró mi tormento terminó hace mucho, pero los pensamientos que tuve mientras duró no se desvanecerán jamás. Guardaré bajo llave este manuscrito, pues temo que si alguien diera con él peligrarían las cadenas perpetuas que conseguimos. Al Matrimonio Obvio lo soltarán el año que viene y, bueno, digamos que tengo reservadas otras salvaguardas en lo que a ellos respecta.

Hay tres cosas más que me gustaría mencionar. En primer lugar, mi marido, Lenny. Lenny es mi mejor amigo desde que teníamos cuatro años. Sufrió lo indecible con mi desaparición, y suplicó a los investigadores que no abandonaran la búsqueda. «No se ha ido de casa», les gritaba. Organizó partidas de búsqueda y rondas de vigilancia y pasó muchas noches en vela con mis padres diseñando la estrategia de mi rescate. Lenny me proporcionó el mejor recurso de todos: mi embarazo, que irónicamente fue lo que me metió en ese aprieto. Lenny... Lenny es la brújula de nuestra pequeña familia: Lenny, Vanty y yo. Hay parte de una letra perfecta de una canción perfecta que me recuerda a él. Básicamente se trata de un viaje guiado por la guitarra de Santana a cuya letra pone voz Everlast: «*There's an angel with a hand on my head... there's a darkness living deep in my soul...*»

Dentro de mí aún anida la oscuridad. Cada día, cada minuto lucho contra la oscuridad, lucho contra los interruptores. Lenny es ese ángel que me pone la mano en la cabeza y consigue que me tranquilice y ponga la mira en otro objetivo menos malicioso. Puede que Vanty también sea una brújula, pero con mi Vanty, en proceso de desarrollo, entran otras cosas en consideración. En quien más me apoyo, en quien más nos apoyamos en cuestiones morales es en Lenny. Lenny es el que se acuerda de cuándo tenemos que llamar para felicitarle el cumpleaños a algún familiar; es quien se ocupa de las facturas y del mantenimiento de la casa y de las responsabilidades que entraña la vida. Por lo visto Vanty y yo servimos para cubrir otras necesidades.

En segundo lugar, mi empresa. Soy la propietaria, presidenta, directora general, emperatriz suprema y gobernante de mi propia empresa de consultoría criminalística. Firmamos contratos con bufetes de abogados, comisarías de policía, empresas, magnates acaudalados y multimillonarios, así como con un puñado de agencias federales cuyo nombre no puedo revelar. Una de estas agencias heredó a «Lola» del FBI, y así es como me llegan los casos buenos. Como ya ha mencionado Liu, dadas las tácticas poco convencionales que emplea Lola, su evidente conflicto de intereses al comprometerse contractualmente conmigo y el hecho de que siempre cargue con el sambenito de «*underground* y siniestra», en este relato nos hemos visto obligados a ocultar su identidad. A veces trae sospechosos de manera extraoficial y los retiene en el sótano para interrogarlos. Por lo general yo enciendo el robot verde en la cocina de la empresa, situada encima, para no escuchar los interrogatorios. Después le llevo bandejas de sus galletas preferidas, con azúcar y canela, y veo cómo se las va comiendo de un bocado. Una tras otra.

Estudio escenas del crimen, analizo muestras de sangre, ahondo en la metalurgia, desafío compuestos químicos, investigo, resuelvo y, como es el caso hoy, comparo huellas dactilares si mi técnico de laboratorio llama para decir que está enfermo. He testificado en calidad de experto para infinidad de partes en infinidad de juicios. Mi edificio está lleno de iMac de pantalla plana, de los grandes. Contrato a estudiantes del MIT y de Berkeley, solo a los *summa cum laude*, y robo a los mejores científicos a las megacorporaciones y a instituciones gubernamentales tentándolos con un sueldo elevado y con inmuebles a buen precio. También tengo en plantilla a un excelente consultor, un antiguo agente del FBI, Roger Liu. Me saca unos veinticinco años y, aparte de mi marido, es mi mejor amigo en el mundo. Su mujer, Sandra, consigue que conservemos la cordura leyéndonos los guiones de comedias de situación que escribe en el despacho que comparte con Roger.

Poseo instrumentos tan avanzados que la NASA creería que mis proveedores son extraterrestres, y desarrollo otros aún mejores, algunos de los cuales he patentado, y por cuya licencia les saco un auténtico dineral a esas mismas megacorporaciones a las que les robo a científicos consolidados. El edificio es de mi propiedad, lo adquirí con el dinero del fondo fiduciario que me abrió mi abuela cuando nací y del que pude hacer pleno uso cuando cumplí los veintiún años. Para entonces, a los veintiún años, ya le había echado el ojo a ese edificio en concreto, desde hacía nada menos que cinco años. Le pedí a mi madre que intercediera con los bancos y el estado y el gobierno federal, todos los cuales querían echar mano de esa estructura con varias alas, campos ondulados y un manzanal. Y también una cantera. Mi madre hizo un trabajo excelente convenciendo a los otros compradores de que pararan el puñetero carro.

Reformé y rediseñé lo que quedaba del antiguo internado, que preside un campo que huele a vacas, y tenía una cocina con mesas de acero alargadas y el hogar negro. En Indiana. Sí, el mismo. Hay un par de habitaciones en la tercera planta de las alas 1 y 2 que convertí en terrarios idénticos, y no fueron precisamente baratos, debo decir. En estos terrarios cultivo plantas exóticas, venenosas y crío serpientes venenosas en tanques, ranas arbóreas africanas y cualquier otra cosa con la que me tope en la naturaleza que pueda «dejar huella». He etiquetado a todos esos recursos «Dorothy», y dedicado ambas habitaciones a Dorothy M. Salucci.

Es posible que algún día sean necesarios recursos venenosos, nunca se sabe. Por ejemplo, si alguna vez me piden que resuelva un crimen en el que se haya utilizado veneno o algo por el estilo. O quizá si alguien que no sea el Médico ayudó a matar a tres chicas y dos fetos y tirarlos a una cantera. Quién sabe...

Los terrarios Dorothy M. Salucci son poderosos y animados, exóticos y peligrosos, y solo un tonto entraría sin estar preparado.

La cantera la dragaron y drenaron hace tiempo. Un equipo de paisajistas llenó la vacía caverna de piedras y los dos últimos metros y medio de tierra rica en nutrientes. Desde hace años cultivo un increíble jardín de rosas en medio del bosque. Hay muchas espinas entre los tentadores rojos, los amarillos besados por el sol, rosas candorosas y una variedad especial de color negro.

Si salierais de mi edificio, que ya no es blanco —lo hemos pintado de azul—, veríais el rótulo de mi empresa justo debajo de una ventana triangular. Pone: «15/33. Inc.»

Y esto es exactamente lo que estoy haciendo ahora, cuando Vanty baja a toda velocidad con su Audi por la pista de tierra, demasiado deprisa para mi gusto. Nunca he apagado el interruptor del amor para Vanty, ni siquiera durante un milisegundo, y debido a ello siempre estoy traumatizada por absolutamente todo lo que hace. Cuando juega al baloncesto, ¿sufrirá una conmoción cerebral por todas las faltas que se cometen? Cuando su mejor amigo se trasladó a otro instituto, ¿haría nuevos amigos Vanty? Cuando sale con alguien que no soy yo, si se comiera un perrito caliente o una uva o un puñado de palomitas de maíz o cualquier otra cosa letal, ¿sabrá practicarle alguien la maniobra Heimlich, que es un curso recurrente exigido en nuestro hogar, impartido por un paramédico al que contrato para que venga a casa una vez cada tres meses? Nunca está de más practicar esta maniobra.

Vanty se está bajando del coche, cogiendo la mochila y dedicándome una sonrisa con los labios pegados, cerrados, a mis ojos un niño de diez años, aunque tiene nada menos que diecisiete. Lo único que quiero es besarle las mejillas color crema para volver a sentir la piel de melocotón de su infancia, que, con independencia de los años, con independencia de las arrugas que se formen en su cara, a mis maternales labios no cambiará nunca.

—Ay, Vanty, mi niñito —le digo.

—Mamá, tengo diecisiete años.

—Da lo mismo —respondo, volviendo a mi yo habitual, frío, para que detenga un avance que lo aleja de mí—. Escucha, ha llamado Hal para decir que está enfermo y tenemos un montón ingente de huellas que despachar. Voy a necesitar que prepares esos portaobjetos para el caso de la universidad. No podré ponerme con ellos hasta la noche.

—Sí, mamá —contesta, y me da unas palmaditas en la espalda y un besito en la mejilla, como si mi análisis científico de crímenes importantes fuese la tarea más insignificante de su fácil, alegre y bonita vida de modelo de portada.

Si cualquier otro empleado mío considerara con semejante indiferencia las muestras de tierra de un asesinato cometido en el campus de una importante universidad perteneciente a la Ivy League —una pista, empieza por H y se encuentra en Cambridge, Massachusetts—, probablemente le lanzase tal mirada que se desharía en temblorosas disculpas. Pero Vanty... Vanty tiene esa cualidad única, un recurso propio. Y no lo digo solo yo, no es solo porque yo sea su siempre desconsolada madre. Le pasa con todo el mundo. Te camela como si fuese un megalómano carismático. En una ocasión su amiguito Franky fue a hacer la compra con nosotros. Tendrían unos diez años. Franky se metió en el bolsillo una barrita de chocolate 3 Musketeers, sin que Vanty o yo lo supiéramos. Cuando saltaron las alarmas y un vigilante de seguridad nos dio el alto en el aparcamiento, fue Vanty, no yo, el que se hizo cargo de la situación. Cuando el guarda dejó de gritar y Franky de llorar, la barrita de chocolate en el suelo, Vanty entró en escena, cogió la barrita, se la dio al vigilante y, sin un ápice de encanto juvenil y sin un atisbo de condescendencia, habló al hombre de igual a igual, presuponiendo por el tono que empleó que se hallaba ante un intelecto afín. En la identificación del hombre ponía: «Todd X.»

«Todd, lamento mucho todo esto. Este niño, Franky, es mi amigo, y mi madre y yo estamos intentando animarlo. Su abuela murió esta noche y creo, bueno, ¿no, Franky?, que 3 Musketeers era su barrita de chocolate preferida. ¿No, Franky? ¿Qué pensabas hacer? Metérsela en el ataúd, ¿no?»

Cualquier otro pre-preadolescente que hubiese dicho esto mismo habría resultado de lo más repelente. Pero Vanty, y esto es difícil de demostrar, soltó su discurso como si conociera a Todd de toda la vida y Todd fuese una más de las personas a las que respetaba en su vida, tan respetada como él mismo. Creo que lo que transmite Vanty es igualdad, y lo que me ha enseñado, ya que estudio sus técnicas constantemente. La impresión de igualdad neutraliza y a continuación entrampa a la gente. Mi teoría es que este número juega con el ego de las personas, y una vez representado, estas son absorbidas por el físico de Vanty, y su ego se ve satisfecho más incluso por el hecho de que alguien tan guapo se tome su tiempo para hablar con ellas.

Todd acabó pagando la barrita de chocolate.

Yo no habría salido tan airosa como Vanty: es como

chocolate derretido sobre un bizcocho con forma de anillo, un glaseado perfecto.

¿Me enfadó que mintiera? No. Los problemas existen. Y existen las soluciones. Problemas y soluciones. Si Lenny hubiera estado allí, es posible que nuestra brújula moral hubiese apuntado a otra parte. Pero como no estaba, optamos por la solución de Vanty. A por todas.

¿Es Vanty artero? No lo creo, pero lo cierto es que lo vigilo. Y me preocupa. La verdad es que creo que es un amor, pero quiero estar segura.

Vanty y yo tenemos dos gracias nuestras desde hace tiempo. Y millones más más recientes. Vanty y yo nos reímos mucho. Desde que era un bebé, me sentaba en su cuarto y o bien le leía o hablaba con él antes de que se hiciera un ovillo y se quedase dormido. Sé que Lenny escucha nuestras charlas serias o nuestras risas tontas pegando la oreja a la pared que divide nuestro dormitorio del de Vanty. Saber que esto conforta a Lenny, me conforta a mí. Ya os lo dije, es un ángel que me pone una mano en la cabeza.

Una de nuestras bromas de largo recorrido es que cuando me dispongo a leerle antes de acostarme, escojo un límite de tiempo de lectura arbitrario y después me meto en el bolsillo un cronómetro en modo vibración para que me avise. «Voy a leer 21,5 minutos», por ejemplo. Cuando el reloj me avisa, paro, bromeando con el hecho de que sea tan cuadriculada, cierro el libro, dejando inevitablemente una escena incompleta o un pensamiento sin desarrollar o una frase a medio leer y, por tanto, a Lenny en vilo. La primera vez que hice esto, cuando

Vanty tenía cinco años, rompió a llorar, porque estaba embelesado con lo que estaba sucediendo en el libro y pensó que lo haría esperar hasta la noche siguiente. Y aunque solo bromeaba con lo de dejar de leer por esa noche, sentí un alivio inmenso al ver que a mi hijito le gustaba tanto lo que le estaba leyendo como para derramar lágrimas de verdad. Lo que significaba que no era como yo. No se sentiría aislado del mundo como yo. La siguiente vez que interrumpí un cuento porque sonó mi cronómetro arbitrario, Vanty se rio con mi pobre gracia de ser tan cuadriculada, que es algo de lo que se me acusa a menudo, y entendió que en realidad me estaba riendo de mí misma. Y se rio. Y yo me reí. Y nos seguimos riendo cada vez que pasa. Espero que lo sigamos haciendo cuando tenga sesenta años y venga a verme con mis nietos.

Otra de las gracias que tenemos desde hace tiempo es que fingimos hablar francés cuando estamos en público. Sin embargo, lo que ocurre con Vanty, debido a su apabullante carisma, es que la gente se cree que de verdad habla francés. En una ocasión incluso una francesa le preguntó, con su inglés chapurreado, de qué provincia era. Si bien disfruto jugando a esto con Vanty, solo por pura diversión y para fortificar nuestra vida insular, empieza a preocuparme el don de gentes de mi hijo y el hecho de que esto lo pueda aislar, separarlo del mundo como me sucede a mí, aunque por motivos distintos. La verdad es que no estoy segura de hasta dónde está dispuesto a llegar con este don ni de lo que significa ni de si es bueno o malo. En lo que respecta a Vanty, intento con todas mis fuerzas no ser víctima de mi manía de clasificarlo todo y a todo el mundo en archivadores blancos y negros; me esfuerzo mucho en dejarlo que crezca a su manera. Pero ahora me pregunto si determinadas facetas suyas no deberían ser amansadas o limadas o refrenadas. ¿Es correcto que interprete el lenguaje corporal con la misma facilidad con la que respira? ¿Es normal que haga enmudecer a un grupo con tan solo pasar por delante y mirar? ¿No me dijo la directora la otra tarde sin ir más lejos que su «consejo escolar» lo componen el presidente de la APA, el inspector y Vanty?

A pesar del excepcional don de gentes de Vanty, de nuestro trío sigue siendo Lenny el que recuerda los cumpleaños de la familia y qué regalos de Navidad hay que comprar a los abuelos y amigos. Vanty no acude a la gente, es la gente la que acude a él. Y me empieza a preocupar que esta sea una cualidad un tanto inquietante, aunque útil. O quizá simplemente me obsesione cualquier cosa que pueda hacerle daño a mi querido hijo algún día y en realidad a él no le pase absolutamente nada. *¿Alguna vez me relajaré y estaré calmada, tranquila cuando esté y cuando no esté? Aquí lo tengo ahora, delante de mí, revolviendo los ojos otra vez tiernamente, fingiendo estar molesto.*

—Mueve el culo y ponte a preparar los portaobjetos con la tierra. Y si tienes trabajo del instituto, será mejor que lo hagas ahora, señor Sabelotodo. Tenemos mucho que hacer. Ah, y esta noche cenamos burritos caseros, los hace papá. Así que ya veo que te has salido otra vez con la tuya, porque le dije que si volvía a hacer esos puñeteros pelotones me dejaba morir de hambre. —Vanty empieza a alejarse, pero lo paro, quiero que siga un poco más delante de mí—. Ah, ah, y abuelita viene mañana de Savannah, así que asegúrate de limpiar la lobera que tienes por habitación —advierto, espantándolo para que entre—. Y si quieres hablar esta noche de *Cien años de soledad*, hablaremos. Te leeré mi pasaje preferido durante 1,2 minutos exactamente.

—*Ye ne se in cuá a taví* —replica, en un francés de pega de lo más convincente.

—Sí, sí, yo también te quiero. Y ahora, andando.

Veo a mi guapísimo, tranquilo —aunque posiblemente aterrador— hijo entrar en el cuartel general de 15/33. Me pongo a quitar las flores marchitas de las petunias púrpura que crecen en las macetas azules de la entrada para alejar el triste temblor de mi barbilla. *El año que viene se irá a la universidad*, me recuerdo.

Querer tanto a alguien que se parte el corazón con solo mirarlo. Eso es tener un hijo.

Dije que quería mencionar tres cosas: Lenny, mi empresa y, ahora, la última, y sin duda la menos importante, Brad.

Vanty, Lenny y mi abuela son las únicas personas para las que mantengo encendido el interruptor del amor todo el tiempo, sin apagarlo en ningún momento. Para otros lo enciendo a veces. Y para otros el amor no está encendido nunca, tan solo un odio vasto, infinito e incluso una clara emoción homicida. De no ser por esa mano que el ángel Lenny me pone en la cabeza, algunas personas ya no estarían en este mundo.

Comienza un nuevo día en 15/33. Tras pulir este manuscrito una última vez, lo guardo bajo llave, solo podrá ser abierto y compartido cuando yo muera, y justo entonces llega Liu al edificio, haciendo sonar la bocina. La mujer de Liu, Sandra, se baja del asiento delantero de su Ford F-150, el único vehículo que conduce ya Liu. Creo que va por el cuarto desde que lo conocí. Sandra le pone caras ridículas y le pide que le diga cuál es la que mejor expresa la reacción de un hombre al comerse una «hamburguesa de mierda». Como cada día, está trabajando en un *sketch* nuevo.

Personalmente creo que un hombre que se está comiendo una hamburguesa de mierda se parecería a un gato que intenta vomitar una bola de pelo, así que cuando Sandra llega a la puerta, roja, de la cocina de 15/33, le hago mi mejor imitación de un gato echando una bola de pelo. Mi propio gato, *Stewie Poe*, maúlla en señal de desaprobación al ver mi actuación. Está estirado tan ricamente sobre el fofo estómago y mueve una perezosa pata irritado porque he interrumpido la primera de sus treinta siestas del día. El pelo gris le cae por el relajado cuerpo, y tal y como está repanchigado en la alfombrilla color turquesa delante de la alacena azul océano —lo más cerca posible de su cuenco—, parece un faraón reinante. *Stewie* es un auténtico grano en el culo, se me echa encima de la cara cuando estoy durmiendo, exige ruidosamente carne picada y escolar en lugar de la comida para gatos normal y corriente. Y la única culpable soy yo. Siempre me ha impresionado mucho la habilidad con la que los gatos ponen de manifiesto su aversión a casi todo, la indiferencia con la que rechazan incluso la mano que los alimenta. Así que básicamente accedo a todo cuanto *Stewie* quiere. Pero me vengaré obligándolo a llevar cascabeles rosas en el collar púrpura.

—Hola, pequeña, ¿estás lista? —me pregunta Liu, en pie junto a la camioneta, que sigue en marcha.

—Sí, sí, me gusta. Vuélvelo a hacer —me pide Sandra al cruzar la puerta de la cocina, dando su aprobación a la cara que pongo al comer una hamburguesa de mierda.

—Liu, espera un momento, voy a coger la chaqueta —respondo, y cojo mi sahariana, que cuelga de los ganchos rojos que hay junto a la puerta. Al hacerlo, le vuelvo a poner a Sandra esa cara que confío sea cómica.

—Perfecto. Así es como quedará en este guion. Y vosotros dos, no seáis demasiado crueles hoy —advierte mientras se sirve una taza de café de la cafetera que acabo de poner para ella. Va directa a su despacho de escritora después de agacharse con la taza en la mano para acariciar la gorda barbilla de *Stewie*.

Salgo por la puerta caminando hacia atrás, mirando a Sandra, haciendo el bobo para ella, y me subo a la camioneta de Liu.

—Ha dicho que no seamos demasiado crueles hoy —informo.

Liu levanta la nariz mientras reprime una sonrisa.

Básicamente hoy seremos todo lo crueles que podamos.

—Ya —digo—. Claro.

Liu ya tiene casi sesenta años y una poblada mata de pelo gris. Aún hace ejercicio como si tuviera que cumplir una misión del FBI que hiciese preciso que persiguiera a reyes del secuestro por el bosque, así que no está fofo; los músculos del antebrazo se le marcan al hacer girar el volante de la *pickup*.

Sé lo que está pensando, y yo también lo estoy pensando. Fue en la caja de una camioneta, una camioneta igual que esta, hace diecisiete años, donde Brad consiguió quitarse el pañuelo que le servía de mordaza haciendo un enérgico uso de la lengua y los dientes e intentó evitar que lo castigáramos sorbiendo gasolina de un bidón de gasolina de repuesto, de rodillas y con las manos esposadas a la espalda y las piernas atadas a un gancho. Fue a Lola a la que le olió a gasolina, y Liu el que fue corriendo y le dio tal bofetón a Brad que pensamos que le había roto la mandíbula. Habíamos estado esbozando la captura del Médico y el Matrimonio Obvio, en círculo en torno al capó de la camioneta, cuando, por suerte, el fuerte olor llegó por el aire frío como el agua por un tobogán de acero: con facilidad y rapidez. Si Brad hubiese logrado dejar este mundo, habría tenido que esperar a morir para ir al infierno a torturarlo. Afortunadamente no tengo que esperar.

Liu y yo hemos realizado este recorrido en particular dos veces a lo largo de diecisiete años. Esta es la tercera vez. Tenemos que hacerlo cada vez que Brad intenta suplicar clemencia, probar suerte en la Junta de Tratamiento para intentar conseguir la libertad condicional. A veces es preciso recordarle a Brad lo que le espera fuera y la suerte que tiene de que lo estén torturando dentro. Liu y yo tenemos amigos en la penitenciaría del estado de Indiana y también conocemos a algunos condenados a cadena perpetua a los que es posible, o no, que hayamos hecho algunos favores y que nos pasan información. De manera que lo sabemos todo. Literalmente todo.

Por aquel entonces, en aquella camioneta, llegamos a un acuerdo con Brad: él aceptaría la cadena perpetua y nosotros no intentaríamos que lo condenaran a muerte. Lo que haríamos sería entregarlo al estado para que cumpliera condena de por vida, pero bajo nuestra supervisión extraoficial. Por aquel entonces, con la tensión de la captura, a Brad lo que más lo volvía loco era la perspectiva no de morir, sino del corredor de la muerte, una condena que sin duda le habría caído: no olvidéis todos esos cuerpos jóvenes de la cantera. Cuando le ofrecimos el trato, Brad vislumbró una leve luz, un atisbo de esperanza, lo bastante para hacer que quisiera vivir, que era exactamente lo que nosotros queríamos. Se podría decir que Brad hizo un trato muy especial, que le ofrecimos Liu y yo, y, como tal, la especial prisión de Indiana donde ahora pasa sus días Brad pasó a ser mi prisión personal.

A Liu no hace falta convencerlo mucho de que me ayude en mi perenne compromiso con provocar a Brad. Se endureció desde que su hermano, Mozi, protagonizó su tercer intento de suicidio fallido, hace cinco años. A veces me preocupa Liu, y que se pase toda la noche trabajando en alguno de los casos para cuya asesoría nos contratan, pero después apago cualquier emoción de preocupación cuando entro en el despacho que comparten

Sandra y él y veo a Sandra arrimándose a él, dibujándolo con el ceño fruncido. Hay personas que aceptan lo que les toca en la vida, se amoldan a ello, perseveran y, algunas de esas personas son recompensadas con una buena pareja que les da impulso para que suban a todos los árboles que necesitan subir para cazar y eliminar a cada demonio al que persiguen.

Entramos en el aparcamiento para visitas de nuestra prisión personal de Indiana. Tras enseñar los carnés y los pases aprobados y charlar con nuestros amigos de la garita y los puestos, nos dirigimos a la sala de vis a vis de convivencia. Me dejo puesta la sahariana, con todos los bolsillos con las cremalleras cerradas y los botones abrochados, ocultando el regalo que le llevo a Brad.

La sala de vis a vis es un cuadrado espantoso de bloques de cemento pintados de verde menta. Verde menta claro, el color más despreciable y barato que se puede permitir un gobierno que cuenta con un presupuesto muy limitado. Cosa que a mí me parece perfecta. No quiero que el estado se gaste el dinero de mis impuestos en mejorar ese sitio. Tener que estar rodeado de este color nauseabundo debería ser castigo suficiente para disuadir a cualquiera de que delinca, creo yo.

Las ventanas, rectangulares, electrificadas y con barrotes, están a tres metros del suelo de linóleo. Alrededor de diez mesas cuadradas ocupan la habitación. Una mujer de unos sesenta años con un jersey negro hecho a mano hace rodar nerviosamente un pañuelo de papel en las manos y no levanta la cabeza una sola vez, ni para mirarme a mí ni para mirar a Liu. Parece dulce, como cualquier abuela que hiciera ganchillo en el banco de un parque. Me figuro que está esperando a un hijo con el que se ha llevado una gran decepción. Otra mujer, de treinta y pocos años, pero con la boca agrietada, envejecida y crispada de una fumadora de sesenta, echa los hombros hacia delante y cruza los brazos en otra mesa. Parece muy dura, una delincuente, y juraría que planea arrancarme la cabellera de la cabeza. Cuando le veo los ojos, de un azul claro, me pregunto cómo una persona que podría haber sido tan bella se permitió echarlo todo a perder por un capullo que está entre rejas. Me dan ganas de hablar con ella, preguntarle por qué fuma tanto, preguntarle cómo es que alguien con unos ojos sabios no es capaz de ver. Pero me contengo, recordándome que no soy quién para juzgar. *Todos tenemos nuestros problemas y demonios que superar, no todos contamos con el mismo apoyo*, me digo, lo mismo que suele decirme mi abuela, que me enseña a tener perspectiva.

Una puerta con barrotes se abre y entran tres hombres esposados, seguidos de cinco funcionarios que rodean la habitación, las armas listas, en la cadera.

—Ay, cariño —dice la mujer del jersey negro, que llora cuando se levanta para abrazar a un neonazi con una cruz tatuada en la cara. Al ponerse de pie el jersey se le sube, dejando a la vista una bandera de la confederación tatuada en los riñones.

—Hola, papá —saluda la mujer de los ojos azules claros a un hombre de pelo blanco que tiene exactamente los mismos ojos color glaciar. También llora y dice contra su hombro—: papá, papá, papá. —Y es evidente que quiere que él le devuelva el abrazo, cosa que no pasará, porque el padre sigue con los brazos esposados a la espalda.

No juzgues dejándote llevar por las primeras impresiones. Ve más allá siempre, me recuerdo. *Todo el mundo es un puzle. Los estereotipos rara vez se cumplen del todo.*

Brad nos ve a Liu y a mí e intenta salir de la habitación.

—Siéntate —le espeta con voz bronca un funcionario mientras sienta a Brad en un rincón, lejos de los oídos atentos del Señor y la Señora Racistas y de Padre e Hija Ojos Azules.

Liu y yo nos sentamos enfrente de Brad y esbozamos una ancha sonrisa al ver que respira pesadamente, angustiado. Los años no han tratado bien al Señor Chic. Cuando entró en la cárcel tenía cuarenta y tres años, así que ahora tiene sesenta. Entonces ya estaba algo calvo, pero era una calvicie digna, tenía la típica barriga apretada de los hombres, pero su aspecto era impecable, con el pelo con fijador, afeitado, musculoso, las uñas cuidadas, hecho un pincel, en fin. Encajaba como la despampanante novia de un hombre en South Beach. Ahora Brad es una uva pasa. Ha perdido unos veinte kilos a lo largo de estos años, y no debido al ejercicio, sino a la implacable tensión a la que quizá, o quizá no, lo haya sometido yo.

El mono naranja en su cuerpo esquelético le queda como una manta extragrande a un niño pequeño. Está completamente calvo y lleva puesto un gorrito amarillo.

Tiene las uñas limadas, pero no cuidadas, y la deslustrada dentadura postiza le apesta.

—¿Te hizo el gorrito tu novio? —le pregunto, haciéndole ver con sorna que me he fijado en la ridiculez que luce en la cabeza.

—Pantera, sigues siendo una zorrita.

Le pongo la mano en el regazo a Liu para impedir que se levante y pegue a Brad.

—No, Brad, si no pasa nada. Entiendo que te tengas que poner el gorro. Harkin se disgustaría si pensara que no te gusta.

El funcionario que hizo entrar a empujones a Brad en la estancia se ríe.

Brad se vuelve hacia él:

—Mucho ji, ji, ji, boceras.

—Cuidadito con lo que dices, Brad. Te quedarás aquí sentado escuchándolos lo que a mí me venga en gana. Y ese gorrito es una mierda. Harkin es un mierda haciendo punto. Le diré que lo has dicho tú —responde el funcionario a modo de advertencia, sin sulfurarse.

Brad se vuelve hacia nosotros, a todas luces incómodo, ya que el funcionario lo ha acorralado.

Harkin es el dueño de Brad. Lo compró con los mil dólares que le hice llegar a través de uno de los funcionarios. Harkin es un recluso especialmente violento, estranguló a tres de sus «amantes» en otra prisión antes de que lo trasladaran a esta. Está cumpliendo diez cadenas perpetuas consecutivas por matar a hachazos a los diez miembros de una banda motera rival, mientras dormían. También se cargó a sus animales de compañía. Con ciento sesenta kilos de peso y más de dos metros de altura, Harkin es la secuoya de los internos. Los terapeutas lo convencieron de que hiciese punto para calmar su continua irritación, de manera que Harkin hace punto, pero solo con lana amarilla, porque es la única que tiene el estado, tras confiscar a una compañía de importación ilegal de Gary un almacén de cajas cuyo destino era Detroit.

A Harkin se le da fatal hacer punto. El gorrito amarillo de Brad no podría estar más lejos de los días en los que Brad vestía modernas americanas de terciopelo y pañuelos de seda.

—Bueno, Brad, hemos oído que estás intentando convencer al estado otra vez de que te dé la condicional —comenta Liu.

Brad mira solo a Liu. Se ha puesto de lado con respecto a mí, inclinado en la silla como si lo estuviera pinchando con el extremo afilado de una larga espada.

—Ya sabes, Brad, que el trato fue que aceptarías la perpetua, sin libertad condicional, y nosotros no te pondríamos en el corredor de la muerte. Sabes que podríamos haber conseguido la pena de muerte más de veinte veces, con todas esas chicas a las que abriste en canal, todos esos niños muertos, las personas a las que encontramos en tu cantera y en otras partes. ¿Te acuerdas del trato que hicimos, Brad?

Brad se estremece.

—De todas formas, ¿para qué quieres salir de aquí? ¿Es que no estás cómodo? —tercio.

—Que les den, a usted y a su pantera zorrita —gruñe Brad a Liu mientras sigue apartándose físicamente de mí.

Liu y yo lo miramos, a la espera, y como no podía ser de otra forma él dice:

—Ja, ja, ja, sois muy raritos, vosotros dos —afirma con voz aguda.

—Y dime, Brad, tengo entendido que te ha dado por la jardinería —observo, y pongo una mano en la mesa de tal modo que al final lo obligo a que me mire.

—¿Y a ti eso qué te importa, zorrita? —Barre la mesa con la mirada, aún temeroso de volverse hacia mí y mirarme a los ojos.

Abro uno de los ocho botones de mi chaqueta y saco una hoja metida en una bolsa de plástico.

—Tengo entendido que te ha dado por la jardinería. ¿Cuándo fue eso? ¿Hace alrededor de un año? Te has hecho un arriate en el jardín de la cárcel, ¿no?

—Vaya, tú siempre tan lista. Conque los matones trabajan para ti, espían al bueno de Brad.

—Yo no los llamaría matones, los llamaría amigos —puntualizo, con mucha seriedad.

—Brad, escucha, escucha atentamente —dice Liu.

Brad se repliega en la silla.

—Dime, ¿sabes qué es esto? —pregunto al tiempo que empujo la bolsa de plástico con la hoja hacia Brad por la arañada mesa. La hoja es alargada y puntiaguda, delgada y correosa, de un verde oscuro.

—Mmm —contesta, cruzando y descruzando las piernas, apoyando la cabeza en la mano derecha, luego en la izquierda. Moviéndose. Temeroso, a juzgar por las arrugas de su cara, que se marcan en un claro reflejo de su recular interior.

—Lo cultivé yo misma, Brad. Fui nada menos que hasta el sur de China para coger una semilla, solo para ti, Brad. Solo para ti.

Brad se crispa.

—Es un híbrido especial: un cruce de adelfa y de otra planta que crece en lugares remotos entre hierbas de Asia. Es una de las plantas más letales y venenosas que se encuentran al alcance del hombre. Un solo bocado y el corazón te explota. —Hago un ruido seco con los labios y muevo los dedos como si fuesen fuegos artificiales—. Pop —añado, y acto seguido me doy unos golpecitos en mi calmado corazón.

El funcionario que se halla detrás de Brad, erguido, se acerca a su compañero, haciendo ver que no quiere escuchar esta parte de la conversación, pero también que va a permitir que continúe.

Me inclino hacia Brad y susurro con una voz meliflua, como si intentase seducirlo, cosa que de todas formas estoy bastante segura de que es imposible.

—Lo único que tengo que hacer es triturar una hoja y mezclarla cuando quiera con tu puré de patata de sobre. Podría suceder mientras estás aquí o quizá, si por algún motivo improbable, salieras, cuando lleves una vida de parado en el cuchitril en el que acabarás. Tengo entendido que el dolor, la quemazón, que provoca este híbrido es insoportable, es como si la gasolina te quemara el esófago, te encendiera el pecho y te inundara de lava las tripas, que no tardan en desgarrarse por dentro. Y a nadie le importarás lo bastante para realizar una investigación o un análisis toxicológico, Brad. Se contentarán con decir que sufriste un ataque al corazón. Esta hoja, esta planta, se parece mucho a las plantas que cultivas en tu jardín. Resultaría fácil camuflarla entre ellas.

—Zorra —escupe Brad, ahora mirándome con ferocidad.

Y este es el momento por el que he venido. El momento que Brad no me quería dar. El momento en que le recuerdo una cosa.

—Vives a mi merced, no lo olvides —espeto, hundiendo el dedo índice en la bolsa que contiene la letal hoja.

Liu sonríe. Cojo la bolsa y me la guardo en uno de los bolsillos, despacio.

Por supuesto que podría haber matado a Brad de cien mil formas distintas. Pero matar a Brad no era mi principal objetivo, ni tampoco el de Liu. El número uno de nuestra Lista de Deseos para Brad era asegurarnos de que Brad, en palabras de Liu: «Se pase lo que le quede de vida sufriendo un dolor atroz y una humillación insoportable.»

Cuando me enteré de que Brad estaba entusiasmado con la idea de aprender jardinería en la cárcel, se había apuntado a clases de horticultura, se levantaba temprano para rastrillar y desherbar y al parecer sonreía y silbaba mientras lo hacía, le di un año para que le tomara gusto al *hobby*. Quería que experimentara una auténtica pérdida emocional. Amenazarlo con una hoja venenosa le provocaría una pérdida, sembraría en él el miedo, le recordaría a la muerte cada vez que entrara en su ridículo metro y medio de rosas y flores silvestres baratas y viera una hoja verde. Podría haber subido la apuesta haciéndole llegar distintas plantas a través de los funcionarios, todas ellas con datos científicos que avalaran que podían ser venenosas, si bien ninguna sería venenosa, pues no le quería proporcionar ningún arma. Y muy pronto su patético jardín se vería reducido a dientes de león y tierra y una vez más toda su ilusión se vería truncada.

Algunas víctimas quieren que se cierre el círculo de la justicia, buscan la pena de muerte o perdonar. Y a mí eso me parece estupendo. Otras personas, como yo, están dispuestas a continuar ejerciendo presión en todos los frentes durante mucho tiempo para intentar conseguir un auténtico ojo por ojo. En el caso de Brad, dados los espantosos crímenes que cometió, podría haberlo quemado vivo y rescatado de las llamas justo cuando el cuerpo se chamuscara, pero antes de que le fallaran los órganos. Pero ni siquiera eso habría igualado el delicado equilibrio del ojo por ojo, en lo que a mí respectaba.

Liu me mira y hace un gesto mudo para preguntarme si he terminado. Asiento para decirle que sí, dejando que Liu le dedique unas palabras de despedida. Tose para poner fin a la feroz mirada que sostengo con Brad y dice mientras se pone de pie:

—Hemos terminado. Tú quédate sentadito y muy pronto, no te preocupes, si eres un buen chico y dejas de intentar pedir la condicional, que de todas formas no te concederán, morirás por causas naturales o Harkin te estrangulará. Una cosa o la otra. Y entonces tu castigo en esta vida habrá terminado. —Liu se calla para reprimir una risita, pero le doy unas palmaditas en el muslo y compartimos una risa de complicidad—. Aunque —continúa— estoy bastante seguro de que el diablo te tiene reservados unos bonitos planes, Brad.

—No me cabe la menor duda —añado, pensando en Dorothy, en Mozi y en todas las chicas y los niños de la cantera que no sobrevivieron.

Liu y yo volvemos a 15/33, escuchando la música country de Liu y a Ray LaMontagne, una mezcla perfecta de norte y sur. Tararea la canción *Trouble*, que ejerce en mí un efecto sedante. Nos conocemos desde hace tanto tiempo que tampoco hace falta que hablemos; como tampoco le da vergüenza cantar delante de mí.

—Oye, Liu. ¿Por qué no os quedáis hoy a cenar Sandra y tú? Lenny va a hacer burritos otra vez.

—¿Esos pelotones? Ah, pues sí. Nos apuntamos.

—Sí. Y después les metemos mano a esas muestras de tierra del caso de la universidad. Esos granos y esas piedras no son de Massachusetts ni de coña.

—Lo que tú digas, Lisa. Tú mandas —responde Liu, y me guiña un ojo antes de volver a centrarse en la voz y las letras medicinales de LaMontagne.